在场与审思

梁鸿鹰 / 著

作家出版社

目　录

文学与这个世界的图景

　　不该指望作家变为导师，或文学变为讲坛，文学提供形象，如果能让人们从作品形象的世界中得到一些对生活、对世道人心的认识，便很不错了。文学是这个世界的图景，是富于意义和愉悦效果的图景。美国小说家雷蒙德·卡佛曾经说过："好小说是一个世界带给另一个世界的信息，那本身是没错的，我觉得，但要通过小说来改变事物、改变人的政治派别或政治制度本身，或挽救鲸鱼、挽救红杉树，不可能。如果这是你所想要的变化，办不到。并且，我也不认为小说应该与这些事情有关。小说不需要与任何东西有关，它只带给写作它的人强烈的愉悦，给阅读那些经久不衰作品的人提供另一种愉悦，也为它自身的美丽而存在。它们发出光芒，虽然微弱，但经久不息。"文学给世界带来更丰富的消息，让我们很好地认识世界，必然依靠形象，要给人以愉悦性的认识与思考。

　　我们生活的世界依然不尽如人意，建设的，解构的，聚合的与分裂的，每时每刻都在发生，不管作家是否自觉，对抗世界的不完善，让生活能更令人满意一些，是有迹可循的愿望，文学虚构作为途径与武器，参与人对所生活的现实世界的抗衡、抵制和矫正。无论文学、电影、电视剧、戏剧，还是音乐、舞蹈、美术，都以形象承载一切，成风化人，给人以娱乐的同时达成对社会的认识，作用于人的精神世界。其发生影响，从一个角度讲，是能够使人产生促进世界朝着越来越完善、越来越完美方向发展的愿望。

　　大部分作家可能都比较"拧巴"，跟外部世界时有格格不入之感，一般人所认可的现状、秩序或者规则，在有些作家看来，可能恰恰不太对头。作家会找到外部世界那些跟自己想法的不契合，用文学去诠释、表达出来，让眼里看到的瑕疵与不完美暴露出来，去加以修改、矫正。不过，也可能作家越努力，离设想目标的达成越远。好像盖楼的打工者，楼越建越高，盖的房子越来越多，但离能住好房子的目标，反而越来越远了。或者像刘震云《我不是潘金莲》里的李雪莲那样，本来要告倒丈夫，实现复婚，结果反而搞得又失身，又失理，被抓、被关，反遭折腾，事与愿违。

如果不是成千上万很快就将湮灭无闻的作家维护着一种文学生活的话，那就根本不会有文学，人们也就不会拥有对世界的想象参照物。文学作品所提供的这个世界的图景，人类所处的境遇，能够让人感同身受的现实，正是人类首先渴望与之相遇的，如同我们想在熟识的场所遇见自己的朋友和亲人一样。不管当代的还是历史的，只要是可辨识的社会图景，都会让人产生亲切感。

文学为人类打开认识世界的一个窗口，提供形象的"事实"，让人们了解没有机会接触到的，或者有机会接触，却了解不深的。人们通过作品去认识别人怎么看世界，从而让自己更加有见识，精神世界不断充实起来。使我们这个世界更加完善、使我们的生活更加完美，这是人类所追求的共同目标，历史在进步的大方向，肯定是不会改变的，社会和历史的进步有赖于人性的进步。在这个过程中，作家能够发挥自己的作用，他们发挥作用所拥有的武器，就是属于自己的独特表述方式，就是所构筑的形象世界和思想观念等。

人活着就是要做点和吃饭无关的事情，满足一下自己的精神欲望。文学作为人类自己的精神创造，形象地提供我们认识政治、经济、文化，以及生活传统、风俗习惯、人文习性等的途径，为人们更好地适应社会、创造更美好生活提供参照。像马克思主义经典作家强调的，以巴尔扎克为代表的十九世纪现实主义文学大师，他们描绘出了社会的风俗画、全景图，所提供的细节比社会学家、统计学家都生动，而那些不标榜遵循现实主义创作方法的作家，同样会反映现实，给读者提供对世界的丰富认识。

比方，文学有贡献于对人的存在方式、人的命运的诠释方面。霍达的《穆斯林的葬礼》，并非专讲"葬礼"，而是讲一个民族的历史、存在方式和生活方式，以回族的命运反映社会，反映时代，给世上的人们提供一个民族富于心灵撞击力的历史画卷。作品对回族的文化传统，有很好的展示，通过婚俗，淋漓尽致呈现民族性格。小说第七章这样讲韩子奇和璧儿的婚事：

> 按照回回的习俗，男婚女嫁，不是自由恋爱、私订终身就可以了事儿的，任何一方有意，先要请"古瓦西"（媒人）去保亲，往返几个回合，双方都觉得满意，给了媒人酬谢，才能准备订婚。订婚通常要比结婚提前一年至三年，并且订婚的仪式也不是一次就可以完成的。初次"放小订"，……过了一年半载，再议"放大订"。……"大订"之后，男方就要依据婚期，早早地订轿子、订厨子，并且把为新娘做的服装送去，计有棉、夹旗袍，棉袄棉裤，夹袄夹裤……共八件，分作两包，用红绸裹好，外面再包上蓝印花布的包袱。至此，订婚就算全部完成，只待举行婚礼了。

而到这个时候，"宗教仪式的婚礼才真正开始"。接下来的一整套礼俗，小说做了详细描写，从中可以看到回族的生活秩序，作家对人和人之间关系的认识，让我们看到人与外部世界的关系，看到人心，得到美的享受。结婚必有接送亲，过去中国人用轿子，后来用自行车，村里用拖拉机、马车、驴车，现在城里流行宝马、奥迪、奔驰接送，风俗变了，说明人的生活条件、与外部世界的关系变了，文学提供了这种线索。

文学能让我们意识到这个世界有太多毛茸茸的小玩意儿，文学记录世界的冷暖，记录下人对大自然的感觉。比方说对季节、对时序的变换，不同时期的作家有不同的表现，文学描写的优势在于语言的张力，情感的张力，在于能给人以想象的空间。比如说春天，历代作家以自己的笔写得摇曳生姿，丰子恺说：

> 春的景象，只有乍寒、乍暖、忽晴、忽雨是实际而明确的。此外虽有春的美景，但都隐约模糊，要仔细探寻，才可依稀仿佛地见到，这就是所谓的"寻春"吧。

张承志的散文《又是春天》则这样写：

> 连日来北京阴云不开，冷雨夹风，已经暴热了一场的城市又抽去了些噪闹。都市人如果说到天气，多半会用"北国之春姗姗来迟"之类的话吧，可是我想，对于散隐在这片城市中的那一小批原内蒙古插队知识青年来说，虽然沉睡了很久但确实还留着的一点经验，已经像风湿病般醒了。他们心中会掠过个沉重的念头：春天的暴风雪。他们的心会随着天空一直悄悄带着一抹阴蒙，直至酷暑再次攫住北京才会在忙碌和热苦中渐渐麻木了那个念头。

春天到来对北方人本来是个好事情，随着万物复苏，人们即将看到一个绿色的世界，但是在张承志那里，却好像给他心头压了一块重重的铁似的东西。他对春的描写有很强的主观色彩，春天带给他描写的人们的不是好消息，春天像风湿病一般地醒了，带来非常折磨人的感受，这是作家当年心境的反映。

张贤亮在《男人的一半是女人》里写了一次春天的大雨：

> 荒野上的沙砾，经过一阵阵暴雨的淘洗，白色的云母片和透明的石英全裸露在地面上，因而露在水面上的陆地显得异常洁净。水分已经饱和的树枝再也承受不了不断泼来的大雨，全缩头垂肩地耷拉下来；茂盛的青草密密层层地趴在地上，和地面的泥汤混在一起，叶梢顺从地向着低洼的方向，

犹如河流中的水藻。从窗户里向外望去，常见的景物变得非常陌生，人们似乎一下子到了另外一个世界。每个人的心里都忐忑不安，仿佛脚下的大地即将崩溃。

在接受"改造"的张贤亮看来，春天的任何一次气候变化、风霜雨雪，大小变化，对他来说，造成的心理感觉都很复杂，因曾经投下很重的阴影。

而冯唐早年在写春天时有如下段落：

> 春天，像小猫一样，蹑着脚尖，一点点地近了。
>
> 尽管西北风还不倦地叫着。尽管天气还是冷得厉害，尽管冬衣还不得去身。尽管草还被寒气封在土中，尽管新叶还被梢在枝里。尽管墙角的积雪还没有融尽，当然也不见花的影子。尽管被公认为春天的象征的一切还都没有从蜗壳中探出触角。可我还是清楚地感到，春天就要来了。

表达的则是属于年轻人的喜悦。

文学记录大千世界万花筒似的变幻，让人看到本来面目和不易被了解的一切，产生欣欣然的满足，更将每个时代的社会制度、治理体系、运作方式等，形象化反映出来，使我们找到生活变化、社会问题、未来趋向的蛛丝马迹。正如人们通过《红楼梦》看到封建贵族生活由盛到衰的无可奈何，从白居易的《琵琶行》窥得唐朝官员业余生活中的水边夜宴、琵琶女的手艺，是为当时风气之一面。

再比如，文学还可见证人类历史上的每一个关键时刻，大到国家疆界的勘定、条约的谈判，小到普通人的婚丧嫁娶、风俗年节，包罗万象。人们读陈忠实的《白鹿原》，不单纯为了解小说所记录下的历史图景，还要了解一个民族的人们在争取生存发展时，在建立社会秩序、生活规则的过程中都付出了哪些努力。不同国度与时代的作家对人各不相同生存状态的描写之富于生机、细致入微，让人们深受震撼。

智利诗人聂鲁达说过："我活到一定岁数，诗就来找我了。"每个人内心都沉睡着一个诗人，一个向往描绘世界美好、期盼人心向善的诗人。对于人类世界如何变得更加美好，文学向来不推辞自己的职责。伟大的文学，就在于以自己的方式，发出善意的声响，希望能够构建出一个合理的、具有美好意蕴的世界。

亚里士多德在《政治学》里指出："人，趋于完美之后，就是动物中最好的，但是，一旦脱离法律和正义的约束，却又是最坏的。"优秀的作家都发自内心地呼唤美好生活与伦常和谐，希望人们在这个世界上，能够于宜人的公序良俗中开辟生活，希望人心的向善向美能够更加自然、持久，希望人们对生活的热爱、对社会的信心，并不因为制度和时代的不同就发生变化。优秀的文学标定人生底线、价值底线、秩序底线，提醒人们去注意生活的法则。

文学世界还蕴涵着丰富深邃的世道人心之理，中国人历来讲究的文以载道，就是用文字把世道冷暖变迁、人心向背之理，把人类的思想价值、精神理念等张扬出来，人们相信，只要强调并坚守那些让世界更美好的生活方式、方法、途径及信念，世道会好，人心会归仁。文学并不直截了当地经世致用，谁指望让文学改天换地、提升GDP，必为痴人说梦。文学不治理雾霾，不帮人中彩票，文学也不管"中国式的过马路"。文学的一个重要价值在于能够载"道"。载"道"，与我们每个人是否能够在这个世界上活得美好，息息相关。

文学价值世界的个性创造

　　文学承载价值观以及应对生活难题的处理方式。英国作家威尔斯说过，小说是唯一能够使我们对那些因当代社会变化而出现成堆问题中的大多数问题加以讨论的一种媒介。在文学世界里，有人的生活经验、心理经验、价值观念，映射着社会发生的所有变化，反映时代的变化。

　　作家认识世界的视角不同，为我们认识外部世界所提供的"参照"也不同。作家的可贵在于他们反映世界时各有各的本领与擅长，有不同的方式，比如同样是写饥饿，刘恒、莫言、刘震云、刘庆邦各有各的特点；麦家善写人在不同情况下的心理紧张情绪；路遥、陈忠实、贾平凹则善写西北风情、农民百态。

　　文学抒发人类情感，传达价值、品格、境界，传达正面价值、正能量，弘扬有益于社会进步的思想观念、价值取向，有助于提醒人们、帮助人们，让人们面对人生的时候，多几分自觉、几分勇气。比如，对土地的爱恋、依恋，路遥在《杏树下》里说：

　　　　我相信，不论我们走向何方，我们生命的根和这杏树一样，都深扎在这块亲爱的黄土地上。这里使我们懂得生活是多么美好，从而也使我们对生活抱有永不衰竭的热情，永远朝气蓬勃地迈步在人生的旅途上……

　　再如，对劳动价值的赞许，对勤劳的认可，赞赏勤劳这一基本价值观对劳动者、对一个家庭的重要意义。陈忠实在其中篇小说《康家小院》里这样描写主人公的心理活动：

　　做着这一切，他（勤娃）的心里踏实极了。站在前院
里，他顿时意识到：过去，父亲主宰着这间小院，而今天
呢？他是这座庄稼院的当然支柱了。不能事事让父亲操持，
而应该让父亲吃一碗省心饭！他的媳妇，舅母给起下一个新
的名字叫玉贤，夫勤妻贤，组成一个和睦美满的农家。他要
把屋外屋内一切繁重的劳动挑起来，让玉贤做缝补浆洗和锅
碗瓢勺间的家事。他要把这个小院的日子过好，让他的玉贤
活得舒心，让他的老父亲安度晚年，为老人和为妻子，他不
怕出力吃苦，庄稼人凭啥过日月？一个字：勤！

　　老舍的《骆驼祥子》在开头写道，骆驼祥子拿到车以后，把自己
的裤腿一扎，觉得凭自己的勤劳的双手、踏实的劳动，就可以承担起
自己的未来。优秀作家对劳动的肯定，对节俭谦让、处事淡然，对人
的天真率性，以及认真享受生活等观念的肯定，是一贯的。这些价值
观的表达，在我国文学中有很深厚的传统。塑造美好的中国人形象，
用美好的中国语言，向外部世界展示中国人的内在心灵之美，外在改
变自我命运的力量之美，彰显中国人的美德及美好向往，才能让中国
人的故事传得更远。

　　文学是一种创造性精神劳动，最需要作家人无我有、人有我异的
不同表达，作家有自省能力，形成了属于自己的独特表达方式，他们
以与众不同的看世界方式，创造性地强化着自己与世界的联系。

　　刺激一个作家创作的灵感，往往不过是最简单的事件和最平凡的
事实。文学起始于细节，越是易于被人们忽略的"小事"，越会成为
作家安放笔下文字的元素。高尔基的《童年》开始不久的场景是父亲
下葬，主人公"我"看到棺材放进坑里去，有两个青蛙跳到这个墓穴
里，被埋了进去。母亲哭得昏天黑地、死去活来，但"我"的注意力
却在这两只青蛙上，葬礼结束很久后，他还在想着这两只青蛙到底怎

么样了。它们被埋进去了，它们会活着吗？一个儿童对发生在这两只青蛙身上的一切的好奇，构成悬念，构成富于文学质地的文字。

没有对比就没有艺术，从反面写、反着写，也是文学表达的一个重要特点。比方《红楼梦》，用很多篇幅讲大家族的荣华富贵排场，吃饭多么讲究，喝的汤以多少作料熬制，经过多少道烹饪工序，穿衣服如何奢华，衣服上缀有多少珠子，有多少香片，最终却是白茫茫大地真干净，一切都是空的——大家族的破败是最后结果，等于把所有荣华富贵都否定了，先扬后抑，先抬高，后否定。王蒙认为这样写才是富于艺术性的。

刘震云的《我不是潘金莲》结构很讲究，绝大部分是序言"那一年"，序言第二部分叫"二十年后"，这一年李雪莲开始告状，二十年以后，告了二十年了，还在告。然后还是序言，到最后是正文，题目叫"玩呢"。实际上他在正文里都已经说完了，最后说"玩呢"——就是我写这个逗你玩，别当真。我这是小说，不是正史。写法很有意思。

我们衡量文学艺术的贡献，同样要看是否更多地提供了前人没有提供过的元素。所有品质比较超群的作品，价值比较高的作品，能让人陷入沉思，就因为出人意表，不那么平铺直叙。好比我们欣赏书法，不太懂的人，以为谁写得整齐、能认得清，就是好作品。字写得不认识，就不觉得好。书法上，除了楷体、隶书、行书，怀素那样的狂草，变形、夸张得厉害，同样有讲究、有成就、有品位。现代艺术以"变形"与"夸张"为主要特色，如同毕加索的《格尔尼卡》，毕加索对外部世界感觉强烈，可能寓意战争时代的世界不可能完整，支离破碎，拼凑起来也混乱无序，这才是常态，且采用写实象征性手法和单纯黑、白、灰三色营造出低沉悲凉的氛围，渲染了悲剧性色彩，表现了法西斯战争给人类带来的灾难，通过变形反映画家自己的情绪。这样的处理提供了新鲜的认识世界方式，是对外部世界进行的不同路径的探索。

文学也讲究不明确、模糊、变形及主观幻想。阿来长篇小说《尘

9

埃落定》写的是一个声势显赫的康巴藏族土司，在酒后和汉族太太生了一个傻瓜儿子。这个"傻子"与现实生活格格不入，是土司制度兴衰的见证人，有着超强的预知力，作品里大量的幻觉、虚构、臆想，给人留下深刻印象，如第二章"傻子"的独白：

> 我很奇怪我为什么不光能看见东西缓慢，还能看见未来模样。但是我不能看见一件事情的未来模样，若能那样，我岂不是先知。我只能看见一个人的未来模样，还是未来已经发生，只是正在轮回？我夜里经常有奇怪梦境，师父说，梦境只是对未来的回顾。未来尚未发生，那如何去回顾。我问师父。师父说：正因为未来尚未在现实里发生，所以只能在梦境里回顾。所有的事情已经有安排，你不要觉得在寺庙里受到我们的安排。你终将自由，但你受命运安排。

作者以饱含激情的笔墨，超然物外的审视目光，将浓郁的民族风情和土司制度的浪漫神秘展现出来，小说第三章《银子》写道：

> 我们的人很早就掌握了开采贵金属的技术。比如黄金，比如白银。金子的黄色是属于宗教的。比如佛像脸上的金粉，再比如，喇嘛们在紫红袈裟里面穿着的丝绸衬衫。虽然知道金子比银子值钱，但我们更喜欢银子。白色的银子。永远不要问一个土司，一个土司家的正式成员是不是特别喜欢银子。提这个问题的人，不但得不到回答，还会成为一个被人防备的家伙。这个人得到的回答是，我们喜欢我们的人民和疆土。

童年、少年阶段的经历是文学叙事的重要源泉，许多作家都从自己的早年生活中汲取创作资源，如虹影《饥饿的女儿》第一章：

在母亲与我之间，岁月砌了一堵墙。看着这堵墙长起草丛灌木，越长越高，我和母亲都不知怎个办才好。其实这堵墙脆而薄，一动心就可以推开，但我绝对不会想到去推。只有一二次我看到过母亲温柔的目光，好像我不再是一个多余物。这时，母亲的真心，似乎伸手可及，可惜这目光只是一闪而逝。

"只有到我十八岁这年，我才逐渐看清了过往岁月的面貌。"虹影道出了许多人的心声。

余华小说《在细雨中呼喊》描述了一位江南少年的成长经历和心路历程。作品的结构来自对时间的感受，确切地说是对记忆中时间的感受，叙述者天马行空地在过去、现在和将来这三个时间维度里自由穿行，将记忆的碎片穿插、结集、拼嵌完整，很有诗意：

> 我的生命在白昼和黑夜展开了两个部分。白天我对自己无情的折磨显得那么正直勇敢，可黑夜一旦来到我的意志就不堪一击了。我投入欲望怀抱的迅速连我自己都大吃一惊。那些日子里我的心灵饱尝动荡，我时常明显地感到自己被撕成了两半，我的两个部分如同一对敌人一样怒目相视。

文学还是永恒的创意源泉，文学承载着创意，提供真正的思想生产力。约瑟夫·布罗茨基说过，"文学的价值之一就在于它能帮助我们在生命存在的时间里更加个性化，以区别于平庸的前辈和他同时代的芸芸众生，避免同义反复——即所谓'历史的牺牲品'这一令人敬畏的词语标志的命运"。优秀的小说所提供的内容支撑，为其他艺术门类，特别是影视、戏剧等叙事艺术提供创意，从另外角度极大丰富了人类的精神成果。

成就高的作家的作品往往有丰沛的创意，大量的变形夸张。如莫言早年有大量的中短篇小说积累，像《透明的红萝卜》《白狗秋千架》

等，这些作品以一种很澄明、平和的眼光看世界。后来在爆发性更强的阶段，出现了像《天堂蒜薹之歌》《丰乳肥臀》《生死疲劳》等创造力蓬勃、生命力旺盛、活力喷涌的作品，那种变形、夸张、极致的幻想，给人以冲击。再后来的《檀香刑》《蛙》，篇幅不很长，叙述张力极强，反映作家对世界图景的高度提炼。《生死疲劳》，叙述的是1950年到新世纪初年中国农村五十年的历史，围绕土地这个沉重的话题，透过生死轮回的艺术图像，阐释农民与土地的种种关系，展示新中国成立以来中国农民的生活和他们顽强、乐观、坚韧的精神。小说的叙述者，是土地改革时被枪毙的一个地主，自认为虽有财富，并无罪恶，在阴间不断为自己喊冤。小说中他经历了六道轮回，一世为人、一世为马、一世为牛、一世为驴……每次转世为不同的动物，都未离开他的家族、离开这块土地。小说正是通过他的眼睛，准确地说，是通过各种动物的眼睛来观察和体味农村的变革，写的是不可能发生的事情。读者看了以后会感受到，作家对社会生活的表现不肤浅直白，而是深刻的、有创意的。

韩少功的《马桥词典》以集录、诠释湖南汨罗县马桥人一百一十五个日常用词结构全书，以这些词条的展开为主要内容，讲述古往今来一个个丰富生动的故事，是在进行一种新的实验，作者说：

> 以前认为，小说是一种叙事艺术，叙事都是按时间顺序推进，更传统一点，是一种因果链式的线型结构。但我对这种叙事有一种危机感。……我对怎么打破这种模式想过很多，所以这次做了一点尝试，我不知道用什么方法来总结我这种方式，但至少它不完全是那种叙事的平面的推进。如果说以前那种推进是横坐标的话，那么我现在想找到一个纵坐标，这个坐标与从前的那种横坐标，有不同的维度。可以说，为了认识马桥的一个人物，我需要动用我对世界的很多知识来认识它；反过来也是这样，为了认识这个世界，我需要从马桥的一个人物出发，这就不像以前的那种方法，需要写这个

人物，然后是在人物的命运、事件、细节里面打转转。我希望找到每一个人物、每一个细节与整个大世界的同构关系，一种微观与宏观打通的抽象关系。

韩少功找到的是"类似一种辐射性、发散性的结构"，由一个词，往后串联好多事，都集中在马桥这个地方，反映一个小世界的做法，就是创意。创意是出新、积累、建设，是与单调、单薄、刻板的对抗。

蒋一谈的小说《鲁迅的胡子》，大意是说，"我"喜欢文学，写小说，但搞不出名堂。老婆埋怨，家人不满，开个足疗店没人来。有天去理发，理发师说，你这个人跟鲁迅特别像，再加个胡子更像，进而给他出主意扮鲁迅。如此一扮，果然足疗店生意火了。这就是创意。

刘震云的作品有个核心是说话，《一腔废话》《一句顶一万句》《手机》《我不是潘金莲》都是"说话惹的祸"。他总爱写因为几句话不对付，人和人就闹别扭、误会，产生心里解不开的疙瘩。他反复写人和人沟通的困难，别看人离得近，一句话说不到心坎上，哪怕多年的朋友，同样会翻脸。《一句顶一万句》里的"车轱辘话"，转着转着，最后回到原来地方，并不让人觉得枯燥。《我不是潘金莲》里的告状，主人公反复说那么两句话，问题还是没有解决。由"说话"去认识，才好解读刘震云，"说话"作为一个重要关键词，蕴含着他不按常规、不按一般路数结构故事的追求。

创意也反映在刘震云《温故一九四二》的结尾，小说这样写：

温故一九四二、一九四三年时，除了这场大灾荒，使我感兴趣的，还有这些年代所发生的一些杂事。这些杂事中，最感兴趣的，是从当时的《河南民国日报》上，看到两则离异声明。这证明大灾荒只是当年的主旋律，主旋律之下，仍有百花齐放的正常复杂的情感纠纷和日常生活。我们不能以偏概全，一叶知秋，瞎子摸象，让巴掌山挡住眼。这就不全面了。我们不能只看到大灾荒，看不到人的全貌。从这一点说，我们对委员长的指责，也有些偏激了。另外，我们从这两则离异声明中，也可以看到时代的进步。下边是全文：

紧要启事

缘鄙人与冯氏结婚以来感情不和难以偕老刻经双方同意自即日起业已离异从此男婚女嫁各听自便　　此启

张荫萍冯氏启

声明启事

敝人旧历十二月初六日赴洛阳送货敝妻刘化许昌人该晚逃走将衣服被褥零碎物件完全带走至今数日音信全无如此人在外发生意外不明之事与敝人无干自此以后脱离夫妻关系恐亲友不明特此登报郑重声明偃师槐庙村中正西街门牌五号田光寅启

作品结构的安排同样考验着作家的创意，刘震云这样结构作品体现了他的匠心。

在中外文学中，不少作家以人的手为题材做文章，写得很有创意。汪曾祺的《陈小手》，写旧时代在乡间专门给人接生的人，手非常小，叫陈小手，他有次给当地来的军阀一个难产的姨太太接生。陈小手帮这个姨太太顺利把孩子生下来了。军阀放冷枪把陈小手杀了，说我的老婆岂容别人摆弄。"手"要了自己的命。

现代女作家萧红有短篇小说《手》，这样写手：

在我们的同学中，从来没有见过这样的手：蓝的，黑的，又好像紫的；从指甲一直变色到手腕以上。她初来的几天，我们叫她"怪物"。下课以后大家在地板上跑着也总是绕着她。关于她的手，但也没有一个人去问过。

还有：

> 我们从来没有看到她哭过，大风在窗外倒拔着杨树的那天，她背向着教室，也背向着我们，对着窗外的大风哭了。那是那些参观的人走了以后的事情，她用那已经开始在褪着色的青手捧着眼泪。

刻画了一个女孩因怪异的"手"而遭冷遇。

德国作家茨威格的《一个女人一生中的二十四小时》同样写了手。那是赌徒的手，赌场里面人的手，千变万化，是各种不同情绪的反映，有丰沛的创意。

优秀作家以自己超强吸收能力创新文学的形式，由对本土文化，对传说、故事、神话、戏曲，以及对国外文学超群的借鉴、吞吐，变换着文学的创造方式，为人们认识世界提供视角不同的例证，通过自身力量表现人类精神的演进过程，打开一个个新世界，开启创作新生面。

文学评论二十条

1. 文艺评论有其路径与方法，不过，先要谈谈如何认识文艺评论。文艺评论的一个重要特质是实用性和实践性，其面向和指归是具体的文艺实践，是对文艺作品、现象、思潮、人物、活动等评说，固然要有学理性、理论性、评判性，但更要有现实针对性，是在参与鉴赏基础之上的、带有评论性的实操性。评论家是否有力量，是否能在人们心目中崇高起来，取决于他是否属于他所处的那个社会，是否会自觉将自己的才能投入到时代所要求的方面去，不是仅分析作家对历史与现实生活的探索，研究他们对生活的表达是否准确、作出了哪些新的艺术贡献，评判作家作品的风格特色，而是，在鼓励作家去书写和反映时代的同时，也肩负起在瞬息万变的现实生活中捕捉新现象、思考新问题的任务，与他们携手前行，以各自的方式共同去关注与思考社会问题，与当代文艺共同探索，与不同的力量相互辩难。

2. 评论家对社会现实问题、时代文艺发展的参与，一要自觉，二要紧密。要立于文学发展前沿，介入创作，对作家、文学思潮发生影响，文学评论如果有幸介入了时代精神的建构，以评论家的观念与理想影响了作家和读者，就会成为有更广泛影响的社会文化存在，甚至成为当代文化发展绕不开的存在。

3. 文学评论要求评论家深入生活、深入实际，增加对社会的认识，加深对人生的感悟。与同时代人一起增进对社会的了解，拥有敏锐的问题意识。张光年说，评论家需要做到"五多"，即"多读作品，多动笔杆，多交文友，多接触实际"，就是这个道理。评论家了解生活的律动，才有可能把自觉所做的工作和社会历史发展密切地联系在一起，更好地知人论世，对文艺现实发生影响。

4. 评论是一种不断运动的美学，难以避免速朽的命运，当创作者依然风光的时候，评论家也许已经被遗忘了。评论家靠自己的不断发现，持续进步，去保持不断的"运动"。有不少的评论家很幸运，他们被一些自己评论过的作家所依赖，一旦参加过一些作家的研讨会，写了评论，下次会被记得再找回来，出了新书也会被要求接续评论，就是因为多多少少有进步。

5. 评论须成为精神创造活动的艺术。按照美的规律进行"诗意裁判"，更讲究的意蕴追求。评论家要会讲故事，讲关于人的精神世界、人性复杂的发现。靠见识，靠对宇宙、生活、人性的洞察的能力、审美认识发声，以语言的精致，结构的精巧，语言的风格，去征服读者和作家。

6. T.S. 艾略特说："我说的批评，意思当然指的是用文字所表达的，对于艺术作品的评论和解释。"评论应该具有每种艺术应该有的特征，需要艺术素养、语言才能、想象力，进行富有想象力的创造，具有独创性的思考、发明和发现，需要展现艺术才华，靠天生的洞察力，以精心的思想创作，创造属于自己的话语。要反对简单的故事复述，简单的社会学判断。因而，应将"不通一艺莫谈艺"作为一个硬性要求，让每个评论家至少懂一两门艺术，有能力真切地体会创作者在作品中倾注的用意和苦心，不单单避免判断失准、评价走偏，而是让评论话语重心的样貌发生根本性嬗变。

7. 评论家是在"一个相似而实异的世界旅行"，需要提高审美感受力，艺术地报告批评的感受，传达批评主体的审美感悟，而非从作品中抽取或证明先在的理论。评论家停止对独自创新能力的提高，就难以对作品进行富于真知灼见的判断，如何找到独特的评论路径，发现他人之所未见，要靠审美感受力。评论家必须是个善于体验的行家，没有审美怪癖，心态要和自己所评判的艺术作品息息相通。要能够着眼于不太表面的特点来区别各种经验，成为合理判断价值的鉴定者。李长声说过："伟大的批评家的精神，在不盲从。他何以不盲从？

这是学识帮助他，勇气支持他，并且那为真理，为理性，为正义的种种责任主宰他，逼迫他。"不过，评论家的创造性，他的认识和发明、独见、创造性，具有一定的有限性，即以作品、现象、作家为对象，被对象所约束。

8. 评论家是求真的。正如普希金所说："批评是科学。批评是揭示文学艺术作品的美和缺点的科学。"评论家有责任向科学家看齐，善于调动理性参与，能够解释文学艺术创作所遵循的规则，在创作上有何典范作用，按照自己对文艺现象的科学分析，循着文艺的谱系，给予正确的评判。评论家要在"实事"中"求是"，努力做到"求实"与"忘我"的统一，"求实"与"忘我"并举，细读文本，知人论世。"求"作品字里行间之"实"，找到作家的呼吸与作品生命之间的关系。孙犁说过，在进行历史研究的时候，要"忘记名利，忘记利害，忘记好恶，忘记私情。"刘勰在《文心雕龙·知音》中说："无私于轻重，不偏于憎爱，然后能平理若衡，照辞如镜。"评论家要以自己的理性分析能力，去进行理性的洞见及学理的把握，综合运用分析、判断、归类、提升等技艺，延展自己的言说。

9. 文学评论的理想化原则是说真话，也即鲁迅先生所说的"好处说好，坏处说坏"，如杜勃罗留波夫所说："应当像镜子一般使作者的优点和缺点呈现出来，指示他正确的道路，又向读者指出应当赞美和不应当赞美的地方。"面对一部具体的作品，肯定其好处，批评其不好之处，都能讲出道理，言之有物。只有这样，才能让批评有助于良好文艺生态的营造。

10. 评论是知识运用的历史过程与现实结果。评论家需要知识积累、思想养成、理论武装，只有穿越现代性学科体制建构起来的深厚知识壁垒，才能有助于沟通现代社会不同社会层级彼此之间的隔阂，使评论有穿透力、包容力，以独特的思考回应问题，和一个时代的人们去共同思考。只有提供了属于自己的见解，就大众关心的话题，发出文化上的声音，才有可能产生影响。比如，不少作家对生活中存在的问题发声，评论家呢？评论家也许未必能够给出关于艺术创造秘密的所有答案，但不能躺在现成答案的上面坐享其成，要以自己的思想方式，去穿透文化上的现实问题。如果评论只有被评论的作家本人想读，那不能不说是评论的无能与失败。要依靠自己的思想积累，创造出有吸引力和引领性的思维形式，为文学创作指路，给同时代的人们提供观点和思维方式上的指引，促使那些同行者，不断去思考和进行相应的文学探索，让作家在从事艺术探索时有所参考。

11. 评论者须价值观明确，立场鲜明，所坚守的历史观和文艺观，符合历史进步要求。同时，有贯彻价值观的能力，指挥别人，首先要指挥好自己。

12. 评论要具备相当的历史把握能力，任何批评都要求助"史"的眼光，考察人类文化的历史，评论者拥有历史理性的眼光，增强学术能力，意味着提高把作品放在发展的长河中进行考察的能力，能追其踪迹、寻其来由，分辨其流派、传统，考证其所属。批评家要成为具有读史功夫的人，知史论文、知史论人，熟悉文艺发展脉络，用评论留下关于评论者所在时代的真实文化样态，告诉后人，这些创作者所处的时代对文艺发展有何诉求，用评论向人们揭示，比自己精神更为强健和富于智慧的人，他们在想什么、做什么，作家们在讲述人人想听的故事的同时，如何永久地固定了人类进化史中诸多的关键时刻，从而提醒人们，如何去审示自己已经经历和感悟的一切，更好地认识即将经历的一切。

13. 评论具有较强的全程性。与创作不同，人们期待于文艺评论的，既有创作之前的，也有创作之中的，更有作品出来之后的。好的评论既要符合时代文化潮流时尚，又要具有充分的个性光彩，甚至有洞穿艺术真相之后的洒脱。评论家在许多时候是从作家艺术家冲刺之后的地方开始奔跑的，不管观众是否已经兴味阑珊，评论者必须拿出自己的全部力气，整合话语进行一次次精彩的演习。评论家需冷静观察、审示、分析作家艺术家的动机，提出自己的见解。好的评论家会在鼓励新人方面卓有建树，1953年王蒙《青春万岁》完成初稿，《文艺报》副主编萧殷告诫王蒙，对一部长篇来说，最主要的是立主线，要有主题，据说，他还帮助王蒙请了创作假。评论家往往为作家提出指导性意见，提出修改完善的建议，有效推动作品创作，甚至搭建起联系创作、创作者与市场、接受者读者之间的桥梁。

14. 好的评论总是具有前瞻性的，具有信息把握上的主动性，对发展趋势有预见性，能够打出提前量，把那些有价值、有潜力、有代表性的作品挑选出来。

15. 社会公众对评论的诉求多。或许在精神性创造活动的诸多门类中，文艺评论所承载的期待、遭受的议论、指摘或功利性的诉求，是最多的。评论家负重前行。真正做到自觉以价值判断进行引领，完成臧否、抑扬、肯定与否定的使命，不容易。

16. 好的评论具有跨学科性，与理论、批评交叉，与语言学、历史学、哲学、伦理学、社会学等的话语交叉，需要有能力进行富有想象力的创造，或者具有独创性的思考、评判和发现。评论考验智力、见识、经验、智慧，需要读文艺史，掌握文艺政策，认识文艺的现实要求。自有人类文明以来，随着人的进化，哪些进化的链条，是文化发挥了作用，文艺的功能到底是什么？评论要经得起时间的考验，为此，必须观察、思考、探索社会生活的方方面面，比如在知识层面上，仅有文学理论与文学史方面的修养和知识储备，尚不足以帮助文学评论家完成这一艰巨的任务。要把人文社会科学乃至自然科学的相关知识，也纳入评论家吸收的视野。

17. 评论家不能忘记自己工作的研究性探究性。钱谷融在《谈文艺批评问题》中说："真正的文艺批评，应当是一种关于艺术与生活、艺术与心灵以及艺术作品中的生活与心灵的关系的研究。"评论家需要透彻研究作品与时代的关系、与社会的关系等等，以一些必然结论的得出，去引发作家们的思考。

18. 批评是天才的创作。评论以对文本、作品感悟赏析为核心。评论家不能将文本变成为理论的演兵场，文本不是手段、跳板，不是修辞与过程。如果文本的存在及意义只是为证明某种理论的合理性，评论家便是为舍本逐末的。如果说文学是发明的事业，批评是发现的事业，文学是在无中创出有，批评是在沙中寻出金。评论家在文学的世界中赞美发明的天才，评论家如被赞美为发现的天才，则是最高的赞赏。而评论家的发现伴随着文艺欣赏、审美感受的参与，需要对文艺作品、现象、人物的了解理解、感悟、甄别、筛选，无论怎样进行解读、判断、欣赏，伴随的心态是品评与鉴赏。

19. 评论是某种意义上的探险。法国作家法郎士指出："优秀批评家讲述的是他的灵魂在杰作中的探险"，每一个个体的心灵有自己的限制，只能记录一件作品给予批评家的主观印象与乐趣，批评的依据是批评家的人生体验。在反应和传播速度上，文艺评论最不能滞后，要有更加及时的心态。要推动理论、实践与个人体验的结合。评论固然需要注重理论知识，但并不将之作为固定的框架生搬硬套、解释一切，而是将之与实践、个人体验结合起来，在评论实践中不断完善、发展，通过评论也能探索新的理论，描绘新的文化图景。

20. 评论是平等对话。评论实践要持有尊重、分析与开放的心态。鲁迅说，有些人"一做批评家，眼光便极高卓"，总以为既是批评别人，则语气越重越有分量，文字越尖刻越有才气。评论家要尊重作家艺术家的创作，既不凌驾其上指手画脚，也不俯首帖耳甘为附庸，而是以平等的姿态与作家艺术家对话。要遵循辩证法规律，对作品的判断应该建立在具体分析的基础上，而非相反，在分析之前预作判断。要对自己借以评价作品的标准保持某种反思的态度，去除自以为是心态，在评论实践中努力去发现新的美学元素与美学萌芽，并不断调整自己的尺度。

诗心传世　行于天下

1

　　中国素来享有"诗的国度"的美誉，从《诗经》《楚辞》，到乐府，从唐诗宋词，到元曲，源远流长、浩浩汤汤的诗歌传统，哺育着中国人的性情，涵养着中国文化的根脉，既是中国人世界观外化的反映，也体现了中国人看世界的方式，中国人爱说"诗心"，向来对那些敏感的心灵褒爱有加。说到底，诗心无非就是有一颗对于人类、对于国家、对于宇宙的万物的细致关怀的爱心，所谓"感时花溅泪，恨别鸟惊心"（杜甫《春望》），"欲寄彩笺兼尺素，山长水阔知何处"（晏殊《蝶恋花》），诗词的一种特别功用，就在于可以表现那种难以言喻的精神与思想境界，抒写与时代盛衰相关的"感慨"，表达诗人对世界的牵挂，对自然界的依恋，以及对人性的洞察，这种诗心、诗意、诗情，是构成中国人的文化自信、价值自信的重要基石之一，当今仍然沟通着世界，潜移默化中发挥着传递价值的巨大作用。

　　中华文化在世界上延续了几千年，根脉深厚、传承久远，就在于中华民族自己的精神支柱、价值系统，以古诗词为代表的中国古典文学体现着跨越时空、超越国度、富有永恒魅力、具有当代价值的文化精神，是人类精神共同体的重要组成部分，表达的是全人类共同拥有的价值。孔子、儒家价值观的"仁爱忠恕之道"，中华美学精神中的知、情、意、行的统一，为诗词歌赋等所承载，都曾对西方文明发展产生过积极影响。核心价值观与中华优秀传统文化密切相连。抛弃传统、丢掉根本，就等于割断了自己的精神命脉。比如说，中国传统价值观中的责任先于自由、义务先于权利、群体先于个人等等，由一代代累积而成，这个"先于"今天一定不能抛弃，当然，这些"先于"不意味着取消自由、权利与个人，但不尊重自由、不理会个人、不关心人的权利，同样不可取。而中国人历来重视潜移默化的教化，主张讲道德、遵道德、守道德最终落实于个人身心实践，主张通过文化的风成化习之力来实现天下归仁。这种传统在当今不能抛弃，是因为社会发展、核心价值观与这一切有着血肉相依的密切联系。弘扬优秀传统文化，创作更多反映中国人审美追求的优秀文艺作品，传播当代中国价值观念，体现中华文化精神，必将增强中华文化的吸引力、引导力和启迪力，使人们的内心世界和精神生活越来越丰富。

2

学诗有助于人情飞扬、志高昂、人灵秀；早在 1800 年，英国自然派诗人华兹华斯曾在其《抒情歌谣集》第二版序言里说："目前有许多在过去时代里并不存在的因素，正在向人类心灵的鉴别力合力进攻，使它趋于迟钝，不再能自愿地进行努力，陷入一种近乎未开化的愚昧状态。"他认为，一个诗人或作家所能从事的最有益的工作之一，就是努力培育和增强人的心灵的美和尊严，使人的心灵能在不使用猛烈刺激物的情况下趋于振奋。增益古代诗歌的教育熏陶作用也好，让古人的散文辞赋走近大众也罢，必能有助于人们避免"愚昧状态"，避免心灵"趋于迟钝"。蔡元培说过，中国宗教力量不够强大，人心很乱，如何教化？他倡议"以美育代替宗教"。这个美育主要指文艺的熏陶，包括文学的薪传，包括诗教的推广。而中国文化的一个强大传统，就是"文以载道"与"诗教"育人。

回眸历史，中国诗教与文以载道的长河于多少世纪绵延不息。比如人们推崇杜甫的《自京赴奉先县咏怀五百字》，就是因为有"杜陵有布衣，老大意转拙。许身一何愚，窃比稷与契"这样见贤思齐、追古仰贤的鲜明表达；人们喜爱他的《奉赠韦左丞丈二十二韵》，更是因为"自谓颇挺出，立登要路津。致君尧舜上，再使风俗淳"这样的使命，曾经成为古代天下文人自觉追求的职责。人贵为万物之灵长，是文化的产物。因为人类不能没有精神的星空和灵魂的地平线。人类自身应对自然、社会和生活难题等方面的广有作为和大有作为，是文学艺术创作的重要推动力与源泉。文艺创作有益于人感受美、享受美，同时有助于人的智力养成，有助于人精神的诗意栖居，那些为人性增添美、增添光彩的文艺作品，才是伟大的不朽的。因为人类不满足于动物性的吃喝拉撒，不满足于感官享受，哪怕是恶棍无赖，也常有心中柔软的一角，忍不住会在金钱、利欲之外寻找更珍贵的东西。而人类文学艺术宝库中所蕴藏的珍奇与美妙，会成为出现于每个人眼前的新生之门，《诗词大会》《成语大会》以及各种文化传承活动受到热烈呼应与追捧，因为它们为忙碌而浮躁的当代人送来了久违的诗意与感动。

3

诗心之所以传世，在于古诗词曾经是中国人向往、追求与参与的生活方式，她帮助树立起了国民全方位的精神标尺。古人的诗词对大自然寄予无限的深情，教给人们悲天悯人的意识，让人们以艺术的眼光看待世界及人生，也医治着人们心灵的伤痛。古人云："诗者，天地之心。"天地山川，万物草木，人的命运与人生的细微动静，均可凝聚为诗，达到人的精神与自然融为一体，恰如"一片花飞减却春，风飘万点正愁人"（杜甫《曲江二首》）或者"况属高风晚，山山黄叶飞"（王勃《山中》）。在古代诗词作品中，我们无时不见博大的意境、开阔的襟抱，及中国人那种超出自我的"大我"关怀。这种胸怀叶嘉莹常常拿老师的两句话来概括——"以悲观的心情过乐观的生活，以无生的觉悟做有生的事业"。当读到"山气日夕佳，飞鸟相与还"（陶渊明《饮酒·其五》），以及"满目山河空念远，落花风雨更伤春"（晏殊《浣溪沙》）的时候，我们就会发现，中国古人时常能够与大自然融为一体，把物我、得失、利害均置之度外，从而获得开阔的境界。无论是低回婉转、清韵悠长，还是沉郁顿挫、深厚苍凉，无论是深微隐幽、意味隽永，还是雄放慷慨、动人心魄，中国人于闲雅中，于充满情调的诗意吟咏中，表达着旷达的怀抱，对宇宙大美的拥戴，时而美到极处，时而豪放到极处，无不给人以深沉的感动，给人以无限遐想的空间。亚里士多德说过："想象力是发现、发明一切创造活动的源泉。"没有想象就没有创造，善于创造就必须善于想象。古诗词简洁而意蕴丰富，诗中的意境，以及诗句的言外之意，是培养人们想象力最丰厚的资源。

人不可能拒绝美。中国古诗词所具有的美是一种空灵的美、健康的美，也是一种内在的美，像林庚先生说的"富于生气"，具有"充沛的精神状态""最鲜明的艺术感染力"，这是其于当今依然具有无穷魅力的根本。袁行霈先生在其那篇名为《唐诗风神》的文章里，专门研究了唐诗内在气质的艺术外观。他认为，钱锺书说的"唐诗多以丰神情韵见长，宋诗多以筋骨思理见胜"，很有道理。唐诗因其独有的神采，使之成为一类诗的代称，在表达中国人的天真率直方面极为丰富多彩，不管是言志也好，缘情也罢，中国诗歌充分表达了古人的人格、品性、才调、志趣、情感等内在世界的各个方面，有力地调节着人的性情、声色、兴趣和学问造诣。古人诗歌创作中由审美观照而产生的强烈的心灵震撼，伴随着愉悦、醒悟、超越而来的冲动，是一种非诉诸语言而不可的强烈冲动所致，因此魅力才可能是恒久的。

4

文艺表达是一个民族看世界方式、应对人生方式的具体反映，是一个民族美学追求的集中体现。诗心传世还在于博大精深的美学传统，对世界文化有着巨大影响。中华美学精神讲求托物言志、寓情于理、寓理于情，以言简意赅、凝练节制为美，崇尚形神兼备、意境深远，"知、情、意、行"的统一更是文人孜孜以求的。中国审美表达的这些本质特征，来自传统文化，是传统文化的有机组成部分。古诗词强调意象与心意，讲求虚实结合，计白当黑，中国人的文学记忆构成总是具体的、感性的，正如林语堂所说，中国人的文学艺术天才使他们以充满激情的具体形象思维去进行想象，善于"浓缩、暗示、联想、升华和专注"，中国诗歌不是说教，而是以形象诉诸人的记忆，以独特的艺术感染力和表现方式表达人类内心深处曲折幽微的情感，抒发复杂而婉约的心绪，引导人们养成联想的能力，遇到某个景，便想起一首诗，进入一种意境。这种"诗—景—情"构成的集体无意识，让诗的意境穿越千年达到心意沟通。于是，在春天，人们就联想到"蜂蝶纷纷过墙去，却疑春色在邻家"；夏天想到"接天莲叶无穷碧"；秋天有"故垒萧萧芦荻秋"；在冬天，则有"晚来天欲雪，能饮一杯无"；如果我们形容思念之情，则有"人道海水深，不抵相思半"；说到"愁"，"抽刀断水水更流，举杯销愁愁更愁"难道不会脱口而出吗？可见，托物言志、寓情于理、寓理于情，是根深蒂固的。

文学艺术表达的样式方式是丰富多样的，与人的文化养成、思维方式紧密联系在一起，是不同民族在历史发展中形成的不同的表达习惯和途径，是民族性格的反映。文学艺术作为关乎灵魂的精神活动，往往是作为人的智力养成的重要部分而存在的，是地域、种族、文化诸种因素合力的结果。一个民族优秀的文艺总是能够沿着自己民族的文化传统、美学特征的轨迹发展，好的文学艺术作品，总是在遵循民族传统自身规律的前提下，尽可能呈现人智力迷宫的深度与情感城堡的险峻，从而雕刻出灵魂的悬崖与思维的瀑布。文学艺术创造中的开放性、丰富性，使得这个天地格外开阔，在世界文化风云激荡的当今，只有坚守自己民族的美学追求，坚守中华文化情怀，才能在创作中找到多元入口与出口，从而实现走向文艺和文化的复兴。

5

从某种意义上说，语言是文化的一切，是我们的心灵、我们的家园、我们的栖居之地。文学之为文学还在于她能够发挥语言的魅力，使之产生感奋人心的作用，文学素为语言的魔方，语言能够百转千回，使之千百年来构成和影响着人的思维，潜移默化着人的心灵。人自己的创作冲动之一，可能就是出于美学上的热忱，表达对外部世界曼妙的感知，同时也感知文字和它们的正确排列的美好，以及享受音节碰撞连缀带来的愉悦。一部好的作品，譬如散文的稳健、小说的从容，以及一首好诗的韵致，是与其能够带来的愉悦相联系的，创作者总是希望与世人分享他个人在这方面的一些体验。

中国人天生就是语言大师，中国人能够运用诗歌等文学的方式，将语言的魔力发挥到极致。中国的语言体系、价值取向同样来自我们的传统，中国文学语言的独特审美风格，节奏美、韵律美，以及所展现着的语言的力量，反映了中国人在思维、修养等方面的独到之处。中国古典文学的音韵和谐、字句铿锵，塑造着人看待世界的方式，每当我们读到"泉眼无声惜细流，树阴照水爱晴柔""马上相逢无纸笔，凭君传语报平安"，心中就会涌起难以言表的情愫，而所有这些，对中国人的精神养成无不具有很强的潜移默化作用。如果说美是一种无声的竞争力，语言自身则携带着美学价值的力量，关乎文学表达，关乎中国人心灵的安放。弘扬古诗词，当今的一个重要使命便是维护发展好汉语言，使之永葆芳华与魅力。

今天，我们为什么读经典

　　阅读对于一个人、对于一个民族精神养成所具有的意义，是无论怎么强调都不为过的。古往今来的历史一次次昭示，人类什么时候善于积极地从前人和当代人的智慧成果中充分汲取有益的养分，什么时候就会为推动社会进步做出更大贡献。

　　然而，就当前的读书生态而言，还存在着许多不尽如人意的问题。我们国家已经由书籍的贫乏，迅速地走向了书籍的过剩，纸面及网络阅读物的"大爆炸"几乎无处不在。而且，得益于科技助推，文化复制的便利，物质生活条件改善，生活舒适度的追求，阅读在随时随地可以实现的同时，碎片化、浅白化、伺服式阅读接踵而至，出版上的甜腻、平白、浅俗之风日盛，一些陈腐浅俗的文字被裹以炫目的糖衣，在克隆复制、跟风抄袭的浪潮中四处泛滥并得到膜拜。随便浏览一下当当网图书的文学板块，便可看到文学热卖区"文学鸡汤"大行其道，如尺度的《世界很忙，而你刚好愿意为我有空》以五千万点击量赫然名列前茅，曾写出"三宫六院的胸怀＋株连九族的身世"一类酸鸡汤的 80 后刘某，以其"青茫三部曲"800 万册销量而成为"翘楚"。"鸡汤文学"诸如此类的神话，引得大小出版机构趋之若鹜，挤压着纯文学生存与出版空间，无情挤占了大众特别是成长中的年轻人的宝贵阅读时间。德国哲学家叔本华说过："如果一个人要想读几本好的书籍，他就必须下定决心避开坏的书籍；因为生命是短暂的，人的时间和精力都有限。"不消除这些浅俗低智读物的影响，不追求启人心智的"好的书籍"，民族精神的健康成长就可能受到威胁。

　　"好的书籍"不只有一个标准、一种定义，但这些书一定洞穿了生活的某些本质，揭示了物质世界和人的精神世界某些奥秘，能够给人以深刻启发与教益。而且这些书可以常读常新，如意大利作家卡尔维诺所说的那样，每次重读都好像初读那样有发现的惊喜，"即使我们初读也好像是在重温"。《哈姆雷特》《浮士德》《红楼梦》《红与黑》等等经典，无疑就是具有超越时空非凡力量的"恒久的模范"，就是最好的、最值得读的著作。

读经典会丰富人的文化阅历，增加人的文化责任，促进人生使命感的养成。北京大学教授汤一介先生曾经写过《我为什么而活》一文，他说来到这个世界上就应该有社会责任感和历史使命感，而这些信念无不来自古今中外文学经典潜移默化的影响，自己成长的每一个阶段都有经典相伴随。如俄国作家屠格涅夫的《父与子》《罗亭》，使他对人道主义有了一定的兴趣和认识；特别是读了托尔斯泰的《战争与和平》，更加深了对人道主义的了解。他由法国作家罗曼·罗兰的《贝多芬传》感悟出"悲天悯人"的感情可以化为一种力量，那就是中国儒家所提倡的"杀身成仁""舍生取义"的"生死观"，以及承担"人生苦难"、济世救人的理想。他读《论语》《孟子》《大学》《中庸》等儒家经典，深受孔子"天下有道"之理想，孟子"富贵不能淫，贫贱不能移，威武不能屈"的大丈夫精神等的影响与熏陶。

读经典是汲取有益与前行的思想力量。因为经典如德国文豪歌德说过的那样，处理的是有关"人类头顶的星空与心中的道德律"等重大问题。法国哲学家笛卡尔说过，"阅读所有的优秀名著就像与过去时代那些最高尚的人物进行交谈。而且是一种经过精心准备的谈话。这些伟人在谈话中向我们展示的不是别的，那都是他们思想中的精华。""思想中的精华"指超出人们一般经验的提炼与概括，往往高度凝练了人类的生存经验，是经典作家以艺术细节的呈现将文本升华为具有高度形而上价值的存在，有的经典作品对人类生活图景的描写可能是夸张的、变形的，甚至以人们难以接受的方式呈现世界的图景，但揭示出的人生和社会的真理却往往更为深邃，可以惠及不同时代人们的生活。如凡尔纳的科幻小说，斯威夫特的《格列佛游记》，威廉·戈尔丁的《蝇王》，乔治·奥威尔的《动物农庄》等。这些作品的经典性在于其预见性、超前性。不少经典在面世的时代不为人们看好，但随着时间的推移，最终显露出光芒与力量。阅读经典需要调动思维能力，对人类思维精华进行一番消化与吸收，特别是促使人们对历史与现实进行再思考，从而不断检视自己对待万物、对待世界的态度。在人们容易趋于功利的时候，思考能力的提高和理性定力的增强特别必要。

读经典必定有益于我们吸取历史的教训，从前人的提醒与警示中获益，让未来的路走得更好。英国十九世纪诗人柯勒律治曾经说过，文学一个最大的作用就是"通过唤醒人们对习惯和麻木性的注意，引导人看向美丽的新事物"。不少文学经典以不妥协的、不顺应生活、逆着生活的反差性，从反面给人教训，或者提醒人们自身的不完善，让文学从反面成为生活最清醒的守护，让不完善的社会能够保持更健全的理想。从某种意义上说，或许这些经典的思想价值更为可贵。比如老舍的《四世同堂》并没有正面描写抗战，而是写到了抗战时期北京一个小胡同里，在日本铁蹄下死去的19个人物。这19个人中，有6个是反面角色，如汉奸、特务和狗腿子，干尽了坏事，死得罪有应得。其余13位，绝大部分是被日本人用各种办法残暴地迫害致死。他通过这些告诉我们，普通中国民众由完全无知到民族觉醒走过了何等漫长而沉重的路。

希腊哲学家亚里士多德在《政治学》里指出："人，趋于完美之后，就是动物中最好的，但是，一旦脱离法律和正义的约束，却又是最坏的。"一般来说，经典提供的就是"最好"与"最坏"的典型，意在提醒人们去铭记。学者许嘉璐也认为，"善与恶的斗争有史以来就有，各个民族都在反思弘扬自己的传统文化，不过就是在善与恶的天平上加大制衡"。经典对不适当生活的纠正，对正义与非正义的制衡意义是巨大的。读经典，有助于我们从沉痛的教训中找到前行的来路，得到更充沛的继续前行的力量。

读经典等于攀登一个个人类筑就的精神高峰，在攀登的过程中使自己的精神和思考力不断强健。伴随着物质生活水平的提高，生活舒适度的追求，导致获得外在事物的便捷性增加，而精神文化上所有易得的、浅近的东西给人带来的"好处"只有一个，那就是心智的萎缩与退化，意味着促使你习惯于放弃思考、拒绝接触超过自己理解的惰性的东西。

经典是难的，是无数思想文化精英累积下的成果，经典"不一定教给我们以前不懂的东西。在经典中，我们有时发现的是某种自己已经知道（或者以为自己知道）的东西，但不知道是该作者率先提出的，或者至少以一种特殊的方式与其联系在一起"（卡尔维诺）。经典所具有的不同凡响之处在于超出了一般意义上的知识的提供，有益于心智的启发。经典如同设置了思想重峦叠嶂的山峰与奔流不息的巨河，人类对经典的阅读，就是在一次次向与自己体力完全不相称的山峰发起攀登，就是在赤脚涉过自己从未知晓的激流险滩，志存高远，凝神聚力，克服种种惰性，克服意想不到的困难，才能在开掘不同时代人们的思想成果宝藏的路途上越走越远，收获越来越多。

"精心准备"的阅读

在世界读书日到来之际，我再度想起法国哲学家笛卡尔说过的一段话。他说，读一本好书，就是和许多高尚的人谈话，而且是经过精心准备的谈话，他们展示的不是别的，是他们思想中的精华。笛卡尔说"经过精心准备"的时候不知道是不是很不经意的，但却意味深长。"精心准备"的反面或许意味着草率、粗疏或轻浅，这无论对作者还是对读者，都是最要不得的。写作要"精心准备"，阅读同样要"精心准备"。

当人类进入数字化和网络化，阅读便利化普及化已成为广泛的事实，电脑、阅读器、手机、微信应用以及听书软件，使得阅读或准阅读随时随地可以实现。网上阅读或电子阅读是件大好的事情，信息的海量以及速度的迅捷所带来的阅读普及、延伸，不失为巨大的文化普惠。从面向大众进行文化分享这个意义上讲，阅读便利和普及反映了文化民主，是社会进步的一个具体表征。但数字化和网络化也导致文化传播在海量、无差别的同时，常常容易流于粗糙和轻率，使信息不可避免地变得越来越膨胀与"过剩"。网络时代文化传播的充分民主化，削平了阅读的门槛，一方面是人人都能享有随时阅读的机会，另一方面是阅读内容精华与糟粕、厚重与轻浅并列杂陈，有时极大地误导着人们的选择。

数字化信息的海量与琐碎，极为迅速和有效地占用人们的时间，分散人们的注意力。大家在电子化网络化阅读中满足于知道更多事情，难以或不会有意识停下来思考知道以外和所知背后的东西，因为没等透彻理解，人们便会奔向下一个阅读目标。网络和数字化也不可避免地会将一些观念、思维方式、表达方式普及开来，如碎片化、拼接、轻浅、跳跃与替代等，从而影响人们的思想意识和行为方式。在海量信息的可能性面前，在互联网所营造的巨大空间里，在被先进科技武装起来的广袤场域中，我们唯恐落于人后，常常流连其间却无暇深思，于是在阅读中放弃"准备"，或渐渐产生了阅读无须"准备"的观念。随着那种沉下心来边阅读边在书页上写写画画的过程被省略，也就意味着边阅读边沉思，阅读时心与手、眼与头脑同时运转的机制被取消。机器前的阅读必然会适应机器思维，鼠标、手指运动伴随着眼睛的运动，使我们常常无须走心、动脑。思维方式与机器相适应的阅读，与攻克难度的阅读，与有"准备"的阅读，在本质上已经失去了必然联系。

笛卡尔所说的好书，展示的是思想的精华，而思想的精华作为人类进化中的精神收获，是人类在完善自身、提升自身与丰富自身过程中累积的富于反省意义的体会，理解起来注定要有难度，需要阅读者的充分准备。这种难度决定了阅读根本不可能所见即所得，而是需要倾注时间、精力，在相对安静的环境和心境下完成。不少经典之作在艺术表达上非常讲究，常常通过曲折的呈现反映作家的宇宙观人生观，或把思想隐藏于形象和细节的背后，将文本升华为具有高度形而上价值的存在。

越是能够打败时间的作家和作品，其理解难度可能就越大。且不说但丁、莎翁、歌德和托尔斯泰及其作品，即如现代以来卡夫卡的《变形记》，普鲁斯特的《追忆逝水年华》，乔伊斯的《尤利西斯》，由于它们对人类生活图景的描写采取了寓言化的、隐喻化的手法，有时夸张、变形得让人难以接受，但蕴含的人生和社会思考却更为深邃，因此也最有可能惠及不同时代的人们。有思想深度的书可能还会具有一定预见性超前性，往往在面世的时代并不为人们看好，随着时间的推移，最终显露出光芒与力量。对于这些作品的阅读与理解，没有"经过精心准备"，断然不可能，而且，这些作品对我们知识积累的调动，对我们思考能力的提高，无疑都极有益处。

"精心准备"的阅读意味着主动挑战阅读的难度，自觉克服阅读惰性，有意识规避一些花哨的新书、鸡汤文、职场秘籍或所谓成功学。经常接触舒适度高、内容浅近、甜腻平白的东西，会让人逐渐放弃思考，放弃接触超过自己理解惰性的东西。优秀思想成果看似不一定雅俗共赏，有理解难度，不一定非要教给我们一些以前不懂的东西，却能够超出一般意义上的知识提供，给我们以心智的启发，这才是其真正的不同凡响之处。"精心准备"的经典之作如同设置了思想重峦叠嶂的山峰与理性九曲回环的江河，考验着人类的征服能力，激发着我们去攀登与自己体力不相称的山峰，赤脚涉过一个个未知的激流险滩。经过精心准备的阅读，经过对这些人类思想精华的认真消化与吸收，促使人们对历史与现实进行再思考，不断检视自己对待万物、对待世界的态度，推动社会的进步与人性的完善。

　　每次在机场过安检的时候总会发现，不少旅客除了手机之外，还把电脑、Kindle 和 iPad 一股脑儿都带着去旅行，其实，这四样东西中的随便哪一样都可以装载上千册的"书"，但这些"书"的命运如何呢？如果每个旅行的人都要求自己只带一本书，结果又会怎样？

　　读书日终究会过去，读书却与我们每个人有关。读书，我们精心准备了吗？

微信时代：如何成为"合格的"书写者

许多人抱怨被微信过分打扰，但微信时代未尝不是写作的好时代。我们可以成为随时随地的写作者——无须书桌笔墨，没有编辑，没有跨不过去的门槛，无须征得他人允许。只要识字，就可以将自己的文字写下来、公之于天下，成为文学或准文学。但越是文学写作的普遍性、广泛性日益加重，文学的珍贵性稀缺性，越是应该得到重视。微信所开辟的人人都能书写的所谓坦途，需要我们不断地提醒自己，真正的文学是有难度的。做一个写作者容易，但怎么让自己的书写对得起这种便利，以及对得起有所追求的自觉，考验将是巨大的。

1

文学有时是一种需要，由写作者难以压抑的欲望所致，比如为了爱情。有部关于智利诗人聂鲁达的电影《邮差》（港译《事先张扬的求爱事件》），我看重的就是影片所讲的，诗与爱情所导致的结果。渔民的儿子马里奥喜欢写诗，不喜欢捕鱼，当上邮递员后经常给流放到小岛上的诗人聂鲁达收发信件。这个除了脚上的霉菌别无任何资产的小伙子不幸爱上了酒吧老板侄女——美丽的贝阿特里切，从此陷入巨大苦恼。他告诉聂鲁达，诗是写给需要诗的人的。马里奥从未像现在这样渴望诗的表达，他的特长就是对诗的一知半解，就是有大诗人聂鲁达的倾力相助。他拼命用诗接近与讨好贝阿特里切。功夫不负有心人，在聂鲁达的热情机智的帮助和鼓励下，马里奥凭着自己的诗和真诚赢得了姑娘的爱情。

诗或者文学历来是倾诉的极好途径，同样是展示自己作为人的价值的有力武器。写作这件事情的起因，用英国作家奥威尔的话说，首要的是"希望人们觉得自己很聪明，希望成为人们谈论的焦点，希望死后人们仍然记得你，希望向那些在你童年的时候轻视你的大人出口气"。写作更是一种自我肯定，避免自己为日常生活的苦役所碾压，避免在为他人而奔波的乏味劳碌中失去自我，以写作告诉世人自己有多么出色。写作还可以证明，生活的琐碎与平淡并不能将你淹没，写作可以让你渐渐恢复心中曾经有的那些梦想，通过写作，自由地赋予个人梦想以颜色和质地。

　　写作是自我认同的方式，让写作作为时间的朋友，陪伴你穿越时间的隧道，捡拾起时间流逝过程中的吉光片羽，让个人感受及心中块垒成为写作的重要原因——不能倾诉自我、安顿自我，何谈讲出对世界的感受？事实上，"我"历来是写作最深刻的理由，我们的写作应像奥地利诗人里尔克所说的那样，"归依于你自己日常生活呈现给你的事物"，用深幽、寂静、谦虚的真诚描写悲哀与愿望，记录成长起来的思想以及对某一种美的信念，在对周围的事物、梦中的图影和回忆中表现自己。

　　写作可以极大地丰富人生样态与内容。余华的写作始于他当牙科医生的时候。写作使他在做牙医的日子里，除了能够看到张开的大嘴，看到外面更加精彩的世界，去开辟生活的种种可能。牙医的生活越来越单调，而写作的道路却越来越宽广，生活中有很多不能表达出来的欲望可以在写作中实现，使生活更加完整。对于不少遭遇自身难题和生活困境的人来讲，写作有助于拯救自己，像史铁生所说的那样，写作"就像冥想，梦想，祈祷，忏悔——是人的现实之外的一份自由和期盼，是面对根本性苦难的必要练习"。或许，练习好了就可以更加从容地应对生活提出的各种难题。

2

写作有时固然是为了自己高兴，满足自己的倾诉欲。但每个人在自我之外还有一个偌大的世界，还有和自己同样存在于世界上的许许多多人。这个世界上的美好，大自然的千变万化、鬼斧神工，都应成为写作的素材。文学除了倾诉，也是交流，是为了找到更多自己在这个世界上的同类。我们写作不是为了把自己孤高地隔离起来，恰恰相反，是为了加固与人群的联系。为此，每个写作者都需要在关注大千世界与形形色色的他人方面倾注自己的真诚和智慧。

写作同样稳固人与世界关系，是我们加深对人生与世界理解的过程。写作要将"加以审视的生活"转化为可感的文字，促使我们每个写作者成为自觉或不自觉的生活观察者，能够机敏地张开第三只眼睛，始终保持对外部世界的敏感，看到自我之外值得向往的生活。生活中哪怕有一点点乐趣，也都能够尽收眼底，组织成句子表达出来。随着教育水平的普遍提高，文字为普通老百姓所掌握，互联网及微信的存在，使得人人都获得了表达自己思想与情绪的权利，而时代的进步，使得每个人都能得到写作者的桂冠，把自己对世界的观察付诸笔端。这个大好机遇之好，正在于开辟了个人与世界发生关系的巨大可能，可以最大限度地强化写作者与世界的和解感。写作不仅仅是人为了吐出胸中块垒，或许是还有助于形成消除这种"块垒"的土壤与机制。

写作不仅让你参与世界之中，同样可以"整理"世界。生活往往是以茫无头绪的面目出现的，写作者是要明白，想变麻为麻绳，先要拥有足够分量和精度的麻，像是一团乱麻。对麻去粗取精，把麻梳理、编织为绳，而不是把麻团塞给读者。即使处于初级阶段的写作者，也要搞清楚你到底要告诉人们什么，什么是你的忧伤欢乐，你对世界的观察方式及看待方式，你奉献于世界什么，你要求于世界什么，你的表达是否由真诚导致有效，以及用什么形象或话语使自己所说的打动人或传播得更广。

3

　　写作者的文字虽是个人表达，但始终有一个极重要的潜在需求，就是要走向社会、打动他人，通过文字构筑的世界与受众形成共鸣。好的文学是通往人心灵的文学。人的心灵难道不是世界上最深邃、最引人入胜的吗？文学提供来自社会、自然和人类的缤纷消息，保存下对世界、对生活个别、殊异的感受和看法。文学之所以生生不息，在于能够为每个阅读者带来新的发现，呈现出世界那些珍奇、有趣的方面。文学世界是为了链接起更精彩的另一些世界，而不是为人间添加单调、乏味的景象，世界要求于每个人的，是能够欣赏人生与自然的多彩与丰富，其中人的心灵的复杂深邃，恰可以构成一个个秘境或险境，吸引人们在勘查中流连忘返。

　　登载于 APP 也好，上传微信公众号也罢，或者仅仅在微信朋友圈里传一些文字，文学写作除了应遵守自身规律，更需讲求网络时代的"用户体验"，照顾受众日益刁钻与复杂的"口味"。微信或网络重塑与改变着人们的阅读习惯，要求文字更加感性，更加细致，或更有画面感。传播方式一方面使自媒体作者不再默默无闻，一方面在倒逼内容的改变，迫使写作者更加重视自己的表达方式，提醒他们注意，受众更加依文字的亲和力进行阅读取舍。你要想好，自己写下的每个字是可有可无，还是无足轻重，你是否能够写得更精短一些、更直接一些，你是否注意一定最大限度地避免套话，彻底告别"高光亮"式的预测及把受众当傻瓜的无趣。

　　微信或互联网还要求写作者具备更强的"热点"思维，促使你聚焦大众关心的话题或社会焦点，以满足人们对社会现在进行时的持续性好奇。合格的写作者心中要有个"大宇宙"，有站在时代前端的勇气，把自己和社会风云放在一起，让眼花缭乱的时代鲜活起来，即使在回溯历史的时候，也带着面向当下的疑问，让答案的寻找引人入胜。你可以描摹写字楼里的风云奇诡，出租屋里的勉强安身，你要考虑人们需要什么样的"小而美"抚慰。当时代列车呼啸而去的时候，你为人间万物的杂花生树提供记录，你为大众提供更新更合理的外部世界的刺激。而且，好的写作有赖于差异化的表达，但都市经验的同质化，不可避免地在导致文学的"同质化"。其实微信时代也是不会排斥一些"非常规"的，有时的"逆规则"，有时的出人意表恰可以收获肯定与赞赏。做合格的、对得起自己的写作者，从根本上讲，是要毅然探入生活溪流之中，用心感悟生活，勘探活在世界上的根本价值与意义，把个人的观察传送出去，把对世界的思考保留下来，用写作刷新生活，为重建我们的精神生态发出一点光与热。

散文的"旧与新"

有情感要抒发，写诗，有故事要讲述，写小说，有一些想法要倾诉，或与人交流，以及说明、陈述，则更多的时候使用散文。散文的底色是家常、普适和通用，让每个通文墨的人都能拿得起来，引为好打交道的朋友，纳为知己密友。散文和日常生活这种很贴近和亲密的距离，使得写作者不用拉开架势，不像写诗或写小说那样，一下子就"高蹈"起来，以期让人对自己刮目相看。

散文的附属功用比别的文体多，举凡书面交流，陈堂诉求，呼吁旁证，说明陈述，都要用散文。散文使用率高，似乎就给了人们有意无意地忽略或放弃它作为文学一种类型的象征价值、美学价值及文化品格的机会。而且，散文在历史上不断被挑剔、挤对，单独拉出来声讨。人们不断抱怨这个文体身上的毛病。"文起八代之衰""唯陈言之务去"也好，以及"桐城妖孽""山林文学"也罢，对散文完全满意的时候不多。试想，诗歌由古体诗、格律诗变为自由诗，就成了"新诗"，文言小说变为白话小说，再发展下去，就成了现代小说，但散文好像总也"新"不起来，或者"新"得让人难以满足满意。

散文之为独立文体，在于不止于一般意义的交流，也应富于文学的精神性，讲究人文内涵，高蹈于尘世之上，富于超越性、间接性等等。中国的文学向来提倡载道、立心，载道成了传统，理大于文，变得沉重了，人们便向往轻巧、灵动。但小品文或当代散文走市场久了，"小散文"多了就变得轻了，变琐细了，干脆沦为心灵鸡汤，容易被人低看。散文的普及与文化的普及是同步的。随着国民教育程度提高，散文队伍不断壮大，大家争先恐后地一猛子扎到散文之海里

"游泳"，但探讨和琢磨如何在其中"游泳"的时候并不多。看到过许多写亲情、写家乡、写恩师、写大自然的散文，抒真情，讲真话，见真性情，写的人很自得，但看的人并不买账，总会认为缺乏辨识度，不能打眼，希望出新。散文如何出新？说了好多年，到头来谁也没想好。散文面对深重的现代性，在成为大众文体之后，如何拥有新的品格，或者使其以更多的杂质或异质，呈现新的样貌，从而赢得新的肯定？不少时候的问题是，人们总试图拿小说或诗歌的标准衡量散文，这并不公平。

小说或诗歌的利器是以虚构的方式表达对世界的理解，或构建出一个并不存在的世界，表达作者意图，小说或诗较之散文的巨大的优势是其间接性、陌生化以及超越性，小说或诗有很强的"寄寓性"，小说可以充分挖掘人物的内心世界，反映人的内心由于现实冲击而带来的复杂律动。小说以曲折的、间接的表达方式构建陌生化世界，小说家或诗人拥有天马行空的便利，手里握有足以达到"新"和"异"的秘器。散文的基本伦理是真实，这种不得虚构、不得"欺瞒"的规定性，许多时候限制着散文在其作为文学所应该拥有的陌生化、精神性或超越性的发挥，但这不应该成为散文拒绝求新求变的理由。

散文要出新，还是要淬炼思想性，对生活有新的发现，对人性有新的洞察，对世象有新的思考，以此作为散文的使命。文学最大的力量是深刻的、独特的思想，陈言之务去，首先是去除陈旧的思想、陈旧的观念。如果对生活缺乏新的发现，必定丧失散文的思想力量，散文走市场，其思想格局必定会变"小"、变"浅"、变"淡"，在小格局中难以出新。而"大散文"所要求的有文化意识，有宇宙情怀，篇幅巨，话题大，情绪饱满，则要避免越写越沉，越写越矫情。散文创作者必须提升学养与思想境界，走出自己的生活圈子，达成自我与当下现实的某些深刻连接。散文"大"还是"小"也许并不具有决定性意义。满足于写一己个人生活点滴，沉溺于"物"的赏玩，人们不再追求大我，私我写作泛滥，作品与时代、政治、社会的关联度缺失了，作家对社会与未来缺乏明确的价值评判与前瞻，必然难以从思维原有的窠臼中跳出来，更谈不上思想性上的突破。

散文之新，当然讲求表达之新，写散文同样要有诗心，追求诗化的表达，以小说家的整体思维征服题材，以诗人的卓异眼光挖掘素材，讲求意境、胸怀与看取事物角度的独特性，对同样的事物，相似的经历，能够从不同角度去探查，诠释出新意。散文表达的那些见解应该是不同于他人的发现，掉书袋也要掉得自然，轻易不掉书袋。那种把见解埋藏在画面背后的表达，让人们在形象背后能悟出道理，才是更高级。"人可生如蚁而美如神"，人活得不好，文字却可以像苏东坡那样有感染力，这得自苏东坡那种既境界高拔又能够贴近人心，心灵气度宏阔又细腻温婉，善于思考自己与时代相濡的关系，又能拉开一点的距离，这样的精神样态对他处理笔下的文字，具有至关重要的意义。作家自身的精神生活，坚实追求，作家对自己的要求，会对题材的处理，产生异乎寻常的效果。散文求意趣，这个意趣也要新，意要新在意境上，趣要激活生活、心灵之况味，发现并表达生活中微小而可爱的隐秘，人的心灵中那些不为人知的角落，人与人关系之中的微妙韵致，历史发展中浮现过的纷繁烟尘，新意趣新境界就是诗意的外现。

散文之新，更要体现在文字上。文字作为表达体系，是思想的直接显示，既是形式又是内容，更是作者深层文化取向、气质取向、审美取向的外化。要提倡从中国文字的传统中寻找语言灵感与精气神，去除翻译腔影响，散文语言之美之新，不单在于打破语汇和句法上的常规，更要在民族民间化、在语言思维方式上求新求异，像贾平凹说的那样，精美与拙美结合起来，将不同职业人群的语言、不同地域语言提炼萃取出来，融汇乡间的青草和泥土，城市的纷扰与现代，一定程度需要语言上的"去知识分子化"，去过分书面化，将语言组合为有意味的形式。出新意味着探索、试错，对语词玩味后的制约，在找寻对象与词语最大的贴合中有所突破。

报告文学之我见

报告文学是舶来品，在中国得到的发展是切切实实的。报告文学作为一种文学体裁，主要是运用文学化的艺术形式，真实、及时地反映社会生活事件和人物活动，彰显作者一定立场及观点。报告文学首先是非虚构文学的一种，与小说、诗歌的根本不同在于不能任意虚构。也就是说，这种文体不允许采用创造和综合人物典型、环境、事件等手段去进行文学表述。报告文学兼有新闻报道和散文的特点，既具新闻报道意义上的及时性和真实性，又具有时政的议论性。无论是瞿秋白的《饿乡纪程》《赤都心史》，邹韬奋的《萍踪寄语》《萍踪忆语》，还是夏衍的《包身工》，徐迟的《哥德巴赫猜想》，都是通过运用文学语言和多种艺术手法，通过生动的情节和典型的细节，迅速地及时地"报告"现实生活中具有典型意义的真人真事。报告文学能够发挥新闻通讯一样的作用，善于以最快的速度，把社会生活中发生不久的事情，迅速而及时地传达给读者大众。

报告文学要有浓厚的新闻性，只不过与报章杂志所载的新闻通讯不同，在于需要充分的形象化细节化，即文学化，经由细节和情节的再造，通过精巧的结构、鲜活的人物，对事件及环境的艺术描写，达到能够让读者身临其境、感同身受的文学生动性，让读者明白作者所要表达的思想是什么，而这一切，都不是通过虚构来达到的。人们普遍认为，报告文学的特征是文学性、新闻性和政论性的结合。

报告文学与非虚构文学有联系也有区别。联系就是它们同属纪实性文学，而不是虚构性文学，与小说诗歌之虚构有着本质的不同。报告文学强调作者站在当今社会的立场上，更为直接地表达思想，肯定当代社会思想意义，体现价值观的引导。非虚构文学从广义上说涵盖范围更大，可以包括报告文学、纪实文学、传记文学、回忆录，甚至散文，在不得虚构这个意义上说，同样与小说、戏剧及诗歌形成对立关系。狭义的非虚构文学与报告文学相对应，更强调书写的客观性、在场性、亲历性，而不一定非要具有很强的政论性和时政性。

报告文学的"报告"主要是强调新闻的及时性、大的信息量，以及对时政等一些问题的立场的表达及分析议论；"文学"则主要指结构的独特，语言的优美诗意，是在达成这一文体的审美性方面所作出的努力。报告文学有着较鲜明的社会性、公共性。严格意义上说，报告文学不以表达个人经历、情绪为主要内容，从而与回忆录、传记文学式的文字不同，既需要在广泛采访基础上汲取素材，提炼主题，完成对社会现象与社会问题的反映，又要表达自己对社会问题的看法。

从历史上看，法国革命、巴黎公社运动、第一次世界大战、十月革命，剧烈动荡的社会生活催生了报告文学，而中国在晚清之后，辛亥革命、五四运动、抗战爆发、解放战争等等，随着社会变革的推进，报章杂志的出现，迅疾反映社会问题的新闻报道层出不穷，以瞿秋白、邹韬奋、范长江、夏衍等为代表的不少作家通过报告文学这种文体形式，进行关于民族命运与个人出路的探求，是这一文体的公共性的具体反映。因此，面向社会问题，针对具体的社会现象，表达对社会问题的思考，这才是报告文学的特征。但报告文学毕竟是一种不同于新闻报道的文学创作，必须要有个性化的艺术处理，要在主题提炼、结构和语言等方面，体现出艺术的匠心，体现出鲜明的个人风格。

非虚构文学的兴起，对于丰富当代文学创作，起到了很大的激荡撞击作用，体现的同样是作家与社会变革的有效互动。非虚构文学的重要特点是在叙事上有一定的综合性，糅合了自白、散文、传记、通讯报道等多种形式，强调作者亲历在场的田野考察、纪实采访等，成为非虚构文学的重要指归，以及作品表达的综合性。在谈非虚构的时候，有必要看到，现实的无序性往往就是常态，对现实的特别无序性，我们必须加以关注，因我们即使能够看到细节，也看不到结局，即使看到结局，却看不到过程中的意义。非虚构文学有时候只能看到并且表现这种常态。作家带着一定的问题意识，以社会学、人类学、文化学为支撑，去认真探查生活的真相，不一定非要有意构成文学上的完整。而虚构文学则大多经历了有意构建意义的过程，强调作家从无限丰富的生活中找寻素材、题材，提炼主题，通过对漫长的、无秩序的生活的开掘，努力去创造一个有意义的、完整的生活图景，富于说服力地告诉人们，生活就是这样，生活的意义就是这样。

提升报告文学作家的审美能力是当前创作面临的最紧迫的问题，既需要作家打开生活面，拓宽报告文学的视野，在国家建设、地区发展和社会变革等宏大主题的开掘之外，向更多的社会领域探索并描写。现在的不少报告文学见事多而见人少，新闻性大于文学性，资料性大于思想性。要把更多的功夫放在人的塑造，人的心理世界开掘、性格刻画上，才能体现出报告文学的力量。现在很少能够看到那种结构精巧的报告文学作品，作家要在锻造文本结构方面下大功夫，激发报告文学的文体意识。而见人见事见精神，更切身的真实性，有赖于对新闻性的更广泛锻造；更有力而深刻的思想性，来源于作家深厚的思考能力，作家对生活的沉浸、博览群书和多思多写，才能锻造越来越多思想、技巧见新意的审美范本。就快节奏的新媒体时代对报告文学提出的要求而言，有两个方面值得注意，一要提倡言简意赅的精短报告文学，二要搭建新媒体平台与报告文学的有效联系，加大报告文学的社会传播与覆盖。

诗性表达在当今的必要性

费孝通认为，文化依赖象征体系和个人记忆维持着国家与民族的共同经验。文学作为这个"象征体系"与"个人记忆"中最具感染力和生命力的部分，源源不断地提供着国民反复认识、确证和壮大自己的精神养分，为世人提供心灵指引，丰富着一个民族的精神文化内涵。文学的感染力和生命力与文学的诗性或诗意密切相关，诗性作为文学和艺术最高境界之一，衡量着创作的水准与品格。

诗性是文化自信的蓬勃洋溢，是一个民族文化的创造者对自身文化价值的充分肯定，是对本民族传统积淀的升华，意味着文化的厚积薄发，体现着对本民族文化的高度信念和信心。越有文化创造的自信，就越有勃发与提升诗性的自觉。我们在今天倡导文学创作的诗性表达，就是因为不少写作者在匆忙的路途上忘却了文化底蕴的贯注，未能获得助推自己创作在思想、声音、态度等方面自由飞升的能力。在当代文学创作中，诗意表达弱化倾向在一定程度上仍然存在，制约了原创力的提升，制约了创作品格的提高。

诗性外化着作家的心灵。作家作为一个民族的感觉器官、思维神经与智慧的瞳孔，可以从情感、感觉、思想、意识等方面持续守护所属民族的精神成长。诗性固然意味着首先要立足于现实，不能是作家拔着头发脱离地球，诗性更是对现实的艺术化和文学化处理，重点在于升华，而非直接描摹克隆，更非现实翻版。诗人艾青说过，"作家并不是百灵鸟，也不是专门唱歌娱乐人的歌伎。他的竭尽心血的作品，是通过他的心的搏动而完成的。他不能欺瞒他的感情去写一篇东西，他只知道根据自己的世界观去看事物，去描写事物，去批判事物。在他创作的时候，就只求忠实于他的情感，因为不这样，他的作品就成了虚伪的、没有生命的"。好的文学作品表达的是作家的"心象"，是对现实的超验，如果过度和绝对"写实"，过分注重故事如何吸引人，情节如何"狗血"，使作品几近于新闻、纪实等体式，如果缺乏以"心的搏动"对题材进行艺术的提纯，或忽略将现实化为艺术，搭建不起现实通往艺术的桥梁，作品则只能沦为平庸的事象说明书，无法感染人，无法感发出正面的价值。

诗意或诗性同样来自创作的个性化，意味着创作者找到了进入生活的独有路径，以自己的创作安放了属于自己的声音、色泽和语调。诗性得到推崇在于创作者能够将活生生的生活，将为大众所关注的社会现象、轰动性新闻，以独特的视角独特的手法加以处理，从而产生耳目一新的效应。吸引作家创作的生活素材可能会在头脑中反复发酵，被充分吸纳，在此基础上化为富于个性、可被接纳的艺术化现实。诗性化追求就是对创作素材的个性化表达，从而"气之动物，物之感人"，使读者受到浓郁丰厚意境的感召。模仿他人或刻意迎合大众浅表化的猎艳猎奇，必然会丧失掉文学的蕴涵和诗性品格。诗性是作家经过长期的艺术储备，或经过苦苦探索、寻觅而好不容易捕捉到的情节、意蕴或独特表达，是那种迥异于他人作品的气韵、声响、节奏、韵律等等，在作品中具体表现为风格、境界、趣味之类，诗性通过文本表现出来，却永远是属于故事、结构、语言之外的独特声响。

诗性的本质是提高，是让人获得高于一般人对世界图景和人生设想的那种感受，杜甫之"感时花溅泪，恨别鸟惊心"，辛弃疾之"但使情亲千里近；须信，无情对面是山河"，提升的都是我们对世界、对人生的感受。好的文学是要用文字把自己民族人们的精神追求提高一些，哪怕提高那么一点点。有抱负的作家关心人精神层面的事情，为人类的未来考虑问题，用文学为人们仰望星空提供艺术化的参考或者动力。文学创作要安顿人的精神，使其灵魂幸福，以庄重的榜样预示未来，一定离不开诗性的表达。诗性是流溢于文本之中的对未来的美好设想，超越当下的具体实际利益，意在让人避免眼光的短视，并尽可能阻止人精神的枯萎与封闭。古人主张诗可以发挥兴观群怨的作用，让人多识鸟兽草木之名，鲁迅秉承疗救人的灵魂，肩起黑暗的闸门，放人们到光明的地方去，就是强调文学要升华生活、激励生活，让人们获得摆脱卑琐、奴性和目光短浅的勇气。巴金以"激流三部曲"等的创作，热情叙说青春的力量、信仰的力量，他执着讴歌理想、赞美未来，作品中反复出现太阳、星光、明灯、圣火等充满光与热，能给人带来信心与力量的形象，就在于他对人类有大爱，对世界有大悲悯，他永远有滚烫的诗心。

诗性永远同世界的宽阔、人生的斑斓相联系，但面对生活之树，我们既要像小鸟一样在每个枝丫上跳跃鸣叫，也要像雄鹰一样从高空翱翔俯视，获得以高于生活的标准来提炼生活的能力，这就要求我们的作家不陷入从生活中所见即所得的狭窄，不陷入粗俗化的鄙陋，不失去诗意的色彩，真正做到社会的情境有多么丰富，作品的情境就有多么丰富；社会的韵味有多么淳厚，作品的韵味就有多么淳厚，发挥好文学滋养人精神世界的作用。如果以欣赏的眼光、陶醉的心态去表现"恶"和"丑"，只会给人心种植上更多的丑恶与卑俗，不可能让人得到"美"和"诗意"的熏陶。提倡作家从眼下的生活出发、脚踏实地，立足自己国家的城市与乡村的具体现实，讲述实实在在的中国经验、中国故事，同时更要强调，向着人类最先进的方向瞩目，为人类贡献独特的声音和色彩，给人以理想的烛照，给人以希望与信心。

不要把创作弄委屈了

　　当代的一些文艺创作，之所以未能走出"速朽"窘境，原因可能会有很多，比如没有遵循美的规律，没有用艺术创造力将题材和主题中蕴藏的巨大能量激发出来。还比如因创作诚意缺失。有位作家曾讲过，不少人是为出名、版税、获奖去创作，画家中也有那么一种人，他们只画两种画，要么是卖大钱的商品画，要么是参加美术评奖的作品。前者草率而重复，后者则把画幅搞得很大，二者都是专门投人所好，为取悦于人、为迎合他人而创作，这样就把创作弄委屈了，离开了潜心酝酿、精心营造，不论是题材多重大、主题多宏大，作品也会缺乏艺术感染力，更缺乏持久的艺术魅力。

　　时代的丰富性与多样性，瞬息万变中的不确定性、可能性，一方面波澜壮阔，另一方面又泥沙俱下，无时不在为文艺创造开辟着新的路径，踏入时代的各个航道，得到面对火热现实的新语汇，即使挖掘广博深厚的历史资源，也不会空手而归。

　　不少作品质量粗糙和品质低劣是诸种因素共同作用的结果，从创作者方面讲，跟个人积累、创作动机、认识水平不无关系，当下作家艺术家面临的诱惑太多，对自己的使命职责认识不清，不谙艺术创作的维度，对自我的心灵构造缺乏认知，不能真心诚意投入创作，目前普遍存在。作家艺术家负有的一个特殊责任是，以观察人性发掘人性为业，对人的灵魂负有责任，理应拥有对生活进行提炼、概括与升华等特殊本领。作家张炜曾说："一个人只要握起了一支笔，就要有所畏惧，要在心中有个戒律。无论这支笔多么软弱，都要是纯净的。不要做个卑微的、可怜的人。"作家艺术家的创作不能委曲求全，不能

49

凑热闹、发现什么容易走红就赤膊上阵，或了解到什么能赚钱、"得大奖"就去一展身手。必须摒弃一般化的冲动，守住定力，从自己的生活优势与艺术优势出发，有所为有所不为，心怀谦卑地、庄重地做出选择。艺术创造本质上讲是一种诚意的投入，怎么写很重要，写什么同样重要。作家柳青心无旁骛扎在皇甫村十四年就是为写好农民，福克纳毕生只专注于"邮票大小"的一块地方，他们真挚的选择恰恰体现自己的自尊。能够遵从自己内心的诚恳成为他们避免自己创作平庸落后的一个重要原因。出于功利热情，匆匆忙忙采访，潦潦草草写作，风风火火推出，注定不会是经得起时间检验的好作品。

按美的规律创造。文艺创作从本质上讲是一种美的创造，美的创造绝非人类在其物种发展过程中的附属品。人按照美的规律创造，社会进步是人类对美的追求的结晶，对世界进行美的探索始终是文学艺术创作的使命，这是马克思主义文艺理论的鲜明观点。遵循美的规律，以美的创造唤起人们对美好人性的追求，对高尚境界的向往，是卓越作家艺术家遵循的不二法门。不少当代文艺创作，之所以未能走出"速朽"窘境，说到底是没有遵循美的规律，没有用艺术创造力将题材和主题中蕴藏的巨大能量激发出来。不进行美的创造，缺乏审美转化能力，创作的作品必然缺乏魅力。越是题材重大、主题宏大，越需要潜心酝酿、精心营造，激活蓬勃正能量。

对所有素材照单全收，知道多少就堆积多少，想到哪里就演绎到哪里，能拖到哪里便截止到哪里，缺乏必要的艺术选择及剪裁，是当前不少长篇小说、报告文学、网络文学及电视连续剧的通病。浪费时间无异于谋财害命。在生活节奏快速的当今时代，形式美体现于对节制美剪裁美的严苛讲究。陈景润曾经开创世界数学史新篇章，徐迟只凭一万多字的《哥德巴赫猜想》便造就这一题材的高峰。

在创作的视角美及结构美等方面，按照美的规则建构起一个个充满或然性的艺术世界，能够让人义无反顾地沉浸其中，接受所诉说的一切。曹雪芹《红楼梦》、莎士比亚的剧作、希区柯克的电影等构建的艺术世界就具有这样的魔力。此外，语言美、画面美及韵律美更是传世佳作的题中应有之义，但不少创作者浮躁、匆忙、逐利的惯性，特别是膨胀的虚妄自信，相当程度上对这些美学原则形成了挤压。

以艺术个性成就独特价值。跟风与克隆，作为艺术创造的天敌，更是当前文艺创作一大顽疾。艺术在本质上是富于独特个性的发现，正如约瑟夫·布罗茨基在其诺贝尔文学奖获奖演说中所言，"艺术的创造，尤其是文学的创造，之所以如此非凡，之所以能与生活区别开来，恰恰在于它厌恶重复。在每一天生活中你可以把一个笑话讲上数遍，还能每次引来笑声，并成为饭后茶余受欢迎的人。而在艺术中，这种做法就会被人称作'庸俗'"。一个时代文艺繁荣的重要标志是一大批具有艺术个性的大家涌现以及具有独特艺术个性的佳作迭出。缺乏艺术个性是文艺创作危机的突出表现。解决跟风与克隆、缺乏艺术个性等问题，是筑造文艺高原、造就文艺高峰的当务之急，迫切需要文艺创作者引起重视，蓄力突破、开拓新境界。文艺创作上炒剩饭、抄袭模仿、千篇一律的做法，那些机械化生产、快餐式消费的作品还较普遍。有的现实题材历史题材影视作品，选角不从演员与角色的适配性出发，单纯考虑"流量"，这就是随波逐流、缺乏个性的典型表现。近几年来，《智取威虎山》《战狼Ⅱ》《湄公河行动》《红海行动》等电影作品做出创新突破，叫好又叫座，我们不能止步于此，还需要趁势推出更多题材、类型、风格的作品，进一步拓宽我们的主流文艺。

文艺创作的一个重要职责在于由或然创造出必然，保存人类对世界的独特认识，呈现人类对世界的希望憧憬，引领人类建构生存的意义。只有对生活有独特发现，深具思想穿透力和表达冲击力，才能体现艺术创造的个性。卓异的创作者会营造自己的根据地，有自己的艺术主见，敢走他人未曾走过的路子。赵树理有着深厚的民间文学滋养，对农民有深刻理解，得益于始终忠实于生活，能够突破当时流行的条条框框，不用生编硬造人物和故事。金宇澄作为编辑见到过大量"打扮很不一样，文字很一样"的作家，他写作《繁花》时便有意要"显示文字的自我，把自己跟别人分开，改变通常的叙事"，他认为，中国人的生活方式特别是中国人的语言方式有着巨大的特异性，中国小说自身有传统，我们在艺术表达上一旦无力，就需要到传统里去寻找。《繁花》有意打破翻译体对当代小说创作一家独大的影响，以文字显示出中国气派的不凡气质与力量，使这部小说成为一个独特存在。作家艺术家的文化积累、修养底蕴、文化自觉是达成艺术个性的重要条件，而艺术创造的个性同样需要全社会的鼓励与呵护。

全球化条件下国家文学的走向

随着人类生产力的发展，世界市场的开拓，资本力量的冲决，各个国家各个方面的互相往来和依赖日益增强，所有国家的生产和消费均不可能画地为牢，而是要融入世界，成为世界性的一部分。物质生产打破了自给自足和闭关自守，每一民族，其任何行为，包括经济的、科技的、教育的，以及文化的、艺术的，都将拥有"世界性的"因素。"全球化"已成为历史发展的必然趋势。在文化交流融合加大过程中，各民族精神产品变为世界的公共财产，固守一个民族的片面性局限性日益不可能，许多种民族的和地方的文学最终会形成世界的文学，甚至有人预言将会出现"全人类的文学"——既保持民族特色，又获取一些稳定普遍共通特征，既在社会意识中，也在艺术传统中对全人类价值加以确认和肯定，并能将其他民族文学的艺术经验与技巧整合到本民族文学中去。

文学有赖人创造，而人是普遍联系的。英国诗人约翰·多恩（1572—1631）在其《没有人是一座孤岛》中说过："没有人是一座孤岛，/ 可以自全。/ 每个人都是大陆的一片，/ 整体的一部分。/ 如果海水冲掉一块，/ 欧洲就减小，/ 如同一个海岬失掉一角，/ 如同你的朋友或者你自己的领地失掉一块：/ 任何人的死亡都是我的损失，/ 因为我是人类的一员，/ 因此 / 不要问丧钟为谁而鸣，/ 它就为你而鸣。"在文化多元成为世界人民共同追求的时代，文学艺术的全球化问题必须认真面对，以最终达到文学价值和艺术价值的全人类共享，这是人类的普遍共识，另一方面，保持文学的个性、民族性、多样性和多元性，同样是普遍诉求。

文学是人类独特思想与感觉的记忆，不同地域的人会有不同品格、气质与艺术境界的文学，文学无法脱离社会、历史存在。在世界人民之间和国家之间共同利益交集日益增多的情况下，必须朝着实现互惠合作、共享一个家园的目标努力。文化也好，文学也好，其功能之一是提高人类的宽容度、紧密联系程度，丰富人类的感性与理性世界，消除人类之间的恶意和仇恨。全球化、世界文学乃至全人类文学，应由全人类共同说了算，目的是有助于推进公平正义，呈现更加多彩的世界，建设更加美好的世界，促进人的全面发展。

人们越来越企盼各个民族以各自不同的风姿出现在世界文明的舞台之上，而每个国家都有文学繁盛的理由与土壤，文学不能被任何外来力量剥夺。在全球化引入"开放性"、货物和资本"自由"流动、"没有边界的世界"的时候，各民族、国家依然有保持文化、文学独立性和自我意识的权利。"全球化"所衍生出的那些新的、精密的、全面甚至完整的依附关系中，也许恰好隐藏着文学的素材与主题，文学有能力和使命，将其中无法觉察的细节记录下来，公之于世。

保护国家利益与融入全球化不是完全格格不入的，全球化未必会吞噬小国的文学，每个国家应该且必须有自己的文化选择。因为，只要一个国家不断产生有才华的作家、诗人和智者，国家的或民族的文学就不会消亡。当年歌德所创造的"世界文学"概念，不是单数的，而是复数的，是彼此对话和交流的复数。我们能够清楚地看到，"世界文学"的本意不是让全世界的文学成为一个模式，而是更强调不同民族的文学抱有一种宽容、包容与可对话的姿态。世界文学既不是一体的，也不可能是趋同的，它们在保存文化记忆、沟通人的心灵方面的独特使命，能够有助于让世界不同角落的人，找寻与分享一些共有价值，为共同解决人类面临的问题提供智力支撑。

地球上不同的人不可能按照一个方式去思想，需要互相认识，互相了解，假使不肯互相喜爱至少也努力学会互相尊重、理解和宽容。全球化条件下，各个国家的文学，应在独特性、新异性和可对话性等方面卓有建树，以努力促进世界范围内的相互交流和文学家之间的相互了解。

文学是一种深刻的共享行为，地球上的人们，虽说有不同的种族和民族，但人类生理结构上高度的相同性，不同民族作家在生活、经历和情感上可能的相近性或相似性，使他们能把世界不同角落那些真正值得珍视与赞扬的东西分享给全人类。

文学创作所拥有的成为人类共同财富的自觉，密切了世界各民族文学之间的联系。属于各国的文学应努力获取世界性，不断改变自己，更要有勇气有能力去改变世界，为世界文学注入新的元素。科学技术的发展，现代传播方式的高度发达，翻译、纸面书籍普及本、戏剧演出、影视改编及广播、电影和电视的覆盖，令各个民族的文学拥有了走向世界的多种方式，开辟了被广泛吸收的多种途径。

民族的或国别的文学是否应该是特殊的、边缘的，属于世界的文学才是普遍的、中心的呢？世界上果真存在超越于众多其他民族的，作为更高范本标准或价值尺度的文学吗？全世界的文学难道可以且应该服从于同一逻辑，在同一个中心、同一种典范的引导下发展并走向统一吗？所有这些问题，需要在认真的讨论中找寻答案。

全球化中的现代化、西方化、后现代化，往往导致过于强调文学艺术的普遍性、世界性、人类性价值。其实，文学艺术的特殊性、本土性、民族性属性更不应该忽略，这是文化或文学艺术本身所具有的自由精神、宽容精神所决定的，民族文化根基是任何文学艺术的必然出发点。比如语言，如果完全让位于拉丁化，就会令文化商品和消费活动构成的国际化意符体系有可能代替原初民族语言，民族文学的生态根基便更加岌岌可危。从一定意义上说，"独立性""主体性"是民族价值和意义的标志，文学"民族性"只有坚定自我意识，维护和呈现多样化，通过文学深度的追求，才能达成与文学"世界性"的对话交流。

"全球化"并不能将一切整合划一，它在将各民族经济文化活动紧紧夹裹在一起的同时，也会使各民族自身文化传统与身份认同更加突出与鲜明。在"世界性"与"民族性"分别都需要重视的时代，就是要拥有世界性的眼光，努力建设好各自国家的民族文学。任何民族，它只有真切地尊重本民族的文化与传统，才可能在"全球化"的场域中占有一席之地。换句话说，一个民族的文学正因为有了民族的东西，它才能真正成为"全球化"中的一员。所谓"和而不同"，正在于一个民族文学的言说，对于另一个民族（或个人）而言是有些陌生的，但由于它是对个体的"生命"的叙述，同样能够使异族读者产生深刻共鸣。为此，立足本国现实，挖掘人的灵魂，借鉴世界优秀成果，从本民族文化自身传统中，在当下所有人审美和精神价值的意义上找寻艺术表现的突破，为世界文学贡献新质。

关于现实主义，我想说的就只有这些了

——答伍友闻

友闻先生：

见信如晤。

我们并不熟识，熟了可能就不写信了。在这样一个书信废弛的时代，能够得到书信往还的机会，肯定要珍惜。你来信问我对现实主义的看法，恰好我很感兴趣。

近几年人们又对现实主义有了新的热情，这非常好，但愿不要一窝蜂，成为一阵风或一股风。

现实主义不是过时的话题，可以常说常新。任何事物的生命都来自实践中的不断发展，现实主义作为文艺创作的主要方法，具有恒久的影响力生命力，在于能够吐故纳新。

现实主义不是在十九世纪被命名之后才有的，我们的《诗经》、《史记》、唐诗、宋词、元杂剧、明清小说，共同形成了现实主义的浩大传统。西方的《荷马史诗》、莎士比亚戏剧，歌德、塞万提斯的小说，都是充分现实主义的。认真研究这些作品，你会发现其中有一些共同的特质，比如对社会问题的关切、对人性的挖掘、对人生重大命题的探索等等。

现实主义不是无源之水、无本之木。从历史上讲，现实主义作为具有一整套性格描写原则的艺术方法，形成于文艺复兴时期。文艺复兴时期的现实主义以描写人物丰富的感情、欲望和感受而著称，主要表现人类的崇高，强调人物性格完整纯洁，往往富有诗意，是歌颂的。启蒙时代的现实主义长于分析社会关系，强调创作要有明确社会目的及思想教育作用，是教化的。十九世纪批判现实主义既是历史的继承，又是现实的创新，堪称十八世纪以前文学经验的集大成，弥补了文艺复兴时期现实主义历史具体性之不足，吸收了性格描绘的具体性，摆脱了古典主义的理性原则，克服了启蒙现实主义的说教，吸收二者的社会分析因素，克服了浪漫主义的主观性，如福楼拜在致信乔治·桑时说的，现实主义"不要妖怪，不要英雄"。对十九世纪的现实主义，法国作家左拉说过，"调查和分析运动，是十九世纪的主要运动。巴尔扎克，这位大胆与强有力的革新者，在小说中，用科学家的观察，代替了诗人的幻想"。强调美即生活的真实性，强调对生活的干预批判，强调典型环境里的典型人物的塑造，使十九世纪的现实主义绽放异彩。

现实主义不是包打天下包治百病的灵丹妙药，掌握了现实主义不等于就掌握了一切，可以不用掌握别的了。辩证唯物主义告诉我们，世界上的事物是多元丰富的，世界的运动是绝对的无限的。创作方法必然多元多样，同样在变化在发展。不可以把现实主义变为唯一，定为唯一。提倡创作方法的多样，对文艺创作有益无害。创作方法无禁区，作家自会找到适合自己的创作方法，对此，我们不必过于操心。

现实主义不是对浪漫主义的排斥或否定，二者不存在孰优孰劣的问题，不能相互替代，浪漫主义要有现实主义观照，现实主义也迫切需要有浪漫主义情怀。二者不少时候真的是你中有我，我中有你。

现实主义不是政治概念，更不是政治避风港，一个时期拥护现实主义，另外一些时期远离现实主义，甚至嫌弃现实主义，不是一个真正作家应有的做法。创作方法与选材一样，千万别见风使舵，也千万别搞投机。

现实主义不是只对现实生活敞开大门，不天然属于现实题材。现实主义与现实题材根本是两码事，《史记》《荷马史诗》《战争与和平》等现实主义的杰作就取材于历史。

现实主义不是"大题材"的专属地，不能认为只要写了重大革命历史题材，写了抗日战争、淮海战役，写了南水北调、高铁建设，就算实践了现实主义。写一个流动小贩的忧伤，写一个汽车售票员的默默无闻，就不能焕发现实主义的光彩吗？那种给现实主义划定专有题材领地的做法，完全没有依据。而且，谁也没有理由给作家规定必须使用什么创作方法，必须写什么或不写什么。契诃夫说，"人们责怪我，甚至托尔斯泰也责怪我只写鸡毛蒜皮，说我的作品里没有正面人物——没有革命家、没有亚历山大·马其顿，或者，哪怕是像列斯科夫（1831—1895，俄国作家，其许多作品含有社会讽刺成分）那样，就写一些诚实的县警察局长"。没错，他只写自己最熟悉的最理解的，并且以自己熟悉的方式写。他写一个孩子给乡下爷爷写信，一个老人向老马倾诉衷肠，一个公务员看戏的时候在当官的背后打了个喷嚏结果把自己吓死了，等等等等，你能说它不是现实主义吗？

现实主义不是对人生笨拙的摹写，不是对世象的烦琐记录，不是照片集，不是档案袋，不是盲目照录现实，而是有删减，有补充增益，提倡富于想象的、集中的提炼，提倡对现实进行生动的符合现实的再创造，从而揭示生活本质。现实主义作家认为生活不尽完善，出现在人们面前的现实似乎总是杂乱无章、毫无秩序的，事物彼此之间没有任何联系，现实主义立场促使作家以具有说服力的细节，反映社会本质的人物形象，探寻其中的规律，找到事物之间的普遍联系，再造一个个"可信的"现实。

现实主义不是变魔术搞障眼法让人粉饰现实，我们的文学创作过去在这方面吃过不少亏，就是因为违背了现实主义原则。当前有些创作者依旧在违背现实主义原则，粉饰现实，不说真话，用文字搞形象工程。比如一些作品写某地方的成就，以大量数据、场景、细节刻画当地领导工作有方造福百姓等等，作品印出来了，领导下了大牢，作品也就寿终正寝了。

现实主义不是传声筒，这是一种在创作上面向现实、关注现实的精神追求。现实主义关注的是人，是人的命运、性格、灵魂的律动，强调挖掘人的内心世界。那些描写生产过程的作品难以被人们记住，就是因为表现的不是人的情感。作家要写出活生生的人，就是要把自己全部的生活经验注入进去，在体验熟识了许多人后，与他们多次会面后，选择那些说明人物性格和行为的生活细节、思想和感情，让他们定居于人间，有欢乐有忧伤，让人觉得作者写的就是自己多年的熟人。

现实主义不是浮在表面反映现实，现实主义需要作家的真诚，需要为自己所写的而激动，感觉难以摆脱，非写不行。

现实主义不是出传世之作的必然保证，什么时代出什么成色的作品不出什么成色的作品，谁都无能为力。苏联作家爱伦堡曾经讲过这样一个意思，上帝在一个时代投放一批天才，而在另外一个时代却绕行而去，前辈们比我们幸运的是，他们所描绘的社会，变化异常缓慢，迅速变化的当代人的思想和感情总是很难表达的，已经形成的社会和正在形成过程中的社会，是难以相提并论的。我们就处在一个变化异常剧烈的时代，有无限的可能，有广阔的空间。

现实主义不是口头标举出来的，要靠真诚的实践，靠踏实的创作。

友闻，关于现实主义，我想说的似乎就只有这些了。

但愿这些不沦为老生常谈。再会。

祝

文祺！

梁鸿鹰

2018 年 10 月 10 日晚上

伟大的精致与温存

"人的一切都应该是美丽的：无论是面孔，还是衣裳，还是心灵，还是思想。"一生被疾病所折磨和耗损的俄罗斯著名作家契诃夫，始终向往与追求美，他以自己的作品表达对人生、对人类的深深祝愿，也曾经以一段段精致、温存的手记，表达对世界的认识。契诃夫被托尔斯泰称为"没有人比的艺术家"，他还享有"乐观的忧郁者"美誉，其创作实践已经证明，他作为人生美、爱、信念的不倦观察者与歌者，是举世当之无愧的。他的小说、戏剧、散文随笔里所随时闪烁着的思想火花，照亮了生活，给人们以慰藉和指引，他的手记给人的启示更是无比丰富的。

人的一切成就不能离开劳动。契诃夫说过，"人不得怜恤自己地去劳动"，他是个持久的耕耘者，是笔记本的终生密友，他不停地用它倾吐心声，从没有想过是否能够不朽，但在相对较短的一生里，持续与时间赛跑，不停歇地观察、思考与写作。他留下的手记，点点滴滴，丝丝缕缕，诉说着与岁月的相遇，与词语的纠缠爱恨，翻看这些手记你不难想象，他一刻不歇地劳作着，随时掏出一支笔，翻开带在身边的笔记本，向自己心爱的读者敞开心怀。

小的就是美的。契诃夫的手记精致无比，是"比麻雀鼻子还短的东西"，因他善于萃取思想，如高尔基所形容的那样，巧妙地编织些"美丽的精致花边"，手记成为"经过深刻的提炼后的产物"。他由对生活体验，抵达对人性的洞察，而他的温存，则表现在总是为读者着想。他洞悉读者的心思，热爱千千万万的普通人，他用写作和他们交流，为他们说话，勘探世界之奥秘，探查人性之幽微，即使出了点名，也从不故作惊人之语，更不哗众取宠。他心目中的美有一个最基本的要素，那就是平等、谦逊、将心比心。于是，他的手记字里行间，永远站立着一个忘我的写作者、机敏的智者、诚恳的长者。他是靠真诚，靠内涵，靠对人的体贴，靠点滴善意触动人心。

人们常说创作来自灵感，实际上倒不如说来自对生活观察之后的情感、意识和感觉的再调动、再发动。手记固然是思想与笔触在纸页上的偶然停留，是目光与思绪的不意遭遇，但更是艺术升华的一个环节。手记是契诃夫创作的副产品，有的是构思，有的是体会，有的只是集聚了忽然间的脑中灵光一闪，有的发展为声名远播的大作品。比如"人相信什么，就有什么"。这种灵光闪现，引自高尔基戏剧《底层》中一句令人难忘的台词，给他以不少可贵的启示。"求人帮助的时候，求穷人比求富人容易。"则反映了他一贯站在大众立场上说话的人生态度。其手记有不少还如实反映了艰苦构思的过程，比方，"伊凡不喜欢索菲雅，因为她身上没有苹果味"。"伊凡不尊重妇女们，因为他把纯真的本性当作妇女独有的。如果你描写妇女们，那么就不得不写爱情。"后来他的小说《三年》中有个人物叫拉普节夫，伊凡就是其前身，是他反反复复酝酿的一个有意思的人。

契诃夫要求人要"头脑清楚，心地纯洁，身体干净"，他的手记得自生活的激励和对生活不可遏制的热爱。他对人的美好是温存的，对人性之光是温存的，对爱情更倍加热情呵护与关注。他的手记同样献给人生、献给爱情，他说过，"爱情，它或者是曾经很伟大的一种东西的退化残余，或者将是很伟大的一种东西的萌芽状态，在今天还不能满足我们，比我们期待的要少得多"。他还有一则手记说，"他是个多情的男人，刚刚结识一位女士，他便激动得像只野山羊"。再比如，他说，"爱情总是善良的。几乎在一切时代，在有文化的人们当中，广义的爱情和丈夫对妻子的爱情都同样被称为爱情。实际上，这并不是枉然的。如果爱情往往是残忍的，有害的，那原因并不在爱情本身，而要归咎于人类社会的不平等"。至今仍然令人深思。

一个人对生活没有什么要求，他既不爱，也没有憎，这样的人是成不了作家的。一般地说，人们对习以为常的生活视而不见，发现不了其中的不合理、可笑与迂腐，而在人们有所麻木的地方，作家与思想家悄然出现。契诃夫的不少手记反映了他对国民性的反思、揣测与嘲讽，如："生活看来是很伟大、壮观，但你却坐在五戈比的银币上。""只有当人生活不顺当的时候，他的眼睛才会睁开。""别人的罪孽不能使你变成一个圣人。"他对一些所谓大人物很不以为然，他说过，"那些时运亨通、无往不利的人，有时是多么令人作呕啊！""有一个非常谨慎小心的小绅士，连贺年片都要用挂号寄出去，为的是得到一张收条。"他的这些手记，用贾植芳先生的话说，是用人的强大的道德力量告发庸俗与罪恶，这些精致与温存，凝练化地体现了他的民本情怀和理想主义情愫。

为人类投射智慧与信心

儿童节就要到了，每逢这个时候，一种深深的遗憾就会油然而生。因为到目前为止，为孩子们写作的法力，还从来没有惠顾过我，而且，随着年岁的增长，被惠顾的希望将越来越渺茫。

我们很难不承认，孩子是天底下最聪明、最挑剔的一个品种，谁也别想糊弄他们，谁胆敢将冗长、乏味、说教、抽象的文字端给孩子们，就是自讨苦吃，无异于自取其辱。给孩子写作意味着将把世界上最新奇、最不可思议的事情，以最出人意表的方式呈现出来，告诉孩子们大千世界变幻莫测，奇迹每一天都会发生，欢笑，阳光，希望，是这个星球上最为普遍而持久的存在。对孩子来说，夸张，魔幻，变形，是再自然不过的。专门针对大人的那些严肃、深刻、崇高的教义，未必不适合儿童，恰恰相反，好的儿童文学蕴含着被生活反复验证的所有可贵价值，只不过已经而且必须通过生动的故事、出人意表的情节、妙趣无穷的语言加以传达。作品有幸能让孩子们过目难忘，口耳相传，爱不释手，必须能不断提供智慧、惊喜与趣味。高尔基说过，"人的幻想是没有止境的，儿童的幻想更是无边无际。因为孩子的心灵比成人的心灵更加秘密"，儿童文学能教给一个写作者的东西会很多。生活乐趣的大小取决于我们对生活的关心程度。儿童难道不是对生活的点点滴滴最关心，从中得到乐趣最多的一类人吗？聪明的作家永远不会停顿向孩子们学习的脚步。

儿童是最伟大的平等主义者，他们从一出生就懂得，世界是大家的，谁也别想把眼前的事物分为三六九等。在任何一个孩子的眼里，万事万物都能来往、信任和生活在一起。孩子与身边的花草树木、飞禽走兽，甚至地下的蚂蚱、蚂蚁、蝼蛄，都有亲密相处的愿望。对孩子来说，动植物的生命跟自己的生命相比，从来都是一样的，没有什么高低贵贱之分，更不受金钱、地位等的支配。关于我们人类该如何善待动物、珍惜环境，与万物、与每个人如何平等友好地相处，儿童文学教给我们的有太多太多。

世上有多少生命，有多少物质、物体，中外儿童文学里就有多少种主人公，大象、小猪、蜘蛛、小鹿、熊、兔子、灰狼、猴子、斑马、狮子、天鹅、老鹰、画眉、麻雀、公鸡母鸡、鱼类，叫得出名和叫不出名的树木、花卉、池塘、草地，以及大到星球、小到原子、细菌等等，在儿童文学里都有一席之地，都有生命与权利，有呼吸、悲欢和思想，孩子们与它们融洽相处，不断发现对方优点，与它们共同成长。平等是人类作为物种的一个重要出发点，看似最简单、最起码，往往最难达成，向孩子们学习，向儿童文学学习，我们人类这个星球也许会太平许多、和谐许多。

儿童文学是孩子成长的好伙伴，难道不是成年人自我完善的良师益友吗？成长这个难题需要全人类共同面对，即使年过半百的人，也不能自诩可以停止灵魂和身心的成长。大林与小林、三毛、没头脑与不高兴、大头儿子、马小跳、皮皮鲁、海尔兄弟，以及白雪公主、小红帽、灰姑娘、彼得·潘、小王子、夏洛等等，这些可爱的主人公是孩子们所喜爱的，不也是我们成年人的好榜样吗？

为孩子们写作等于为所有人写作，绝不是一件容易做到的事情。罗曼·罗兰说过："谁要能看透孩子的生命，就能看到湮埋在阴影中的世界，看到正在组织中的星云，方在酝酿的宇宙。儿童的生命是无限的，它是一切……"好的儿童文学会涉及勇气、好奇、爱心、友情、救赎、诚实，以及亲密与保护、冒险与奇迹、信任与背叛、幸福与分享，甚至生与死这种人类的永恒主题。儿童文学作家热情地告诉孩子们——这些未来的主人，这个世界是怎样的，每天都在发生着什么，人类如何思考，怎么与万物打交道。为孩子们多打开一些看世界的窗子，让他们观察得更认真更透彻，而不是为窗户加上百叶窗，挂上窗帘，是作家的共同使命。儿童文学不是学着孩子的腔调说话，而是向着人性说话，超越生死本身给我们带来的欣喜或悲伤，揭示出人性最隐秘的角落，为人类投射智慧与信心。

安徒生有篇叫《祖母》的童话，说的是一个毕生给孩子讲故事的老祖母去世了，埋在教堂边的墓地里，孩子们晚上去那里采玫瑰花也不感到害怕。安徒生说："一个死了的人比我们活着的人知道的东西多。死者知道，如果我们看到他们出现，我们该会起多大的恐怖。死者比我们大家都好，因此他们就不再出现了。"这个说法真的妙极了。儿童文学面向全人类，蕴藏的宝藏很多，她们或许比其他的文学都好，她们浇灌着孩子的心灵，她们的出现，是为了不停地安顿和瞩望天下所有人的灵魂与未来。

文质兼美　神采奕奕

　　不少人认为文风是机关公文、新闻报道的事情，其实不然，只要是文字成品，就涉及文风。古代的台阁体、艳情诗、八股文为什么令人生厌，遭到唾弃，就是因为文风上出了问题。目前我们的公文、报道存在不良文风，文艺评论同样在文风上有差距。当前文艺评论的不足之处，除了缺乏秉笔直书、公道直言的实事求是精神之外，在文风上颇受诟病。比如，有的居高临下、高深莫测，有的深文周纳、佶屈聱牙，有的空洞乏味、浮皮潦草，不及物、不好读、不可亲，没有鲜活的神采，难以发挥应有作用，影响了公信力权威性。从某种程度上讲，文风是文艺评论的命脉。没有好的文风，改进和加强文艺评论就是一句空话。文风得到改进，文艺评论的生机活力才有望得以焕发，权威性公信力才能得到彰显。文质兼美，应该成为文艺评论文风的自觉追求。

　　改进评论文风要贯彻实践观点，坚持从实践中来，到实践中去。文艺评论的源头活水是发展变化着的文艺实践，评论来自实践、作用于实践，实践是评论的生命力之源。评论工作者要做当下文艺实践的参与者、见证者，更是实践的学生。要紧贴当代文艺实际，置身文艺现场，与时代对文艺的要求同步，运用科学理论武器，解读文艺实践，在丰富多彩的创作中找寻话题，透过纷繁复杂的文艺现象，看到文艺风潮的起伏，对创作倾向、审美思潮和文化消费时尚进行判断，发现规律，揭示本质，言之有物，言之成理，避免凌空蹈虚，以笔下论述的丰富内涵，以富于洞察力、前瞻性和引领性的神采，给创作以启发。

　　改进评论文风需要激发创造性。评论和创作一样，是富于个性化和创造性的精神劳动。现在不少文艺评论读起来味同嚼蜡、暮气沉沉，就是因为失去了创新理论与创新思维支撑，路径依赖、陈陈相因，缺乏独特的论点、论据和论证的延展，导致文章千篇一律、千人一面、陈旧呆板、面目可憎。要使评论文风鲜活生动，活泼可亲，评论家要具有鲜明的问题意识，善于一把钥匙开一把锁，对不同现象、不同作品进行具体的、个性的、科学的分析，有理有据地提供真知灼见。

改进评论文风要增强主动性针对性。文风的鲜活灵动，必然来自主动性和针对性。优秀的评论家要做时代文艺发展敏感的雷达，当代最新文艺佳作的发现者、推荐者。好的文艺评论往往有较强的问题意识，敏于反应、率先发声。目前不少评论议题缺乏主动性和问题意识，评论家匆忙上阵、依赖惯性、被动应付较为普遍，导致很多评论文章陈词滥调、言不及义。要善于主动设置议题，自觉保持对新人新现象的热情关注，敢于主动围绕焦点热点发声，旗帜鲜明，深刻揭示什么是应该肯定和赞扬的，什么是必须反对和否定的，这样才能使评论文质兼美、神采奕奕。

质而无文，其行不远。文而无质，其行不久。好文风有门槛，并非一蹴而就，认真对待文字，勤于钻研、学习和实践，才有望入其门径。而且，这种学习不只是写作技法上的，更是在文章之外多种修养的拥有。评论家特别需要加强思想理论储备，自觉将马克思主义文论、中国古代文论和西方文论资源有机融会，不挪用西方话语解释中国的创作实践，不用西方理论剪裁中国文艺实践，避免隔靴搔痒、凌空蹈虚，融科学与艺术、智慧与美感于一体，论理讲美，文质彬彬，以更多有思想、有温度、有品质的评论提高职业美誉度。

文风体现学风作风。文字的背后是学养、品格和境界，好的评论往往是评论家发自内心的赏识、理解或感奋。评论者需要拥有对文艺实践和文艺创作的同理心共情心。那种对文学艺术的敬畏之心，对创新创造的敬慕之心，那种以审美的眼光去体察一切的评论者，才能使笔下的文字文质兼美。要反对居高临下、指手画脚、上纲上线的评论姿态，抵制阿谀奉承、庸俗吹捧的评论，抵制和反对刷分控评，是什么问题就解决什么问题，在什么范围发生就在什么范围解决。评论家要以护花使者和同路人的心态，认真体悟创作甘苦，潜心研读各类作品，言之有理、以理服人。要倡导评论贴近大众审美，以更多风格质朴、短、实、新的评论，春风化雨、润物无声，给人以教益，促进文艺健康发展。

守望文学浩瀚的星空

恩格斯在《反杜林论》中曾经说过："最初的、从动物界分离出来的人，在一切本质方面是和动物本身一样不自由的，但是文化上的每一个进步，都是迈向自由的一步。"我经常想，文学也许就是人向自由迈出的其中一步，它肯定会是人类最早掌握的、用以满足人类内心需求的文化形式。

镌刻人类自由进步的足迹

如果有幸乘上回溯历史的快艇，我们就会逐步知晓，文学的诞生和演进经历了漫长、复杂而引人入胜的有趣过程。长城、罗马斗兽场、金字塔是那样的辉煌，但也无法与文学这种文化奇迹相比拟。我们每天说的话、发出的讯息，许多都能算作文学。人类交谈、打比方、讲故事，用抒情诗来咏唱自己的内心世界，倾诉自己的欢乐与悲伤，抒发自己心灵的呼唤，无不是精神创造意义上的"发明"。

中国古人认为"不学诗，无以言"。"诗书礼乐易春秋"，文学排在第一位，是古人素养最基本的构成要素。文学所具有的精神超越性，鼓舞着人们应对自然、应对自我、应对生活所提出的问题，抚慰人的心灵世界，满足人类灵魂的内在要求。好的文学体现着一个民族最富活力的呼吸，如同肌肤般与人的日常存在、精神渴望相关。仰望文学这无比浩瀚的星空，我们会发现，上面刻着人类进步发展、持续探索的足迹，描画着人类理想、希望、欣喜与忧伤的图景。

文学有巨大的磁性，吸引了无数立志摆脱命运牵引的人。如一位作家所说，写作改变人，会将一个刚强的人变得眼泪汪汪，会将一个果断的人变得犹豫不决，会将一个勇敢的人变得胆小怕事，最后就是将一个活生生的人变成了一个作家。这便是作家的宿命。但成为作家路途上的艰难并没有熄灭人们飞蛾扑火般的勇气，因为成为作家和诗人开辟了迈向自由与进步的可能，以至于法国诗人拉马丁说，"在一生中连一次诗人也未做过的人是悲哀的"。阿根廷作家博尔赫斯 26 岁时写下《准最后审判》：

> 我在内心深处为自己开脱吹嘘：/ 我证实了这个世界；/
> 讲出世界的稀奇。/ 别人随波逐流的时候，我作惊人之语，/
> 面对平淡的篇章，/ 我发出炽烈的声音……

表明我们可以为证实在这个世界上所取得的一切而自豪，可以因写作融入社会的进步而骄傲。

"笔落惊风雨，诗成泣鬼神"。文学重述人类对生活的学习，对世界的探究。文学不是理念、观念、概念的展开，不是省事的口号、标语，更不能成为随意的涂抹、不负责任的狂言。文学拒绝复制新闻、拷贝陈述、沦为生活的简易说明。文学处理有关人生、世界、自然、情感、人性进展方面的话题，文学不拒绝对"僻静"思想空间的反映，避免单调的合唱重唱。

此外，文学可以探究生活真相，破译人心奥秘，像要勾画人类"命运路线图"那样，给人以信心。好的文学像蓝天上的阳光、春季里的清风，可以启迪思想、陶冶人生，一扫颓废萎靡之风。我们徜徉于文学的世界之中，可以领悟人生或世界的进步，以坚定生存信念，找到个人的理性目标。

文学的巨大魅力在于让人懂得，生活不是毫无头绪的存在，而是充满着各种可能性与选择性的生机勃勃的过程，在文明演进的岁月中，文学无微不至地帮助人类建立自己的价值系统，并形象地昭告：人本来什么样、应该怎么样。文学还通过所塑造形象的"现身说法"

试图去确立公众的价值信仰，以人物形象作为榜样影响公众，从而将公认的价值观融入个人日常行为、生活细节中。

在马克思和恩格斯看来，文化作为文明、知识水平、受教育程度以及"观念意识形态"等，是人的本质力量的对象化，文化与作为主体的人，始终处在相互生成的互动之中。人创造了文化，而人自由发展的程度会影响和制约文化发展形态，随着人类社会的进步，人的自由全面发展的推进是应有之义。文化的功能主要是造就出自由个性和素质全面发展的人，文学的作用同样如此。

架起心与心的桥梁

文学的威力还在于它是人与人之间交流的一个利器。人类进行文学创作的理由之一是对话，这由人类强烈的归属感、防御感、拓展感之需要所驱动。因为人是要群处的，无法长期离群索居。英国玄学派诗人约翰·多恩在《没有人是一座孤岛》一诗中，这样表达人的真实处境：

> 没有人是一座孤岛，/可以自全。/每个人都是大陆的一片，/整体的一部分。/如果海水冲掉一块，/欧洲就减小，/如同一个海岬失掉一角，/如同你的朋友或者你自己的领地失掉一块/任何人的死亡都是我的损失，/因为我是人类的一员，/因此不要问丧钟为谁而鸣，/它就为你而鸣。

生活在这个世界上，我们除了有自己，还有别人，除了身边熟悉的人，还有整个人类。你会告诉他人自己的想法，也需要征询别人的看法，获得他人的反馈，与人交流，以强化人生经验，肯定生存自信。

交流最初还有一种深层的动因，是为了壮胆。遥想远古时期，人们围坐在篝火旁，远处有狼群在树丛后嚎叫，为了驱除恐惧，有人开始讲故事，这个人讲完，下一个人接上，用以激励自己对抗恐惧。不停顿的讲述，成为把外部世界威胁甩在一边的"魔法"，构筑起精神依傍的壁垒。

人类生活于各种社会关系之中，有情感宣泄的渴望，有思想交流的冲动。我们与他人、自然、社会，与不同语言、种族、境况的人，会不停地交换看法，将诉求、愿望告知对方，了解彼此。虽然诗人荷马究竟是一个诗人的名字，还是一群讲故事的人的代称，至今仍无定论，但其留下的史诗却完整地揭示给后人，在那遥远的时代里，希腊人如何生活，他们在想什么，情感世界如何。史诗也透露了战争时期社会生活的细枝末节，深广宏阔的内容、瑰丽奇幻的讲述方式，使之为后人留下了与世共存的证言。

说到交流，作家还书写了人类可能会面临一种极端的窘境，即为找不到交流对象而苦恼，像契诃夫笔下可怜的主人公，不得不去与老马说话，或者像可爱的万卡，给乡下收不到信的爷爷写信。他们的遭遇从另外一个角度告诉人们，作为人，无论有多么卑贱，都有交流和倾诉的强烈精神诉求。在这件事情上，文学帮了大忙，会避免惨剧的发生。

打开与外部世界对话的窗口

阅读巴尔扎克《幻灭》的时候你会吃惊地发现，远在千万里之外的作家，似乎对中国并不陌生，小说多次写到"南京缎裤子""中国纸"，以及瓷器等。更早的时候歌德则说，"当中国人已经拥有小说的时候，我们的祖先还在树林里生活呢！"他在阅读《好逑传》后对艾克曼说："中国人在思想、行为和感情方面几乎和我们一样，使我们很快就感到他们是我们的同类人，只是在他们那里一切都比我们这里更明朗，更纯洁，也更合乎道德。"伏尔泰曾将《赵氏孤儿》改编为《中国孤儿》。罗素、李约瑟更是中国文化的热烈拥趸。赛珍珠以中国题材小说《大地》成为美国第一个女性诺贝尔文学奖得主，该小说曾在美国先后发行两百万册。根据小说改编的电影在发行之后的一段时间内，大约有两千三百万美国人看过这部电影，而别的国家观看此片的人数也高达四千三百万，对西方了解中国产生不小影响，也看得出，中国题材中国故事历来受世界关注。

新世纪以来，莫言、曹文轩、刘慈欣相继饮誉国际，中国当代文学作品纷纷走向国际市场。文艺是世界语言，最容易相互理解、沟通心灵。满足国际社会和外国民众了解中国和中国人的愿望，把我们的世界观、人生观、价值观，把中国人对自然、对世界、对历史、对未来的看法，把中国历史传承、风俗习惯、民族特性等告诉世界，最好的方式就是讲故事。用文学讲好中国故事，有助于改变"文学逆差"，让国际社会重新看待中国制造、中国力量、中国方案，改变我们有理讲不出、传不开的被动。

文学不是修桥与建窗口，但好的文学确实会成为美好的媒介，直抵人心。有位作家曾经说过，我相信文学是由那些柔弱同时又无比丰富和敏感的心灵创造的，让我们心领神会和激动失眠，让我们远隔千里仍然互相热爱，让我们生离死别后还是互相热爱。但文学要打动人，需要回归人性、挖掘人性，注重基于人性思考问题，在受地区、人种等因素影响相对较小的题材上，找跨文化传播的最普遍共性，实现中国故事共通性的最大化。

小说《风声》《解密》《暗算》等在国际上受到欢迎，一个重要原因是善于挖掘人性和破译人精神世界的密码。作者麦家像一个出色的"精神侦探"，解密被时间包裹起来的真相，解密人心、观察人性，让读者透过险象环生的故事，一窥人内心世界的深邃。麦家写的多是一些在保家卫国的人，这些人出于各自的职责和使命，不可能同时拥有饱满的世俗生活和多样的个性。他们由历史情境决定的踌躇、软弱、迟疑、迁就、反复、挣扎等，恰恰有意想不到的魅力。人的内心永远幽微难辨，好像每个人内心都有一道自设的红墙，"你不自由的时候渴望自由，当你完全自由时又要逃避自由"。中外社会环境不同、思想观念各异，但人内心世界的复杂诡异其实相似，均为获得共鸣之永恒主题。

当代生活是文学最广阔自信的天地

多年前，铁凝在与德国作家马丁·瓦尔泽会面的时候，马丁·瓦尔泽说，他非常羡慕当代中国作家有无穷可写的好题材，因为中国处在异常丰富的变革中。铁凝谈道，作为一个写作者，瓦尔泽的话让她深受震动。扪心自问：我们应以什么样的心态来判断和把握时代的本质？怎样在自己的创造中积攒和建设理性而健康的文化自信？怎样不那么下意识地以他者的标准预设性地成为自己的标准？她的发问引人深思。

当代是我们每日经历的现场，人们如何面对鲜活的当下、如何应对现在进行时的难题，更能激起关注的好奇与热情。美国评论家哈罗德·布鲁姆在《如何读，为什么读》一书里曾说："我们想在小说中遇见如果不是我们的朋友和我们自己，也是某种可辨识的社会现实，不管是当代的还是历史的社会现实。"

文学的作用之一，是将现实中的一些事实具体化、形象化，让我们受到没有机会接触到的一切感染，或者即使有机会接触到，也借此了解一下别人怎么判断、怎么分析，从而拓展自己的阅历与感知。文学为世界提供图景，一个很大的责任，是能够让人从似乎毫无头绪的生活中找到一条条清晰的路径。

美国文艺批评家约翰·拉塞尔曾经说过："艺术真实地告诉我们所处的时代。艺术给我们提供娱乐的同时，更主要的是为我们揭示了真理。它包罗了人类整个历史，告诉我们比自己更聪明的人在想什么、做什么。它讲述人人想听的故事，并永久地固定了人类进化史中诸多的关键时刻。"关于当代生活的文字可以帮助人认识政治、经济、社会现状，认识文化、传统、风俗、人文特性等，能使人更好地调适与他人与社会的关系，开辟更美好的生活。作家只有将眼睛向着人类最先进的方面注目，真诚直面当下中国人的生存现实，将更多中国进步的现代性置于书写的核心，才能为人类提供真实的中国经验，为世界贡献中国故事的特殊声响和色彩。

文学发展史已反复告诉我们，作家越有追求，他就越属于他所出生的社会，越是能够自觉把自己才能的发展、倾向，甚至特点与时代密切地联系在一起，与脚下的文化传统联系起来，从现实的源头活水中找寻灵感，从传统中汲取力量。诚如贾平凹所说："写作要有现代性。现在的写作如果没有现代性就不要写了，如果你的意识太落后，文学观太落后，写出来的作品肯定不行。传统中的东西你要熟悉，你是东方人，是中国人，你写的是东方的、中国的作品。从民间学习，是进一步丰富传统，为现代的东西做基础做推动。"这样才有望出大作品。

书写中国现代性的作家艺术家，需要心里有他人、有完整的外部世界，需要惦念世间风云。任何一个优秀的作家都不会把自己局限在自我的牢笼里，或局限于过往的历史中。如一位当代作家所言，他们会为世间发生的一切热泪盈眶，为他人命运满怀悲悯。他们心里有整个宇宙，能够看得更远、更开阔，有可能"永远为地平线上的天际所无限吸引"，取代个人私利闪念的，是对外部世界、对他人、对陌生人的关怀，是以宏阔的视野概括当代生活。失去向整个世界发言的雄心，其作品也就失去了立言时代的力量。

优秀的作家毕生在寻找这种力量，以便让人们从生活的不如意中跨过去。普希金的《假如生活欺骗了你》这样说：

> 假如生活欺骗了你，／不要悲伤，不要心急！／忧郁的日子里须要镇静：／相信吧，快乐的日子将会来临！／心儿永远向往着未来；／现在却常是忧郁。／一切都是瞬息，一切都将会过去；／而那过去了的，就会成为亲切的怀恋。

从文学提供的直面当下、瞩目新生活的画卷，人类往往更有可能找到通往未来的坦途。

文学使人更成为人

恩格斯曾说，"就一切可能看来，我们还差不多处在人类历史的开端，而将来纠正我们的错误的后代，大概比我们可能经常以极轻视的态度纠正其认识错误的前代要多得多"。放在历史长河中看，即使到今天，人类进化得也还远不完善。正因此，人类以自己创造的文学和艺术等，塑造有教养者的庄重榜样来激发品德，颂扬理性，以引起效仿。俄国文豪列夫·托尔斯泰说过，"文学应该预见未来，用自己那最鼓舞人心的成果跑在人民的前面，就像它是在拖着生活向前迈进似的"。文学按一定目的引领生活、预示生活，给人以启迪，唤醒人类注意自身的不断完善，带着生活一同奔跑。

文学像面镜子，映照人类的灵魂，同时也照耀人类的行为，文学最基本的功能之一是给予意义，对人类的生存赋予价值——回答诸如我是谁、我为什么而生、我为什么而活，回答人如何更成为人等带有终极意义的问题。文学是"大众的幸福事业"，没有文学，我们不可能很好地参透爱的意义、恨的价值，不可能激发起对宇宙万物更加珍视的情感。文学的价值不可取代，还在于文学具有很强的超越性——人对自身局限其实抱有很大的遗憾，希望通过形象化反思会有所突破，使人的本质力量更好地显现出来。

文学通过唤醒人们对习惯和麻木性的注意，引导人向往美丽的新事物。文学往往以不妥协不顺应生活，提醒人们注意纠正自身的不完善，让文学从反面成为对生活和人性最清醒的守护。文学与人类价值生长相伴随，在生活价值紊乱和文化秩序失常的时刻，文学往往挺身而出，发挥文化自我修正机制的作用。

人的天性是对一切丰富、美好都有所期待，在文学的世界里，哪怕是对黑暗、失败的描述，也需要光明、胜利的烛照。老舍先生的《四世同堂》选取自己熟悉的北平市民生活，写了一个小胡同里在日本铁蹄下死去的19个人物，控诉侵略战争血腥残害中国人民的罪恶。小说告诉我们，普通中国民众完成民族觉醒需要走过何等沉重的路。

抗战是对民族精神的考验。善与恶的斗争有史以来就有，各个民族都是想通过自己的努力，加大善对于恶的制衡。文学会让人明白一个道理，真正的人不是永没有卑下的情操，只是永不被卑下的情操所屈服，一生当中有幸被文学所潜移默化，受到自然而然的熏陶，会使自己更有教养，内心更加丰富、充实与自信。

文学满足人所需的精神愉悦

文学诉诸人的审美感知能力，文学作品应当能够使接受者不仅从作品所说的事情中，而且从述说这些事情的方式中，得到快乐，否则，就称不上是文学。文学把人们的命运联系起来，依靠的是思想的力量，同样也依靠言说方式的魅力。言说方式是否新颖多样、出人意表，关乎文学魅力是否能够持久广泛。马克思说过，人是按照美的规律来创造的。文学以美的形象、思想、结构及语言，对人类情感、幻想、思想方式和世界观进行个性化表现，满足人的精神需求，提供出赏心悦目的娱乐。

文学充当人类感受能力的清醒使者、守护者与激发者。蒙蔽人的感受力、鉴赏力的行为历来存在。早在两个多世纪以前，英国诗人华兹华斯就说过，"目前有许多在过去时代里并不存在的因素，正在向人类心灵的鉴别力合力进攻，使它趋于迟钝，不再能自愿地进行努力，陷入一种近乎未开化的愚昧状态"。他认为，一个作家所能从事的最有益的工作之一，就是努力培育和增强人的心灵的美和对美的感受力，使人的心灵能在不使用猛烈刺激物的情况下趋于振奋。诗教也好、语言美也罢，其中一个重要的作用是，能够有助于我们避免"愚昧状态"，避免"心灵趋于迟钝"，永远向美睁开双眼。

作为一位作家或诗人，他所能够具有的特殊能力之一，便是用博大的精神世界看待与表达一切，激发与影响人的审美能力。作家与诗人对全人类说话，特别是对人的感受力、鉴别力发言，他们被赋予更驳杂的想象力，更绚丽多彩的激情和柔情，比普通人对人性有更深的理解，有更宽阔的心胸，他们用自己的激情和意志校正世上的一切，开启与铺设人类精神的坦途，人类赋予作家的使命与标尺是相当高的。正如作家张炜所说，"作家不是一般的有个性，不是一般的有魅力，不是一般的有语言造诣；相对于自己的时代而言，他们也不该是一般的有见解。有时候他们跟时代的距离非常近，有时候又非常遥远——他们简直不是这个时代里的人，但又在这个时代里行走。他们好像是不知从何而来的使者，尽管满身都带着这个星球的尘埃。这就是作家"。

美是看不见的竞争力，美开辟可感知的多样性具体性。比如，人的崇高之美的体验，来自人在不可抗争的宿命面前，所体现的对自身尊严的感知。生活中的细微之美，以文学之力加以揭示，需要作家具有从生活宝藏中发现、呼唤美的能力。就文学而言，美更多的时候来自洞若观火的敏感，小说家作为生活的专家，其看家本事是打捞发掘、见微知著，以生活的细枝末节为道场，在洞察、想象的魔法中营造出一个个"金蔷薇"。

当然，作家的这种发现、呼唤与表达有赖于语言。中国语言文字审美风范极为独特，其节奏美、韵律美，以及所展现的语言"及物"能力，凝结着中国人的经验、思维、修养与品格。中国经典的和谐声韵、有致字句，塑造着一代代中国人观察世界、待人接物的方式。无论我们什么时候读到"泉眼无声惜细流，树阴照水爱晴柔""马上相逢无纸笔，凭君传语报平安""身无彩凤双飞翼，心有灵犀一点通"，心中仍然会涌起回归家园、栖身永恒的情愫。一代代中国人以不灭的诗心、文心书写着中国情感、中国韵律、中国美好。

文艺评论：激发热情　树立权威

一

激发评论的热情，树立起文艺评论的权威性，必须看清文艺评论正在面对的现实，感应与真诚面对全新的文艺生态。当代文艺处理的问题，回应现实的深度，都在发生巨大变化。高科技不断更新人们对世界和自我的认识，使人们对文学艺术与世界的关系有了不同的看法，文学创作的环境在更新，文学艺术创作的过程、社会功能在变化，并带来艺术观念的重构，直接或间接地影响到文艺创作、人文社会科学研究。特别是数字化条件下，虚拟现实、人工智能等的运用，加速文学艺术的嬗变。互联网催生着新的文艺形态、文艺现象、文艺生产方式、文艺消费方式。实景演出、抖音、微电影、网络文艺、数字艺术、新媒体艺术等层出不穷，更迭与刷新着我们对世界的认识，催生着新的审美体验、引发新的文学艺术想象。现在流行的 IP、同人、架空、穿越、耽美等等类型，在若干年前是不存在的。各种传统文艺体裁、文艺创作在与这些现象并存，势必也影响着传统作家的创作，频繁的互文性、内容的拼贴、情节的碎片化、超文本等，说明作家艺术家在面对历史、现实、传统、生活方式和价值观念的时候，不可避免地有了新的看法，而且差异性视角越来越多，无论是观看、阐释还是表达，都反映出人类思维、审美和表情达意方式的原有传统在被裂解，深度影响着文学艺术的发生、传播、接受，影响其创作过程、传播方式和效率。

从文艺创作主体来看，网络作家、自由撰稿人、自由编剧、自由导演、演员、歌手、制片人、视觉艺术独立策展人大量涌现，自由美术、书法、民间文艺工作者、自由摄影师海量，网络艺人、直播网红等新阶层或自由职业者新文艺群体层出不穷，层级差异大，工作方式独立，思想观念驳杂。他们作为新的文艺生产力量，一方面在与受众有效互动，探索与使用着最受欢迎的表现内容与最有效的表现形式，同时在不断寻找、编制自己的生产标准艺术标准，创作的碎片化，接受的碎片化，形式的过度娱乐等，已成为普遍存在，迫切需要文艺批评介入。在这种情况下，文学艺术批评必须拓展生产渠道、资源与元素进口渠道，吸纳新业态批评的成果，把新形式、新探索、新消费立场与趣味，将不断变化的审美需求作为丰富当今理论批评的抓手，使评论更为亲和、多元与有效，从而树立文艺评论的权威。

新媒体环境下，文艺评论的姿态、立场、生产方式均存在如何适应的问题。比如微信条件下的文艺评论，经常是平台与评论主体合一的，自己设置话题，自己发出，自己欣赏，接受者、评论与评判者是同一拨人，这个平台特别能吸引那样一些准专业"评论家"的参与，他们能够以超前的时间、大众化的语言，对文艺进行点评与发声，传统样式的评论如何增强影响力值得思考。

新条件下的文艺评论应在不同的面向中树立权威，要有明确的分众意识、对象意识。面向学术圈、专业人士的精英评论、专业评论，要有更加充分的论证，周延的支撑，强化历史与现实的学术追求、专业品位；诉诸大众媒体、百姓和业余爱好者的文艺评论，则要力争简明、直接、质朴，深入浅出。所有好的文艺评论都是要会讲故事的，评论家要能够设身处地，以亲和力与创作者将心比心，分享感悟，讲述其间甘苦与曲折。任何理论术语的反复内部循环、自我增殖，势必会使文艺评论沦为文字游戏。要把面向大众的阐释与行业内的讨论结合起来，将更精准、更专业的知识和观点传播给社会公众，弥合专业批评与大众批评、网络批评的裂痕，保持充分的专业性学术性，说服力与感染力的始终在场，才有助于权威性的树立。

二

新条件下的文艺评论权威的树立，需要具备一定的自省意识。从文艺评论的发生学角度看，我们会发现，那种定制的邀约性评论写作，占有相当大比例，如出于参加会议、出于作者的敦促、出于制作方和出品方宣传的需要所开展的评论，为人情所困扰，撞上什么就写什么，是普遍的存在。评论家出于自觉自愿，主动评论一部作品比较少见，从而导致说好话多，专业冷静与理智评判减弱，影响了权威性。美国作家厄普代克所主张的"不要为任何一本你带有先天偏见的书或者受友人之托而写书评"，在当前传统及环境里很难兑现。非功利、非邀约性评论的写作，可以最大限度地催生发自内心、出于自我的评论，也才会有更大的价值、更大的权威性。要提倡无关利害、非出于请托的文艺评论，让主动的喜爱成为评论的驱动力，让自发的激赏成为自觉。

文艺评论需要有热情，有责任感使命感，怀世间风云，对文化的价值、文艺的走向和文艺的价值建设，负有担当，这不单单是要有足够的知识储备、科学精神、求真精神，保持独立思考与判断力，还要尊重名家、不唯名家，重视新人新作，以巨大的耐心和热情，深入挖掘文艺创作的可能性，不加入炒作，不流于浮泛，不把批评变成莫衷一是的模糊地带。只有注重评论的内涵、见识和社会意义，将理论与创作现象深入结合在一起的分析、研究、评说，才有助于权威性的树立。

文艺评论是结合理论对文艺创作、思潮的探讨，是一种对当下创作进行的思想干预和理论指引，而不仅仅纯粹是事后的评判。好的文艺评论吸收既往时代的伟大思想，俾能够更好地促进公正判断、耐心阐释、友好对话。我们的文艺评论面对很丰厚的思想资源，古代文论、西方文论、马克思主义经典作家文论和西方现代派以来的文论，以及近现代以来的文论，都是评论依托的资源，要有机融合，创造性地开发利用，创造性地运用这些文论资源。不少文艺评论完全以西方理论为学术尺度和标准去衡量学术价值，唯西是从。扭转这种偏差，就要加强评论对思想资源全面吸收，创造性消化吸收中国文论、西方古典现代文艺理论可贵资源，善对中外文论进行阐释、比较和鉴别，以为我用，有超越有发展，才能强健文艺评论的筋骨。

文艺评论的热情来自对思想的守护，要提倡文艺评论的思想在场，反对所有的琐碎化，反对只见树木、不见森林，反对以管窥豹、以蠡测海式的评论。一味地思想退场、技术上场，猎奇怪异，事无巨细，导致评论文章体量越来越大，却没了对文本的深入解读，代之以对烦琐考证、种种轶事的津津乐道，评论的思想立场和思考角度越来越低，使文艺评论共鸣范围越来越小。要以思想为支撑，去勇敢地鼓励、提倡文艺创作中那些进步的思潮性现象和流派，不让个性化沦为个体化。要反对那种复述作品内容和故事的做法，以自己真正的见识和见解的提供，增强评论的权威性和说服力。

评论的热情还体现在评论选题的选取上，评论家需要认真考察所论对象的意义、价值，而非纯"热点"。一定的问题意识，才能带来有效性，要敢于碰冷题材、偏主题，不为人所注意的题目。精当的评点，对读者的阅读困惑加以释疑，才有助于启发思考或震动。评论要有新角度的切入，哪怕是从创作习惯，作品的开头、结尾、某个细节等小角度切入，都有可能获得一定的贴近性。评论在面对宏大和复杂主题时要讲故事，化抽象为具体，化具体为细节，见人之未见。

具体到一部作品的评论，要如厄普代克所说，尝试去了解作者想做到的事，不将个人好恶强加于人，不要对作者根本没打算做到的横加指责，提出非分要求。要以白纸黑字的作品为准，不看作者声望的大小。如果认为作品有问题，那就从该作者或其他作者的同类作品中举一个成功的例子，去努力理解这个失败，搞清楚是他错了，还是自己错了。任何赞扬和分享都比责难和打入冷宫更好。评论者与接受者之间交流的基础，是某种可能的阅读乐趣，这个终极目标不应背离。

三

要把评论的热情分出来一些给技术层面问题的解决上，文艺评论既要有"道"的眼光，也要有"技"的实现方法。评论家要有好的思维方式，养成善于提出问题、怀疑、质询、审视、揭露的批评思维，养成接受新思维、新观念的开放性思维，敢于逆向看问题的思考方式，采用对比思维、发现思维、求新思维等，增加评论的深度。要尽量具体化，紧贴现实，反对非此即彼、天下唯我独尊的二元对立思维、刻板思维，反对诉诸权威、民意、道德等的非学术逻辑，既努力从当代文学艺术创作发展的脉络中观察、判断其创新点和价值，也站在业界的全局中、在与其他作品的横向对比中判断其创新度和艺术分量。

评论家要对当前文艺创作始终保持关注，持续投入时间精力浏览研读各种作品，熟悉当下创作现状，让知识谱系与创作现状保有系统而有效的对接，能够及时发现规律性问题，给出评价与定位。要以客观公正心态来看待作品和文学艺术家，既不夸大其词，也不有意贬低或旁逸斜出。实事求是，有一说一，反对随波逐流，发现不好的现象，即使不能指名道姓，也可以对事不对人地加以批评，才能有助于公信力和权威性的形成。

文艺批评要关注文艺发展中的门类与文体的平衡，促进各门类均衡发展。目前文艺批评分布领域的不均衡已成为一个重要的趋势，比如在文学方面，小说评论通常占有压倒性优势，其中尤其是关于长篇小说的评论，占据着绝对优势，关于中短篇小说的评论，在文学评论中很弱，诗歌评论其次，散文报告文学评论较少，针对评论的评论同样比较少。在艺术评论中，曲艺、杂技、民间文艺评论少，戏剧、影视评论多，长期以来积重难返。涵养文学艺术各门类生态的任务较为迫切。

评论的学术性、趣味性与感染力是构成权威性的重要方面。文艺评论的文体应该是多样的，随感、书评、点评、对话等应该百花争妍，唐弢曾经说过："我曾竭力想把每段《书话》写成一篇独立的散文：有时是随笔，有时是札记，有时也带着一点絮语式的抒情。"任何具有学理性的评论文字，都应该成为评论立体化建构的有机组成。要反对那种不是"论"就是"研究"，盲目追求"宏观"或者"深刻"的倾向，反对批评文体的"八股化"，反对核心期刊式的深文周纳，反对"去随笔、非杂文化"，让文艺批评依靠生动鲜活、明快晓畅，走近更广大的受众。

热情的评论者应该新意与诚意并重，始终保持活跃敏捷的、生气盎然的趣味。值得注意的是，任何批评家的批评只有直接面对作品、现象，而不是生活本身，才能避免文艺批评沦为社会批评，评论家的立身之本是丰富的审美经验，广博的审美知识、审美实践，以及审美能力的提升，在评论中既立足文艺现实，也高蹈和激扬审美思想，葆有批评热情，才能树立起批评的权威。

文学的语言、象征与诗性

对我们每一个作家来说，最重要的还是我们要打开自己的创造力，要对文学有一个比较深入的理解，对什么是文学，它由哪些要素构成，要胸中有数，不管处理什么样的题材，碰到的问题是共同的。

文学的语言问题

语言是文学的外在形式，也是文学本身。文学经由语言诉诸想象，没有画面、影像、音乐等那样直观。作家是讲故事、摆弄文字的人，将经验、欲望、感受等等，表达出来，既属于个人，也属于他人，是一种深刻的分享行为，首要存在形式是语言。

文学语言是一种特有的言说方式，跟通讯、新闻、社论不一样。文学语言要具有表达的色彩和力量，作家用语言和文字征服人，好的作家的语言要"突破一个时期语言的平均数"（张炜语），要高于一般人。好作家的语言是丰富的，语言的组织方式有其独特性。写作就是要翻越语言的高墙，要有广泛的借鉴，比如流行在青海和甘肃附近的花儿民歌《马五哥与尕豆妹》，用的就是很直接的语言："天上的月儿没影了，树上的鸟儿叫唤了……恶婆婆能打我能挨，只要哥哥你天天来……五谷只有扁豆扁，人里就数妹可怜。"是民间的，也生动直接。方言的力量不可忽视，河南，陕西，四川，这些地方方言非常强悍，自身的句法、语音和词汇，会给人一种异常的感受。

语言不是文字本身，是认识。这种认识大于生活，可以照亮生活。词与词的组合本身也会带给人乐趣，难怪古人有"吟安一个字，捻断数茎须"式的陶醉。重读一下徐迟四十年前发表的《哥德巴赫猜想》，会为它语言本身的力量而感奋。作家处理的是数学问题，但通过语言传达的诗意非常浓烈，例如里面有这样一段文字："且让我们这样稍稍窥视一下彼岸彼土。那里似有美丽多姿的白鹤在飞翔舞蹈。你看那玉羽雪白，雪白得不沾一点尘土；而鹤顶鲜红，而且鹤眼也是鲜红的。它踯躅徘徊，一飞千里。还有乐园鸟飞翔，有鸾凤和鸣，姣妙、娟丽，变态无穷。在深邃的数学领域里，既散魂而荡目，迷不知其所之。"灵动而美好。

金宇澄的《繁花》改编为话剧现在正在北京上演。《繁花》在语言层面上打破了以前所有小说语言上的框框，继承了中国传统当中的一些东西。金宇澄曾说："中国这个读书市场，好像总是缺很多品种，传统上就是不断在进口。我们的这个水果店，一直有大量进口水果，因为我们缺很多种类，我们好像什么都缺。"当代文学作品中，有好多是翻译腔调。中国有个世界上独一无二的现象，就是几乎国外所有的著名作家都有成套成套的中译本，而翻译文学在美国只占非常低的比重，每个人认为美国就已经是世界文化中心了，除了哲学之外没必要再翻译。所以美国的翻译文学不发达，中国的翻译文学恰恰非常发达。从五四运动以来，这种翻译文学对当代语言文学的建构产生了非常深刻的影响。比如长句子，主谓宾定状补都要全，所谓"深文周纳"。但《繁花》就打破了这种状况。《繁花》的语言极为简练，基本上都是五个字以下的："梅瑞说，我以前，跟两个老熟人谈过恋爱，一是沪生，一是宝总。康总不响。梅瑞说，当时这两个人，同时追我，太有心机了，到后来我明白了，沪生呢，是蜡烛两头烧，除了我，舌底翻莲花，还谈一个白萍，有这种人吧。"全是口语化。第二是短句子，不带引号，我们一般写作都要把句号引号分号这些符号写全，《繁花》却是一逗到底，再就是句号。还有谁谁谁不响，这个跟沪语的氛围非常契合。

主体行文用上海话，有两种语言在——叙述语言，人物语言。叙述语言是说给读者听的（念出来可以是普通话），人物语言则是人物说给人物听，用的沪语，这样雅俗共存了。然后就是长话短说，每句只有五个字，从全文看七个字以上的句子只占12%，超过十个字的句子极少。实际上，从我国古文的传统来说，断句就行，标点符号非常少。《文艺报》曾经发表过文章，专门分析过《繁花》的语言。像金宇澄的这种作品，普通话不能满足艺术的需求，普通话是迁就大多数人的，是让大多数受了一般教育的人都能听懂的。方言则是一方土地上生长、发出来的声响，连血带肉的泥土语言。四川的方言转化成文学的语言同样非常漂亮，比如在老一辈作家沙汀的作品中，都有四川话。四川话非常幽默丰富，当然方言也需要自我翻译，由作家翻译为读者基本上能接受的"普通话"，不能用词过于生涩。

文学的"象征"特质

除了语言，文学更多的是一种"象征"，通过虚构来象征，把现实生活转变一个样子反映出来。它不是标语口号式的宣泄，有人说，把复杂的问题说成小葱拌豆腐一清（青）二白者概不可信，很有道理。有部电影叫《寻枪》，是凡一平的小说改编的，背景放在了四川，姜文演的那个角色说的就是四川话，故事就是寻枪的一个过程，如果在一个没有艺术把握能力的作者手中，它可能是线性的，很简单的一个故事，把枪找到就结束了。但是我们看到，随着电影的推进，发生了好多峰回路转的事情，并不是直线的、一清二楚的。文学作品很难与社会"对位"：社会进步文学不一定进步，社会黑暗文学不一定就没有成就。比如鲁迅说的风雨如磐的那个时代，出现了鲁迅、茅盾、巴金、郭沫若等文学大师。再比如苏联，当时的文学也非常强，各种门类风格的大师巨匠都有，高尔基、肖洛霍夫、阿·托尔斯泰等，代表了世界文学的极高水平，我们以为那样的社会将永远延续下来，但最后还是坍塌了。所以说，社会生活与文学不一定是同步的。我们现在是世界第二大经济体，在世界上的声音越来越强，但我们的文学还不是太令人满意的。文学更多地表达个人，个人的理想追求、人生的苦痛与遗憾，面向人的精神空间，而人的精神空间是无限广大的，需要文学从容地对待。

那么到底什么是文学，什么样的语言才属于文学？我给大家推荐一个甘肃老诗人高平的说法，关于什么是诗，什么不是诗。他打比方说写春雨，"春雨贵如油"——这是陈词滥调，尽人皆知、皆说的话，这不是诗。"好雨知时节，当春乃发生"——这是抄袭，因为这是杜老夫子的名句，这不是诗。"下雨了"——这是大实话，也不是诗。"我喜欢春天的雨"——这是大白话，不是诗。"一滴雨能浇透地球"——这是空话，不是诗。"明天停不了"——这是天气预报，不是诗。"这雨真他妈烦人"——这是粗话，不是诗。"这雨跟尿一样"——这是脏话，不是诗。"雨和雪不一样"——这是废话，不是诗。"天上落下了无色的液体"——这是俏皮话，不是诗。"像母亲的眼泪"——这就是诗了。因为它有比喻和象征，它能触动人心。最终要把文字落在纸上，在写作的时候都有过这样的经历，文字落在纸上心里有伴读和默读，避免句子"憋气"。对语言来说，名词与动词的运用非常重要，它是语言的骨骼，不要浮夸。需要古典语言修养根基的支撑、深刻的阅读等等。

故事是我们日常生活的装备，跟我们每个人都有关系，我们听音乐，看书，接触路上广告的标牌，都在向你讲故事，在争夺你的时间。每个人在现实生活中也在讲故事，也都在演绎自己的人生故事。对文学创作来说，故事是一个核心，故事总是有一个讲述的顺序的，或按时间顺序，或不按时间顺序。比如科塔萨尔的《跳房子》，可从任一部分读起，激发读者编故事兴趣。《扎哈尔词典》则以词条构建小说。南非作家库切的《凶年纪事》，每页打开有三个板块，研究成果，给女孩的口授，与女秘书的交往，叙述出来是三块。作家都应该拥有对故事的爱，要提高讲故事的能力，提供人生必需的这种设备，要编织自我和他人的社会关系，讲故事是一个最深刻的本领，让人们在虚构的世界看到比现实世界更真实、更深沉、更有意思的生活，用以争夺人们醒着的时间。

文学作为诗性表达

诗性文学表达的事物似乎都与现实生活隔了一层，都是用一些比喻、象征、模拟，来代替这个现实生活的。对照现实，好像似是而非，是夸张、变形、梦幻般的精神旅行。构筑的是个人化的、另一个存在的世界。对很多作家来说，对现存世界是不够满意的，认为现在世界的秩序应该能够更好，去纠正它、理想化它，于是有了虚构。比如，张炜的《艾约堡秘史》讲的是一个大私营企业巨头淳于宝册的心灵挣扎。他在企业发展过程当中要吞并风光旖旎的海滨沙岸，但遇到了一个强硬对手——另外一个大实业家吴沙原。他们之间展开的是两种不同信仰的互相搏斗，而艾约堡作为主人公屈辱的标志，又是淳于宝册向外血腥发展的大本营。作家以犀利的笔力，剖开一个暴发户既强横又虚弱、既骄奢又枯冷、既丰富又苍白的发达史、情爱史，他集优柔寡断与坚毅顽强于一体，从财富匮乏到财富盈足过程中人性的撕裂，工业化城市化和资本膨胀过程中的公平与正义问题，在他身上的体现都很鲜明。

文学可以有多种主题，表达生命的奥秘，表达偏僻的人性角落，揭示一些难以概括的隐秘，或像希区柯克式的电影，探索人性很复杂很幽深的那些方面。文学有时候不一定非要追问，作家可能很难说清楚到底写的是什么，而是缓慢而曲折地去接近一些东西。或者写的只是情绪、意象、感觉等等。

文学实现的是对现实的"创造性转换"，不是对现实的表扬信，也不是批判稿，它要反映一定的道德意识，社会的义愤，人性的问题，最终还是要转化为艺术。好的文艺观与好的艺术表达是两码事，小说的魅力是把忧虑、愤恨、呼喊，以及对生活的伦理把握囊括、转化过来。因为，文学说到底是对生命的诗意想象，对万物的探索，对完美的追求，是人人应该有的能力，是最复杂和有趣的共享行为。对于文学为什么存在，雨果说"人类是嗜好阅读的"。我们总是想通过阅读来了解这个世界上发生的事情，不同的人，他对不同的事物的看法，是作为完整的人应该有的素养。通过文学，作家要对现实不断提出追问与质疑，表达希望，肯定有益的价值。

文学表达没有固定的模式，比如艾青的诗《湘南诗草》："有时我也挑灯独立 / 爱和夜守住沉默 / 听风声狂啸于屋外 / 怀想一些远行人。"如果从字面上来讲，可能会被认为很矫情，很没意义，但整个诗读起来会给人一种异样的感受，是个人化的。

文学的样式在发展，如短小说，《北京文学》发表的东君的《面孔》，都是很短的一些句子，连小小说都算不上，没有完整的情节和故事，就是几句话，比如：

"因为他不希望自己健在的时候让人看到自己的颅骨，所以拒绝拍脑电图。"

"有两种人，他们对蚊子的态度截然不同：一位是屠夫，看见一只蚊子在墙壁上歇脚，正待展翅时，他'吧唧'一下吐了一口浓痰，将蚊子黏牢。另一位，则是和尚，他跟人说话时，见几只蚊子飞来，就把手伸出去喂蚊子。"

"虞铁匠是个急性子，锻铁用的是拌了黄泥的硬木炭；姚铁匠是个慢性子，用的是松炭。"这同样也是小说。

《人民文学》以散文的形式发表了石舒清的《手机文录》：

> 看到一个人纪念李白，写了一句话，道是："李花怒放一树白"。
>
> 萨迪对人类的定义："他们就是包含着焦躁的几滴水。"

这话记下来，像从镜子看到真实的自己。我喜欢黑暗，这使我可以有一盏灯，使我可以在灯下看一些东西，大白天灯是黑的，不知道我在哪里，书上也落满了尘土。

这些实际上就是对事物的一些感悟，作为散文的形式而存在。文学可以描绘和提供一个更广阔的世界，给人生以教养，让人对生活懂得更多、了解得更深，让有审美价值和审美愉悦感的东西呈现和强调出来，有助于人获得不同的观察事物的方式，从而拓展人的眼界，有助于人内心的丰富。也让人与不同的生活方式相遇，提高人与世界打交道的能力，考验和提升人的智力。

文学何为？美国评论家布鲁姆说："倘若文学被真正地理解，它能够治愈每个社会固有的一些暴力。"也就是文学能让人变得有素养，文雅起来，让人们看待社会的问题更全面一些，避免武断，避免用暴力解决问题。文学能让人们凭着对世界的认识寻找到身份感、归属感。不同民族的人因为文学而有了共同的话语。比如习近平同志到俄罗斯访问的时候，跟普京谈起在下乡的时候读过车尔尼雪夫斯基的《怎么办》，学习革命者为了锻炼自己的意志，睡带钉子的床，劳其筋骨，苦其心志，觉得自己在陕西乡下的艰苦生活不算什么，因为他找到了自己应该努力的方向。文学让不同的人们有了共同的话题，是我们与他人、与自然，与不同语言、种族、境况和地位的人进行交流的方式。

文学创作也是才智、力量的显现，大家应经常问问自己，是否真的热爱文学？是指望用文学解决实际问题，评职称，调动工作，净化灵魂？应该在文学中享受人生，通过文学"活得"更多，通过文学投入、觉醒、悔悟、超越，而不是牟利、图名、谋生。

一个作家要怀有好奇心，有品位、判断力、想象力。作家恰恰是一些具有孩童般的天性和敏感的人，对周围世界充满好奇，对新事物敏感，对旧事物记忆犹新。不少伟大的文学作品来自回忆，诗性文学的一个重要特征是具有回忆性，比如《红楼梦》《复活》《约翰·克利斯朵夫》，包括巴金的《家》《春》《秋》，鲁迅的许多作品。伟大的作家把自己个人的人生经历放在小说里面，个人经历是最大的资源，同样是最重要的现实题材，如何把它唤醒，如何把它由素材化为题材，提炼出你想写的东西，这是非常重要的。丘吉尔说："宁可失去五十个印度，也不能失去一个莎士比亚。"可见文学具有卓越而持久的影响力。雨果在一次世界文学大会上说："一支二百万的军队过而不留，一部《伊利亚特》流芳百世。"文学作为人类的物种特征存在的，它可以深刻反映人与自我、与生活的关系，挖掘人性、爱情、友谊、坚贞，探讨贪婪、嫉妒、复仇、脆弱。一部《哈姆雷特》包容了多少人性的光荣与卑下，而巴尔扎克比岁月还多的作品，为我们提供的则是更为深邃的人性的光怪陆离的图谱。

写作者要了解自己，自己能写什么，擅长写什么，读者愿意读什么，这当然不是屈从市场。你的目标是什么？文学界的态势？大家在写什么，可以规避什么，是否重复别人又不如别人写得好？有哪些激动人心的空白别人没有触及？军事，部队，战争，国防，武器，体育，煤炭，金融，海洋，科幻，童话……都可以考察。

文学创作有不同的类型，比如纪实文学，属于面向社会问题的写作。像报告文学、社会小说，抓大众关注关心的话题、热点现象与人物，表达责任感、公民激情，具有代言性。如徐迟、理由、黄宗英、赵瑜、何建明等的报告文学。报告文学具有语言的直接性和时效性，但要警惕以责任感代替独立思考与文学表达，避免沦为"宣传品"，无愧"时代宠儿"美誉。再有就是市场文学，如武侠、言情、演义、侦探、小散文与智性小品，还有网络文学。市场文学当中也有非常高雅的和非常低劣的，其总体格调与水准是由国民文明程度和文化素养所决定的。而纯文学写作，探索人的灵魂，表达内心、情感，这种写作往往凝聚了个人的生命体验，语言具有个性化气质，是属于个人的独特表达，是个性的一次次肯定。要思考自我与读者、与现实、与写作的关系，想想自己要在哪个层面上与读者沟通，是取悦、交流、迎合，还是提高？要有志向。

写作这个事是一天都不能停的，要保持每天都写作的习惯。所谓的基本功，实际上就是你每天都要写，把你生活中的点点滴滴记录下来，因为落在文字上和你头脑当中的思考是不一样的，对于一个有志于写作的人来说，在我们前面，人类文明已经演化了几千年，留下了浩如烟海的文学、历史、哲学等著作，或许有人会想，他们已经写得足够好了，我们还有发挥的空间吗？事实上，就是在人类积累的这些文明面前，更多优秀的写作者还是写出了属于自己属于未来的作品。

对每一个写作者来说，没有大题材，也没有小题材，只有大作家和小作家之分，只有怀有志向，对生活具有深刻洞察能力，在学识上、眼光上，能够并善于积累的人，能够在文学寂寞和痛苦征途上坚持的人，才能有所成就。

题材的辩证法

题材很重要，但作为一个作家，更重要的是倾听题材对你的诉说。比如写农村，那么，农村发生的事情的新鲜度，它跟整个农村的现实变革的联系，转化为文学作品的可能性，是需要作家倾听的，现实不停地向人们诉说其中的曲折。

题材之前其实还有一个东西叫素材，就是我们从现实生活中采撷到的，没有经过消化、整理、吸收，没有把它纳入创作过程中的那些东西。素材化为题材还要挖掘事物背后的丰富性复杂性，挖掘它转化为文学作品的可能，这就要倾听题材自身的诉说。驻村干部的日记、书信不能照录，文学不是口述，它要经过剪裁、处理、过滤、升华。要尽量了解已知那些东西背后的原因，人物行动的动机，挖掘现实表层的背面，这才是作家应该做的事情。对一个新闻记者来说，只需要把某个事情交代清楚就行了，但对作家来说，就要更多地关注特异的方面，现实生活对他的触动与思考，他的精神脉动，现实表层背面的东西更重要。

题材本身的走向需要重视。好多作家在创作过程中，都谈到这样一个感受，就是自己原本设想的人物命运，可能是大团圆，最后却走向了另外的结尾，写着写着却发现不可能了。比如托尔斯泰创作《安娜·卡列尼娜》的时候，最初想的是把这个出了轨的女人作为一个谴责的对象，但写作的过程中发现，安娜·卡列尼娜的悲剧不完全是她个人造成的，她没有办法，只有按照艺术规律，赋予她悲剧性，让大家对她表示同情。

题材的走向随着创作过程的深入会发生变化，会展示它自身的独特性。比如根据日本作家东野圭吾作品改编的电影《嫌疑人X的献身》讲述一个天才数学家石泓，爱上了隔壁一个叫陈婧的已婚女人。电影一开始隔壁有个男人就被杀了，被杀之后警察发现了好多疑团，不知道怎么杀的也找不到凶器。随着剧情一步步的推进和回溯，才发现原来这个叫石泓的数学家，有一次要自杀，住在隔壁的陈婧正好因为女儿学校开展捐书活动，敲门找他捐书，石泓就没自杀成。为了报答她，石泓在陈婧家发生命案之后，伪造了一个现场，然后又杀了一个流浪汉，把杀人现场布置在了江边。他承认陈婧的前夫是他杀的，并给警察交代了，以此洗脱了陈婧谋杀前夫的嫌疑。这只是题材的一个走向，因为石泓已经都认了，证据也在，这个案子本来可以到此为止，这个电影也可以结束了。但是有一个警察，恰恰是石泓的学生，觉得没有这么简单，他觉得如果这个事儿是这样的话，不符合老师的性格，他非常了解老师。他认为那个男人恰恰是那个女主人公陈婧杀的，住在隔壁的石泓为了帮助陈婧，就伪造了一个现场。他对陈婧如此之爱，有如此的报恩之心，以至于杀了一个无辜的流浪汉转移了警方的注意力来为陈婧洗脱犯罪嫌疑。这样就产生了一个逆转，表面上看是一个很通俗的凶杀题材，却变成了一个很复杂的、展示了人内心的复杂性的故事。当然，对于这个电影的女主人公陈婧来讲，还可以深挖出另一部电影，讲她的家庭关系，她最后怎么杀了她的前夫。所以，题材在一个好的写作者手上往往是会发生变化的，会有多种走向来展示这个题材的深刻性和丰富性。对同样题材的不同处理，展示了作家的智慧、才华、勇气、良心和创造力。同样的题材，不同的人处理，结果往往非常不同。那么如何观察同样一个题材，如何挖掘同样一个题材，不同的作家也有非常不同的写法。

题材不分大小。小题材小事情也有大主题。铁凝早年有一篇小说《哦，香雪》，讲了一个很简单的故事。村子里一个木匠的女儿，正好是上中学的年纪，家里穷，买不起带磁铁的塑料铅笔盒，父亲就用木头给她做了一个很笨重的铅笔盒。他们家附近修通了铁路，铁路给这个村子带来了多种新鲜的事物。火车是在晚上七点左右通过这个小村子，只停一分钟。小伙伴们商量好，火车来了就拿着自己家里产的核桃、鸡蛋之类去换新奇的东西。香雪想换一个铅笔盒。她与小伙伴们每天都到火车跟前。到了秋天，七点钟火车来的时候天已经黑了，有一天香雪终于攒够了鸡蛋，她就上车去跟车窗边一个有铅笔盒的女孩换。有铅笔盒的女孩非常慷慨，不要香雪的鸡蛋，推来推去火车开了。怎么办？大家都为香雪出主意，那个帅气的、被指认为她小伙伴对象的帅气列车员安慰她说，没关系，你到下一站下去，我爱人的亲戚正好在那个站上，到他们家住就行了，不用担心。香雪心里还暗暗地为自己的小伙伴惋惜，没想到人家都已经结婚了。到了下一站，香雪下车了，她沿着铁道线从相反的方向走回了自己家。这样一个小故事，反映了农村姑娘对美好生活的向往，人与人的互相呵护，从一件小事情中反映了深邃的内容。

说到题材问题，一个最大的误解就是只要题材对了，创作就成功了一半，或是取得了大半的成功。比方说，写国家重大工程建设、好人好事、英模典型等等的报告文学，弘扬主旋律，响应了国家号召，但是否成功，能否流传下来，要靠时间检验，有时候恰恰主题好题材好，却是速朽的。苏联作家爱伦堡在回忆录里讲，经常听到纺织工人抱怨写纺织的太少，邮电工人认为写邮电的不多，钢铁工人认为写钢铁行业的文学不够，这个意见提出来以后，作协就会组织很多作家去写纺织、写邮电、写炼钢……二十年过去了，纺织工厂的纺织女工在图书馆里借阅的照样是《安娜·卡列尼娜》《战争与和平》《罪与罚》这样的作品。他说这个是什么意思呢？无非就是说不在于写什么，写不写纺织，写不写邮电，写不写炼钢，关系可能并不大，最终能够留下来的这些作品跟题材关系不大。很多伟大作家写的伟大作品都是最初听到的一些很"狗血"的事。比如福楼拜的《包法利夫人》，当初就是根据父亲诊所里的一个学徒身上发生的事情写成的，爱慕虚荣的女性，债台高筑，屡次投入别人怀抱，最后自杀。司汤达的《红与黑》也取材于当时的一个新闻报道，讲一个被处死的外乡青年与两个女人的故事。这些简单的事件，经过作家的处理变成了具有深刻内涵的名著。《包法利夫人》反映了当时爱慕虚荣的女性在社会的挤压之下复杂的心路历程，是对社会的虚伪、男性的不忠严肃批判。司汤达的《红与黑》反映底层青年想要挤入上流社会是不可能的，付出的代价是生命，无论想尽什么样的办法，是披上黑衣服进入教会，还是穿上红衣服进入军队，都是暂时的。社会不容忍这种行为。

所以，对一个作家来说，最重要的是要保持创造力的健康。这句话说起来简单，但对作家来说并不容易。怎么保持一种创造力的健康？什么是健康？比方说观察生活的深度，你看问题要有哲学的高度，对人的心理的洞察，你是单向思维，还是开放思维，这都事关一个作家创造力的健康。

阿来的《三只虫草》讲的是很小的事，很短的篇幅，却包含了很多内容，它不单纯是一个孩子要肩负起家里为父母分忧的话题，而是社会中的利益原则、对金钱的崇拜已经深入到了各个领域，哪怕是一个学校里敲了多少年的钟，都会被偷走卖钱。随着这个作品缓缓地推进，你会发现作家对生活有多种发现。比如男主人公桑吉和他母亲在看电视时有一段对话，说电视上演了那么多无聊的人。他们发问，为什么城里人什么事儿都不做，他们还那么百无聊赖，还那么发愁？在挖虫草的过程当中，发生的好多荒唐可怜的事都在教育每一个参与其中的人，随着这个故事的推进，你会发现作家在一步一步解剖这个社会以及这个社会当中不合理的事。之前还看了一部阿来的散文《成都物候记》，讲阿来做了手术以后有一段比较闲暇的时光，由于对大地上的花草树木特别感兴趣，大病之后，就到周边的几个公园去散步，去拍花花草草。他对身边生活的敏感、发掘，成就了他的散文作品。

置身于当代生活之中

我们每天都在不息的生活之流中，但不少作家艺术家却时常陷入没有什么可写，或者挖掘不深的苦恼。应该说，中国正处在异常丰富的变革中，建设、发展、创新、智造、再造，以及扶贫、节能、引水、蓝天保卫、中国制造，正在引领着社会生活，而媒体无处不在，信息的大爆炸，时时变形着当代生活，令这个我们每日经历着的生活现场，有了种种不同的面貌，但当下经验也恰恰是我们作家艺术家最需要去直接面对的。切近现实感，调动自己的艺术能力，开掘目前那些流动着的、复杂的也最难于把握的经验，每个作家艺术家都责无旁贷。

我们总是想在小说中遇见如果不是我们的朋友和我们自己，也是某种可辨识的社会现实，不管是当代的还是历史的社会现实。可辨识的社会现实，来源于创作者对其发现和概括，这种可以归之为艺术提炼的再创造，首先是对时代本质的把握，我们应以什么样的心态来判断和把握时代的本质？怎么建立起自己与时代的理性联系？值得每个艺术家认真思考。

问题是时代的声音，一切哲学问题中最确定无疑的是此时此刻我们到底面临哪些问题。作家艺术家在勘探和破解这些问题的时候，必定会有自己的路径。路遥在认识他那个时代的社会生活的时候，找到的是农村年轻人的命运问题，他们在迅速变动的时代中的出路问题，他在自己的独特创造中，描绘青年人理性思考，不是以他者的标准预设性地成为自己的标准。

文学艺术有效地告诉人们自身所处时代的特征与本质，给接受者提供娱乐消遣的同时，更揭示规律与真理。文艺讲述人人想听的故事，将表现的疆界扩展到人类的整个历史，告诉人们比自己更聪明的人在想什么做什么，能够永久固定人类进化史中诸多关键时刻。人们如何面对丰富复杂而鲜活多变的当下，如何应对现在进行时的难题，则更能激起社会关注的好奇，作家艺术家热情地将现实中的一些事实具体化、形象化，让那些没有机会接触或感染的人，或者即使有机会接触到，也借此了解一下别人怎么判断、怎么分析，从而拓展自己的阅历与感知。文学为世界提供图景，一个很大的责任，是能够让人从似乎毫无头绪的生活中找到一条条清晰的路径。

关于当代生活的文字可以帮助人认识政治、经济、社会现状，认识文化、传统、风俗、人文特性等，能使人更好地调适与他人与社会的关系，开辟更美好的生活。作家只有将眼睛向着人类最先进的方面注目，真诚直面当下中国人的生存现实，将更多中国进步的现代性置于书写的核心，才能为人类提供真实的中国经验，为世界贡献中国故事的特殊声响和色彩。

文学发展史已反复告诉我们，作家越有追求，他就越属于他所出生的社会，越是能够自觉把自己才能的发展、倾向，甚至特点与时代密切地联系在一起，与脚下的文化传统联系起来，从现实的源头活水中找寻灵感，从传统中汲取力量。诚如贾平凹所说："写作要有现代性。现在的写作如果没有现代性就不要写了，如果你的意识太落后，文学观太落后，写出来的作品肯定不行。传统中的东西你要熟悉，你是东方人，是中国人，你写的是东方的、中国的作品。从民间学习，是进一步丰富传统，为现代的东西做基础做推动。"这样才有望出大作品。

写好国家与人类的传记

俄国文豪列夫·托尔斯泰在其巨著《战争与和平》中曾经说过，"历史是国家和人类的传记"，文学叙事又何尝不是如此，它可能与人类历史本身一样长。在遥远的石器时代，每当夜幕降临，人们围坐在篝火旁，狼在黑夜里嚎叫，人们担心它们随时会从周围的草丛里蹦出来，于是可能有人打破沉默，给大家叙述一件事情，讲一个故事，以抵御对野兽的畏惧，有时候，一个人讲完了另一个人接上，大家交换不同的故事，如同《一千零一夜》里的山鲁佐德，用不停歇的故事分散对恐惧与严寒的注意，给人带来希望和信心、欢乐和抚慰。

人类对故事有着永无止境的需求，故事不仅是最普遍和多产的艺术形式，而且争夺着我们每一刻醒着的时间，故事成为人生的必需装备。中国故事作为中国人历史现实生活中的事件及其过程的记录，产生于中国大地与沃土，是对中国人生命历程与心路历程的展开，直接呈现中国人的价值系统，更体现了中国人对自然、社会、自我挑战的积极回应。讲好中国故事为时代发展之必然，是向世界说明中国历史现实与文化的最佳途径，是融入人类命运共同体构建的客观要求。

叙说当代中国的历史性变革发展

时代发展为中国故事提供了最紧迫的必然。罗素早就说过："实际上，全世界都将受到中国事物进展的重大影响，无论好坏，在今后两个世纪内，中国事物的进展将是一个决定性的因素。"中国当代社会，特别是改革开放以来日新月异伟大历史性进步的现实，实现中华

101

民族伟大复兴作为近代以来中国人民最伟大的梦想，是讲好中国故事最大的动因。我们处于一个波澜壮阔的时代，中国人比历史上任何时期都更接近中华民族伟大复兴的目标，也比历史上任何时期都更有信心、更有能力实现这个目标。改革开放不断深入，经济建设如火如荼，中国人实现和平崛起、实践民族复兴百年梦想的每个细节无不感动人心，中国迈向世界强国征途上的好故事、新故事天天都在发生，古老大地上的所有变化、进展的宏伟进程，都将为当代中国奇迹、中国故事徐徐展开着画卷。无论是精准扶贫、土地流转、移民搬迁，还是企业改造、军民融合、科技腾飞，现实变迁发展的故事层出不穷，其精彩与丰富性往往超出艺术虚构，当代文艺家有责任向世界说明中国，向世界人民讲述好当代中国巨变的故事。

人永远是故事的核心，改革开放以来，随着生产方式、生活方式的变化，社会结构的变化，当代中国人的人生况味、审美意识，他们精神的嬗变飞跃，每个中国人对人生价值和意义的理解，都呈现出前所未有的面貌，而中国人的创新创造精神，中国人的坚韧勤劳智慧，在当今时代得到充分激发。随着社会架构的变化，社会分工的调整，新社会群体、新社会阶层的出现，包括工人、农民、自由职业者、打工者等在内的最广大民众的故事，他们的声音，正在日益影响着当代中国社会，为中国故事的产生提供着源源不断的灵感与素材。屠呦呦、马云、李宏彦、刘慈欣，中国新力量日益引起世界关注，无时无刻不在促进着推动着中国故事的产生，用独特的故事将他们的内心世界和精神律动揭示出来，是中国作家艺术家义不容辞的职责。

今日之中国，前所未有地靠近世界舞台中心，中国道路与中国方案，不仅很好地解决了中国发展的问题，而且为解决世界性问题提出了很好的思路和办法。把改革开放的艰辛历程和伟大成就告诉世界，讲给世界人民，与全世界促膝谈心，有助于世界了解中国改革开放逐步推进的过程，加深对中国道路的理解，而且这本身也为当代作家艺术家创作打开另外一个视界，促进实现创作的蜕变与进步。

流布悠久灿烂的历史文化及传统

历史记录着民族和国家成长的每一步足迹。一个民族、一个国家，一定要知道自己是谁，从哪里来，到哪里去，每个公民，作家艺术家必须怀着对国家历史文化的敬畏感和自豪感，向世界说明中国历史文化。中国经历了极为悠久的历史发展，古老的文化从未断裂。在世界上足以引为自豪的历史和文化传统，是当代增强文化自信、增强做中国人底气的根本所在。五千年中华历史赋予中国人丰富的感受力，悠久而深远的文化传统，持久激发着作家艺术家的艺术创造，讲好中国历史和文化的故事，是前辈和历史文化赋予我们的责任。龚自珍在《定庵续集》里曾说："灭人之国，必先去其史；隳人之枋，败人之纲纪，必先去其史；绝人之材，湮塞人之教，必先去其史；夷人之祖宗，必先去其史。"一段时间以来，歪曲历史、消解历史、重构历史等错误思潮，不同程度影响一些人在重写历史、重评历史事件与人物的时候丑化和矮化中国。讲好中国历史文化的故事，艺术地告诉人们中国历史发展的真相与源流，对内鼓舞人们清楚如何选择前进道路、如何对待未来发展，对外增强对中国历史和传统的亲和力。

中华文化作为中国人独特智慧的结晶，积淀着中华民族最深沉的精神追求，包含着中华民族最根本的精神基因，是中华民族独特的精神标识，是中华民族生生不息、发展壮大的精神滋养，同时也为当代世界进步与发展提供着思路。比如，现代工业文明彻底打破了自然的和谐与宁静，人类成为自然的主人和敌人。中国人讲究"天人合一"，在当今世界面临越来越严峻的环境问题时，可以为人类修复自己的家园送上一剂良药。瑞士作家、诺贝尔文学奖获得者黑塞曾经说："不应为战争和毁灭效劳，而应为和平与谅解服务。"现在世界和平远没有实现，恐怖主义仍然猖獗，局部冲突持续不断，中华文化中的"和而不同"，为当今世界各种各样利益纠纷与冲突提供实现各得其所的选择。中国的文化观价值观非常优越，而且远远没有过时，当代文艺深入发掘中华民族最基本的文化资源，寻找其中与当代文化相适应、与现代社会相协调的那种跨越时空、超越国度的文化宝藏，与世界促膝谈心，才能推出更多现代社会能接受、能理解、能认同的中国好故事。

更好融入人类命运共同体

人类只有一个地球，各国共处一个世界，"寰球同此凉热"，国际社会日益成为一个你中有我、我中有你的"命运共同体"，面对世界经济的复杂形势和全球性问题，任何国家都不可能独善其身，特别是在全球化程度越来越高、中国与世界上其他民族之间相互了解和交流正变得越来越细密和深入的时刻，习近平总书记积极倡导"人类命运共同体"意识，寻求的是人类共同利益和共同价值的新内涵，而更好地融入人类命运共同体，讲好属于中国同样也属于世界的故事，是一条必由之路。作为人类，我们都生活在不断缩减的时间阴影之下，经历着同样根本性的生存难题，也提出一些根本性疑问。故事作为人类个体或群体的叙事行为及叙事行为的结果，记录下人类生活中发生的事件及其过程，对人类的精神成长给予无微不至的关怀。古希腊思想家亚里士多德早就说过，政治家与公众之间的桥梁是靠修辞艺术来构筑的。人类在故事中找到自己、看见未来，故事建立价值、确认目标。故事不分高尚低劣，不分语言民族，可以超越国度、超越历史、超越文化，如同生命那样得以永存，是人类命运共同体构建中的人类通用语言。

习近平总书记说："文艺是世界语言，谈文艺，其实就是谈社会、谈人生，最容易相互理解、沟通心灵。"习近平总书记在俄罗斯谈到《怎么办》，在德国谈《浮士德》，就是最好的范例。就是希望发挥好文艺向世界讲述故事、传达意义、传递价值等方面的积极作用。时代与国际联系越来越紧密，外部世界对中国的关注度越来越高，无论是打通心与心之间的魔障，还是进行交流和对话，能够破除人与人、民族与民族之间的交流和对话方面存在着的各种隔阂，消除语言、文化、政治的隔阂，以及最大的心与心之间的隔阂，以文艺的形式讲好中国故事，势所必然。在全面深化对外开放的大格局下，让外国民众通过欣赏中国作家艺术家的作品来深化对中国的认识、增进对中国的了解，可以靠新闻宣传，靠新闻发布，但文艺家讲述中国故事，可以富于感染、润物无声地让人在审美过程中感受魅力，加深对中华文化的理解，加深对中国价值的认识与认同，有助于我们更好融入人类命运共同体。

融入人类命运共同体，打破西方话语垄断，要靠自觉与自信把传统话语进行创造性转化与创新性发展，增强自己文化价值观的吸引力感召力。处于全球化背景下的我们，历来对打破西方话语垄断准备不足。讲好故事是不同国家和民族相互了解和沟通的最好方式，利用故事具有普遍性的效应，以面向世界的开阔胸襟，书写全球化进程中人类的共同命运，书写全球化对日常生活的渗透，把能够引起共鸣的普遍性送达接受方那里，才能对话、才能交流。比如面对生态、气候、环保、打击恐怖主义等人类面临的共同难题，只有讲述让世界产生共鸣的好故事，能够制造出普遍性，才能吸引听者产生命运与共的情愫。我们讲述让世界产生共鸣的好故事，创造出一个个可以与他人对话的精神图景，为世界各地的人们带去真善美的体验，从而实现跨越隔阂、真诚交流、互相靠近，有助于更好地融入人类命运共同体。

发现与对方心灵的一致性

　　法国诗人瓦莱里说过，"人类是不幸的。在事物的本性中，各民族之间的交往始终是从为获得共同的根基，并立即发现与对方心灵的一致性这种最简单的个人接触开始的"。从达成"与对方心灵的一致性"这个意义上，我们势必要能够鲜明而艺术地传递面向全人类的坚守和胸怀。

　　对人类共同体生活的事件及其过程的叙述，讲清楚国家和民族的历史传统、文化积淀、基本国情，讲清楚中华民族最深沉的精神追求，讲清楚中华优秀传统文化是中华民族的突出优势，要靠富于内涵和有底蕴的文学叙事。

　　更多"发现与对方心灵的一致性"，使文学叙事成为中国人自我现状的说明，也是面向世界自身境遇和出路的形象反映，必须在宇宙观、人生观、道德观等层面上提出和回答问题，从而让中国故事打通对方心灵，沟通外部世界。

聚合具有普遍尺度的人类价值

　　讲故事是一种文化行为，而文化的核心是价值，好的中国故事应表达具有更为恒久意义的价值，在具有更强的价值说服力方面下功夫。一个民族、一个国家，必须要有积极的思想价值、道德力量，在自己讲述的故事中鲜明地反映倡导什么、弘扬什么、坚守什么。沿着中国人宇宙观、人生观、道德观的鲜明传统，表达中国人独特的价值诉求，书写中国人价值实现的积极努力，是中国故事讲述的不懈追求，这就使我们讲述的中国故事不单单指向中国人生活中不可或缺的价值维度，而且要与人类共同体生活的价值理念发生密切联系。没有表达价值观上的共通性，我们的精神价值辐射力量就还不够，就谈不上与世界的沟通，比如我们的文艺作品缺乏对普遍人性的发掘，缺少对诸如灵魂救赎和自我批判的反思，则很难引起共鸣。

我们的不少文艺作品思想内容承载量比较有限，尤其是以武侠、玄幻、穿越等为主要内容的网络文学，虽有不少包裹着文化的外衣，似乎是在努力传递着一些是非诉求，但真正能传递具有恒久价值的，富于世界性价值理念，从而能产生深刻影响的作品还凤毛麟角。"东海西海，心理攸同"，在钱锺书先生看来，东西方文化虽有不同，但不论东方人还是西方人，其心理指向常常是相同的。对中国作家艺术家来讲，要书写永恒价值、讲述属于全人类的中国故事，把公平、正义、真理、公道、自由、人权、美美与共等出于人类良知及理性的共同价值表达出来。

比如关于义与利，中国人历来主张"国不以利为利，以义为利也""不义而富且贵，于我如浮云"，讲好中国故事，就要将"义"与"仁"结合、化身于具体的艺术形象。反映我国当代都市家庭生活的电视剧《媳妇的美好时代》在非洲大陆引起好评，就在于表达了"义"在当代人日常生活身边事中的展现，书写了人间至爱感情中的真善美。再比方说，中国人历来崇尚"和而不同"的思想和理想状态，提倡在审美的、人文的层次上，在人们的社会活动中树立起一个"美美与共"的文化心态，G20峰会主题晚会《最忆是杭州》展开了一幅幅"美美与共"的画面。晚会选取的《春江花月夜》《采茶舞曲》《梁祝》《高山流水》《天鹅湖》《月光》《我和我的祖国》《难忘茉莉花》《欢乐颂》等九首曲目，艺术地表达了人与自然和谐、劳动之美、爱情生死相依、知音相遇、对祖国的挚爱，以及对永远不灭的自由、和平的向往追求，在世界范围内认知度高，充分表达了人类的共通感受。

直面全球化时代面临的共同难题

美国文化批评家贝尔曾经指出："对我来说，文化本身正是为人类生命过程中提供解释系统，帮助他们对付生存困境的一种努力。"地球上的人生活在不断缩减的时间阴影之下，经历着同样根本性的生存难题，也会提出一些根本性疑问，这是从我们人类共同体生活的根源处自动流溢而出的，正像泉水是从泉眼里涌出来的一样。人类共同体生活的根源，正在于自由的个体心性对所身处于其中的人类生存困境的真切体验以及竭力脱困的奋斗。作家艺术家要有面向世界的开阔胸襟，以中国故事书写全球化进程中人类所面临的共同命运与挑战。

随着人类文明的发展，社会生产力的提高，现代工业文明已经彻底打破了自然的和谐与宁静，人类成为自然的主人和敌人，全球共同面临着生态环境的恶化、人类可能失去自己家园的危险。中国人讲究"天人合一"，在当今世界面临越来越严峻的环境问题时，可以为人类修复自己的家园送上一剂良药。纪录电影《我诞生在中国》选取大熊猫、金丝猴和雪豹等几个中国珍稀野生动物家庭的故事，在展示中国美好自然风光的同时，形象阐释了"天人合一""阴阳互生"等中华文化深刻内涵，中国的美丽和中国人对生命的态度产生了极强的感染力。这些动物出生在中国，但不仅仅属于中国，更属于全世界，它们是那些需要人类更多关爱的野生动物的代表，电影深化了人们对保护自然环境的重要性和紧迫性的认识，启示人类可以从野生动物身上学到和平和谐的相处之道。

再如，恐怖主义和跨国犯罪作为人类社会毒瘤，已成为当今人类面临的共同威胁，瑞士作家、诺贝尔文学奖获得者黑塞曾经说："不应为战争和毁灭效劳，而应为和平与谅解服务。"现在世界和平远没有实现，恐怖主义仍然猖獗，局部冲突持续不断，跨国犯罪时有发生，中华文化中的"和而不同"，为当今世界各种各样利益纠纷与冲突提供实现各得其所的选择。电影《湄公河行动》根据"10·5中国船员金三角遇害事件"（即湄公河惨案）改编，讲述了一支行动小组为解开中国商船船员遇难所隐藏的指向中国运毒、颠倒是非的阴谋，为还遇难同胞一个清白，潜入金三角查明真相，缉拿真凶，揪出案件幕后黑手，体现和张扬了对国际犯罪行为的坚决打击。面对复杂的国际环境，这样的中国故事极具现实积极意义。

科技的发展开辟着各种可能，无论是有利的还是有害的，都已成为无可阻挡的趋势性存在，日益深刻影响着人类。正如英国物理学家斯蒂芬·霍金所指出的那样，我们生活在一个美丽但充满不确定的世界，在共同的命运面前，人类的情感有可能走向共融，当然也有可能是幻想，但文学的探索总要给人希望。在这个时候科幻文学应运而生，科幻小说正如美国著名文学评论家布哈伊·哈桑说过的那样，"触及了人类集体梦想的神经中枢，解放出我们人类这具机器中深藏的某些幻想"。从雪莱夫人的《佛兰肯斯坦》，到赫胥黎的《美丽新世界》，从凡尔纳到阿西莫夫，探讨的都是科技与人类的共同话题。刘慈欣在其小说《三体》中，讲述了外来的三体文明将要入侵地球，并将地球占领的故事，反映了宇宙观下的地球以及人类的最终处境，探讨了人和宇宙文明的关系，人类面对宇宙文明发生什么样的事情，整个宇宙文明的状况是怎样的，又有着怎样的道德以及价值体系，引发了人们的广泛思考。在 2017 全球移动互联网大会上，霍金提出，我们可能要面对人工智能的崛起对人类自身的终结，如人工智能系统失控带来的风险，人工智能系统可能不听人类指挥。"我们不确定我们是会被智能无限地帮助，还是被无限地边缘化，甚至毁灭。"这些带有根本性的困境，需要一批先行者来积极面对，当代文艺无疑有责任认真思考这些问题，以形象的表达促使受众深入思考自身面临的一些根本性困境。

揭示高层次文化追求和深层次精神底蕴

学者刘梦溪曾经说过，有一些价值"不仅适用于一个时期、一个朝代、一段历史，而是适用于所有的历史时期，所有的历史段落，既适用于传统社会，也适用于当今的社会。全世界各个国家都有一些永恒的价值理念，在表述上、概念的使用上不一定相同，但是这些价值理念可以通过互相阐释，达到理解和沟通"。讲故事万变不离其宗，最根本的就是要回归到人性，从人性当中最核心最动人的内核，找到人类内心深处共同的精神情感底蕴。讲述中国故事要从中国人真实的处境中获得灵感，然后紧紧抓住现实生活中蕴含的人性闪光点进行书写。电影《那山那人那狗》聚焦当代中国人的认同感、生存意识和人生境界，写出普通人的顺境与逆境、幸福和苦难、爱和恨、梦想和期望。一个普通的乡邮员在面临退休的时候，他的儿子是否愿意接续他的工作，延续默默无闻的乡间为人送信的工作，构成静水深流的冲突，影片最终告诉人们，如果社会中每个人都像父亲和转娃那样主动而负责任地担当起自己担当的那份平凡而不可缺少的角色，社会生活就会进入良性循环。可能是由于投合了日本公众家庭认同化解的需要，2001年该片成为日本十大外语片之一，引起了强烈反响，家庭矛盾及其化解历程中，一定蕴含着某种跨国或跨民族的普遍尺度与深层次底蕴。

"民以食为天"，纪录片《舌尖上的中国》色彩斑斓的人与食物故事不仅表现出食物维持人生存与繁衍最原初的意义，而且与人的怀旧情绪结合起来，对饮食文化中远逝的传统与历史进行重塑，通过人与食物的故事展现出全球化语境中弥漫的中国式的集体性的文化乡愁。许多段落里传统食物制作方式的退场的描述，唱响了乡村与传统的忧伤挽歌，揭示了在田园式、乌托邦式景象背后，充满着作者对全球化进程中乡村与城市、传统与现代的剧烈冲突，表达了乡村和传统被城市与现代性挤压和排斥的深沉忧虑。这正契合了全球化条件下人类的一种普遍情绪。

讲求故事的艺术性多元性

故事讲得好不好直接影响传播力。讲好中国故事,要调动和运用多种艺术样式载体,既可以是文学、戏剧、电影、电视剧(片)、民间文艺、曲艺、舞蹈等富于叙事性、展开式的形式,也可以是音乐、书法、美术、摄影、杂技等较为抽象的形式,更可以是多种艺术形式的综合与复合。要中国立场、国际表达,避免文化折扣、以中国一厢之情愿讲故事,要讲究中国故事的艺术性多元性,避免落入已有的窠臼与俗套,不断扩大传播力影响力。

讲求叙事的艺术性

讲故事是运用艺术策略、技巧实现叙事,打动受众牵引受众的过程,讲故事与发布公告、宣示意见主张不同,需要有更多的独特实现途径,传播无效或影响力小,往往在于艺术上不讲究,要写自己相信的东西,精通经典叙事形式,塑造可爱可敬的形象,艺术化地传递中国精神,干巴枯燥、空洞说教、标语口号,没有人要看。艺术地讲好中国故事,在讲求创新、焦虑、进步的文化语境中一定要把握好几个关系,比如把握好市场和立场的关系,中国故事的传播要走市场道路,不能一味靠政府推广、派送,但我们更要拥有向世界智慧地讲中国故事的担当,有一种负责任的立场,有自己的坚守。曹文轩获国际安徒生奖的一个重要原因在于他有坚守,他对中国传统文化的礼敬态度、认真坚守,当然也不因此把自己封闭在一个小圈子里,并不拒绝时代所带来的新的东西,而是既坚守又拓展,再就是坚守小说叙事传统的那些基本元素，认真讲故事、塑造人物，追求语言的文化属性，注重心理刻画和风景描写等等，并让这些基本元素在文本中焕发出新的光彩。

讲好中国故事要有文化底蕴，艺术把握人性的律动。任何一个作家艺术家都有自己独特的艺术思维方式，正如胎记无须整容，因为它是最重要的辨识物。作家艺术家的胸怀越宽广越好，放眼世界更是应取的好态度。讲中国故事不一定非要大投入高票房，小成本低投入也会有好的成效，关键是创作的品格要高，要有耐心，讲底蕴，善借鉴，不要把作品与产品混为一谈，创作是投入生命的精雕细刻，不是大批量复制。讲故事是春风化雨、润物无声，以艺术的方式提醒受众感受自我和他人的异同，领会世界和人生的博大浩瀚，把快乐、善良、真诚、友谊、爱和关怀等散播到人的心田。作家艺术家应尽心竭力去做好这种熏陶、积累、感悟的工作，引导受众对中国文化和历史从相知到相爱，知其怎么好、怎么妙。文学艺术产品要有真文化的底蕴和内涵，讲好故事，艺术化地把文化"种"到受众的心里去，使作品成为人与人相互了解的方式，推进不同种族、地域的人们深入了解，实现和谐共处。

在形象塑造上的突破

形象塑造对故事讲述的成败至关重要，讲故事的过程就是塑造形象的过程，形象树立起来了，中国故事就会得到有效传播。不能很好塑造人物形象、国民形象，就不能清晰地发挥文艺的作用。在时代变迁进程中，要以自己的笔触深入到每个有喜怒哀乐的不同的人内心，挖掘人性的复杂、多变、深幽，既塑造出走在时代前列的人物形象，也重视塑造不起眼的普通人，让平凡人之间的情感交流和生命奉献、普通人之间的友谊和永恒爱情，形成中国故事中历久难忘的珍贵纽带，世代流传甚至让人终生难忘。电视剧《士兵突击》讲述农村出身性格执拗的许三多从寒门子弟一步步成长为"兵王"的故事，突出了

"不抛弃、不放弃"等当代军人的精神气质，小人物、传奇性、戏剧性，避免刻板生硬说教，更润物细无声更通俗化地传达了英雄主义情感，"好好活就是做有意义的事，有意义的事就是好好活"的信条产生了意想不到的共鸣。印度电影《摔跤吧！爸爸》集励志、女性成长与现实批判于一体，凸显了主人公对传统价值的坚守，显现了这个普通印度人的责任、能力及智慧，通过刻画一个血肉丰满的人物形象，使印度体育奇迹为世人所熟知，使印度文化美誉度得以传扬。

塑造英雄和领袖形象是中国艺术叙事的一个优良传统，当代影视作品一贯有伟人形象表达的好传统，以往的《开国大典》《大决战》《周恩来》等影片为领袖人物形象塑造树立了典范，今后应更注重多视角、多语态的历史叙述，让刚性表现与柔性表现并举，把领袖人物的人性魅力和性格描写丰富有机地结合起来。更加注重通过把普通战士的生命奉献、杰出人物的历史事迹有机结合，达到多角度、多视点的表达。应学习《林肯》《巴顿》《拯救大兵瑞恩》《为奴十二年》等影片的叙事方法，多角度挖掘历史记忆，丰富国家形象艺术建构。

国家形象作为国际社会公众对一国的基本印象与总体评价，是一国可观的无形资产或曰软实力的重要组成部分。不能忽略国家形象塑造在中国故事讲述中的作用。任何国家行为都需要用形象和语言加以叙述，用叙事加以表达，语言促进理解，国家形象的构建、推广与语言联系密切。中国古代文人以"语不惊人死不休"的态度对待语言、珍惜语言，古代诗人对汉语字句的组合乐此不疲。比如："泉眼无声惜细流，树阴照水爱晴柔"（杨万里《小池》），"不知近水花先发，疑是经冬雪未销"（张谓《早梅》），"沧海月明珠有泪，蓝田日暖玉生烟"（李商隐《锦瑟》），等等千古名句，承载着中国传统文化的精髓，成为外部世界认识中国最直接的媒介和标志物。一定要注重维护祖国语言的纯洁性，使携带中国文化基因与密码的汉语在全球化条件下充分发挥作用。

国际化全球化转码表达

　　故事是文化形式，一国的故事由于语言、文化背景、历史传统，以及风格、价值观、信仰、历史神话、社会制度、自然环境和行为模式等，均可导致文化接受上的损耗、减弱、降低的产生，这便是文化折扣。美国学者霍斯金斯和米卢斯在1988年发表的论文《美国主导电视节目国际市场的原因》里首次提出这一概念。他们认为，任何文化产品的内容都源于某种文化，因此对于那些生活在此种文化之中以及对此种文化比较熟悉的受众有很大的吸引力，而对那些不熟悉此种文化的受众的吸引力则会大大降低，原因是文化差异和文化认知程度的不同，受众在接受不熟悉的文化产品时，其兴趣、理解能力等方面都会大打折扣。这也是文化产品区别于其他一般商品的主要特征之一。讲好中国故事，就要充分重视这一问题，避免接受与传播折损。

　　给外部世界讲中国故事，周恩来总理曾经树立了一个很好的榜样。1954年，周恩来参加日内瓦会议，准备在见面会上放映我国第一部彩色电影《梁山伯与祝英台》，面对巨大的文化差异，周恩来找到了《梁山伯与祝英台》和《罗密欧与朱丽叶》的共同点——爱情，让搞宣传的同志把《梁山伯与祝英台》比作中国版的《罗密欧与朱丽叶》，从而击中了国际人士的敏感接受点，激起了外国朋友的观赏兴趣，并深受感动。可见话不在多，关键是话语上转码为国际友人熟悉的话语，找到沟通和接受的共鸣点。

　　中国故事不单要"走出去"，重要的是"走进去"，在着力丰富传播内容的同时，既关注想"说"什么，更要考虑受众想"听"什么。讲中国故事要分众化，以他者的目光或视角，以及普遍尺度等，对应目标受众群。我们需要以求同思维，在故事内容、表达方式等方面，努力找到与传播地区的共振点，找好切入点，用让人听得懂的语言、愿意听的语言方式去讲故事。讲中国故事最应该拒绝的就是平庸。在形式和手段上必须紧盯互联网及其相关技术前沿，不断以新技术新应用引领讲好中国故事的方式，在创新思维和观念上发力，形成被中外听众接受的、用新概念和新表述讲出的中国故事。据报道，李安在拍摄《卧虎藏龙》时做的首要功课是与外籍编剧充分脑力震荡，探究出一个用外国人能听懂的方式来讲述中国文化、儒家思想的模式，就是很好的例证。要表现出当今中国人丰富复杂的内心世界，让人看到未来的希望和光芒。历史是一面镜子，心平气和地把中国历史上的事情讲清楚很必要，只要创作者自己真讲清楚了，听者自然就会信。2016年法国前总理德维尔潘参观中国雕塑院时说："从孔子脸上的道道皱纹，我看到了中国历史的悠久，从他的微笑，我感到这个民族的宁静而致远。"说的就是这个道理。

中国文化中国故事转码国际话语，避免打折扣，要注重运用具有国际共通性的艺术形式。比方音乐有国际语言之美誉，一首乐曲或歌曲可以将世界不同角落的人们联系在一起。《国际歌》《友谊地久天长》《今夜无人入睡》《好一朵茉莉花》，在任何时候都能唤起地球上不同种族和文化背景的人们的共鸣。我国为多民族国家，民歌资源丰富，戏曲音乐资源丰富，多样性多元化曾经是中国音乐最大的特色，现在却有些"千人一声"之忧，如果总是用西方的发声打基础，美学上按照西方的走，路子会越走越窄。舒伯特曾经把德国文豪歌德、席勒的诗谱成曲，通过歌曲在全世界的流传，增强德国文化的影响力。中国的李白、杜甫的诗作也可以谱曲改编成艺术歌曲，让世界把中国的故事、中国的文学唱出来，唱开去。我国音乐家谭盾、陈其钢和何训田等人的音乐创作逐渐被国际接受，经历了一个转码的过程，这些音乐家大都走出国门海外留学，通过更深层次挖掘糅合中西文化内涵，让多种文化在音乐作品中相互渗透、影响，发生奇妙的混杂并创造出具有独特美感的音乐语言。他们的音乐创作在国外音乐界收获赞誉，开始被国外听众接受，说明了讲述中国故事，音乐可以发挥很好的作用。

在用美术作品传递文化软实力方面，当代美术家徐冰以其《天书》《地书》同样做出了探索，他试图把东方哲学思维方式及文化导入当代艺术创作中，以其作品反映对文字语言等沟通工具、艺术与文明的本质问题、不同物种与文化间的类似与冲突的思考，从传统木刻到装置艺术、从无法辨认的方块字到运用动物作为媒介，大胆游移于不同艺术类型间，以某些不断重复的简单媒介，持续发展的特定概念，深沉地传递了他作为艺术家的哲学式思维，开拓了华人当代艺术的观念，他那些由中国文字引发灵感而创作出的艺术作品，与国外受众在与文字的互动中，传播了中国文化的丰富内涵与多种样态。

"微时代"文学创作的经典意识

我们似乎已经进入了"微时代",微信、微视频、微阅读、微分享、微消费,各类媒体自媒体异常发达,常常催生网红和爆款,一举成名天下知的奇迹每日在重复,同时我们又遗憾地看到,不少速成品、即食餐很快成为转瞬即逝的过眼烟云。而那些对世界进行深刻洞察,那些思想内容丰富深邃、艺术表达富于独创性的经典,依然在持久流传,面对"微时代",文学创作要加以调适,经典意识更须坚守。

经典长销是当代文化生活的重要现象

无论文化生活和阅读生态如何快餐化、即时化、碎片化,人们对经典的热情却一直没有熄灭。据去年全国图书销售大众阅读榜,位居榜单前十部的图书当中,有九部是中外文学经典,而在前三十种中,则一半以上为文学经典,其中既有《红岩》《围城》《平凡的世界》《三体》《活着》等我国读者耳熟能详的佳作,也有《窗边的小豆豆》《追风筝的人》等备受青睐的国外经典。同时,《傲慢与偏见》《了不起的盖茨比》《小妇人》等经典作品不断被改编,《水浒传》《西游记》等电视剧不断重播。当下全球疫情未息,经典与读者更显现出前所未有的紧密关系。据《卫报》和英国广播公司报道,英国最大的连锁书店水石书店自3月下旬闭店后,线上销量首周同比增长400%,经典名著如托尔斯泰的《战争与和平》、普鲁斯特的《追忆逝水年华》、马尔克斯的《百年孤独》《霍乱时期的爱情》、托尼·莫里森的《宠儿》、菲茨杰拉德的《了不起的盖茨比》名列前茅，西尔维娅·普拉斯的《钟形罩》、阿特伍德的《使女的故事》也表现不俗。而人们在线上发起读书分享会时，《战争与和平》及莎士比亚经典剧作等更是首选。

经典正如卡尔维诺所说的那样，是被反复阅读欣赏的作品，它们常读常新，且每次重读都好像初读那样给人带来新的发现，它们浩瀚广博，从不会耗尽要向读者诉说的一切，它们厚重蕴藉，背后有着深厚的文化、语言和传统支撑。在"微时代"阅读条件下，人们获得信息和作品的方式、渠道及便捷前所未有，从短文字到短视频应接不暇，新语境下对经典话题进行重新审视给予我们的启示就是，越在经典意识面临挑战、容易产生动摇的时候，经典给予的深度文学体验越是珍贵，文学创作越是不能跟在碎片化、快餐化后面亦步亦趋，要准确把握人们的精神需求，提供深度思想艺术体验，是文学经典的生命力所在，也是文学的强大优势所在。

"微时代"条件下，文学创作何为？

每个时代有每个时代的素材、题材与主题，有每个时代条件之下的关注点和际遇，经典之作往往凝结着作家对时代生活的深度思考，文学之所以能够获得"进入更广大生活的护照"的美誉，是因为优秀作家总是经由全身心踏入更广大生活，最终才进入潜心创作。作家要对世间的一切怀有充沛热情，敢于"挤进"生活中去，勇于探究、呈现和质询当今真实的生活，写出时代、社会和人性的巨变，写出所有复杂发展变化背后的动因与动力。生活经验在作家手里不仅是写作材料，更是文学想象发生的依据。路遥创作《平凡的世界》时曾深入到道路泥泞的乡村和黑暗的矿井去体验生活，以重温和感受基层百姓的酸甜苦辣，查阅近十年的《人民日报》《参考消息》以了解国家政策和国内国外形势。路遥如果没有丰富切实的体验，没有对广阔社会的第一手认识，待在书房里必无法冥想出经典之作。我国幅员辽阔，情况千差万别，比如乡村，经过改革开放、西部大开发、乡村振兴及脱贫攻坚等，虽然文明与落后、进步与保守仍然会不同程度并存，但乡村翻天覆地的变化，每年每月的新样貌无疑是主流，如果不到农村深入体验，依然用"村长、寡妇和大黄狗"的模式表现农村，必定会沦为笑柄。

经典之所以成为经典，更在于一代代的人们能从中找到人的精神成长轨迹。好的文学从来就是作家的"心象"，是对人精神世界的反映，优秀的作家总是关心人精神层面的律动，怀着被激动的情感呈现生活在人物内心的投影，勘察芸芸众生的内心世界，刻画人的灵魂、心路历程。正如诗人艾青所说，作家的创作"是通过他的心的搏动而完成的。他不能欺瞒他的感情去写一篇东西，他只知道根据自己的世界观去看事物，去描写事物，去批判事物。在他创作的时候，就只求忠实于他的情感，因为不这样，他的作品就成了虚伪的、没有生命的"。如果缺乏以"心的搏动"的能力对题材进行开掘，或忽略人的心理现实，终会沦为平庸事象说明书，更无法持久感染和震撼读者的心灵。

经典的魅力在于具有充分的"内在生长性"，经典作家对生活有所发现，对人生给予的启示有形象的阐发，经典之作的伟大在于发明新的视角，开辟新的境界。创作者要由一个个具体而微的"小我"出发，以自己的见识、胆识和趣味，向人类最先进的方向瞩目，现实有多丰富，作品的情境就有多斑斓，作品的韵味就有多淳厚，让自己的创作与国家、民族、社会、时代相契合，同世界的宽阔、人生的斑斓发生密切联系，给人以现实的烛照，惊醒生命的生机，为思考现实和未来提供形象参考，为仰望星空架起望远镜，为人类贡献独特声响和色彩。

经典的力量还在于给人注入希望和力量，作家面对生活之树，既要像小鸟一样在每个枝丫上跳跃鸣叫，也要像雄鹰一样从高空翱翔俯视，以高于生活的标准提炼生活，避免所见即所得的狭窄。创作的经典性和生命力在于升华，而非翻版现实、克隆人生，优秀的创作者能够超越具体的实际的利益，以创作的精神性、预见性，让人们尽可能避免短视和精神封闭、枯萎。古人强调诗要言志和兴观群怨，鲁迅呼吁疗救人的灵魂，就是强调文学要升华现实、激励人生，增强摆脱卑琐、奴性和目光短浅的勇气。巴金执着地叙说青春力量和信仰的光芒，讴歌理想、赞美未来，其作品反复出现太阳、星光、明灯、圣火等形象，同样在于他希望创作能给人带来信心与力量。

面对"微时代"传播和阅读环境，创作要有必要的调适

文学提供对世界、对生活的个性化感受和图景，为来自社会、自然和人类的缤纷信息留下个性化印记。写作者的个人化文字出于自我表达的需要，但始终有一个不可忽视的潜在需求，就是走向社会、打动他人，以形象构筑的世界与更多受众形成共鸣。文学的生命力在于能够为每个阅读者带来新的发现，将世上的珍奇、趣味呈现出来，连接起更精彩的想象世界，而不是奉献单调、乏味的景象。完全"为艺术而艺术"的创作极少见，心目中没有读者的作家基本不存在。

文学发展到今天，经历过口口相传、说书讲史、报章连载、出版成书、互联网搭载等多个阶段，不同时期的作家总是根据介质和传播渠道不断调整自己的写作。对文学创作影响最大的是互联网，直接导致了网络文学的产生和勃兴，同时也丰富着文学的表达，仅从素材、传播、反馈等角度讲，对创作的影响也是多方面的，必须给予重视。网络及微信在重塑、改变着人们的阅读习惯。互联网站、APP、微信公众号作为搭载平台，对文学作品的篇幅、样式、风格等产生着影响。自媒体传播方式更是在倒逼着创作的内容。全球化时代的都市经验往往呈现同质化特点，避免文学的"同质化"，创作者就要热情踏入生活溪流，用心感悟生活，把个人的观察传送出去，把对世界的思考保留下来。面对阅读环境变化，文学创作在遵守文学自身"金科玉律"的同时，也需调适自身，更加讲求"用户体验"，增强"受众意识"，重视表达方式和文字的亲和力，文字更感性、更细致、更具画面感，以更精短、直接、"硬核"的表达，吸引更多读者。

互联网或微信的一个潜在要求是，希望写作者有更强的"热点"思维，善于捕捉大众关心的话题或坊间热点，满足人们对社会"现在进行时"的好奇。创作者站在时代前端，心中怀有世间的"大宇宙"，才能将社会风云诉诸笔端，让当代生活鲜活起来。即使对历史的回溯，也应给予面向当下的观照，使人们更好欣赏世上的引人入胜和复杂深邃，并在其中流连忘返。或许作家还应拥有"答疑"意识，以创作引导人们对生活提问与设问，铺陈、展开和解答这些问题，让现实逻辑之下的故事更富吸引力。

不过，时间和读者对创作的最终考验，正如作家刘醒龙所说，可能不是跳得有多高，而是走得有多远，当下获得的点击量不一定代表持久得到认可，时代价值观、阅读风尚及传播方式，不断影响创作，将磨砺文学的美学品格，愿当代创作以认知的力量和审美的光芒，增添人类精神宝库，助力健康人格与雅正审美的养成，也许这正是文学创作的初心与根本价值所在。

以"心的搏动"刻画人的心路和灵魂，才能对读者心灵有所触动。经典之所以能够长久流传，在于一代代读者都能从中感受人的精神轨迹。文学呈现"物象"，更呈现"心象"，反映人的精神世界和精神生活。优秀作家总是关心人的精神律动，呈现生活在人物内心的投影，刻画人的心路和灵魂。这种刻画，需要赤子之心，需要"将心比心"。诗人艾青说，作家的创作"是通过他的心的搏动而完成的。他不能欺瞒他的感情去写一篇东西，他只知道根据自己的世界观去看事物，去描写事物，去判断事物。在他创作的时候，就只求忠实于他的情感，因为不这样，他的作品就成了虚伪的、没有生命的"。不能以"心的搏动"对题材进行开掘，或忽略人的心理现实，沉溺于新奇物象的展示，终会沦为平庸事象说明书，更无法持久感动和震撼读者的心灵。

以独特视角书写普遍的、开阔的人类共同境遇，才能从"小我"走向"大我"。经典魅力在其具有充分的"内在生长性"，作家对生活有所发现，以新的视角赋予生活启示以形象，创造新的境界。创作者通常由一个个具体而微的"小我"出发，以自己的见识、胆识和趣味为起点，向人类最先进的方向瞩目，最终带领读者走出原先的"小我"，领略人生的多彩、世界的宽阔，体会人类命运的一体性。实现这种从"小我"到"大我"的跃升，需要创作者有创建庞大结构的能力，有雄心为人类烛照现实，激发生命，为仰望星空架起望远镜，贡献独特声响和色彩。

书评之于我们这个时代的文学原创与出版

在有着天下文枢之誉的金陵胜地、世界文学之都，当聚光灯对准文学、原创、出版和传播力的时候，我想说的是，还有一个必不可少的维度，那就是文学评论或者说书评。

只要世界上还存在文学原创，存在有写书冲动的人，存在为书进行孵化、接生的人，存在各种各样的出版形态，必定会有致力于对原创、对书加以鉴赏、品评、指点的人。书评，同样是一份报纸不可逃避的宿命，难推其责的自觉追求。

依然记得今年八月在北京南城的"凤凰台"，一大桌子人被办一个全国最出色的书评专刊所鼓舞，大家还乘兴将之冠以一个理所当然的名字——"凤凰书评"。之后的若干天里，特别是此次原创文学论坛的题目确定后，我反复在思考，书评与文学原创、文学出版、文学传播，到底应该达成什么样的关系，新时代书评有什么样的使命。如何调动、整合各方面的力量，如何营造激发原创、呵护原创、涵养原创的氛围，服务于催生当今时代最优秀的原创。

在这样一个充满蓬勃机遇与激烈竞争挑战的时代里，在原创从来没有像现在这样珍贵的时候，《文艺报》能够与名列全球出版前三十强的凤凰出版集团相遇、携手，对我们是激励、鞭策，同样是考验，我们将把合作备忘的签订当成一个全新的起点，集各方智慧，以书评助推对原创文学的舆论支持、氛围营造和学术支撑，产生全国性影响，办得可持续。

书评不同于新闻。书，只要有些许特色，即可成为新闻，那些重要作家的书，某些时间节点或意蕴、追求的书，本身也可构成新闻，引发话题，成为现象。媒体或报纸所要做的，是加以呈现，以最大程度的即时感，及时呈现出最有影响力的文学作品问世的时候，所应该有的样态。

有追求有想法的书评专刊，绝不可以止于新闻，要对原创文学进行专业的品评、鉴赏，对作品所构成的独特世界作出令人信服的描述，揭示并向社会尽力分享其思想内涵、艺术风范，为阅读生活提供指南、引导，向社会散播精神果实的芬芳，提供正面的、积极的信息，让那些重要作家的、有潜力的作家的书，为国民精神成长、民众阅读生活留下深刻印记。

书评要发挥批评的功能，这是书评根本的功能之一，也就是说，要能够指出作者的特殊甘苦，作品存在的问题，作家意识不到的观念的、惯性的或其他藩篱对他的束缚等等。

书评必须坚持正确导向、文化情怀，专业、精细、广博，打磨好批评这个利器，不向市场风潮、"大众"口味妥协，唯陈言之务去，不能够将书评专刊沦为平庸主义、平均主义、平凡主义的堡垒。坚持独特性、预见性、严肃性，有所为，有所不为，不至于沦为只有作者阅读和被评论者阅读的境地。

书评专刊重要的一点是保持专业品格，书评专刊要坚守文学精神，坚持高品位、高标准，当然也要兼及特殊的文学兴趣，同时要尽力照顾那些对"标准"不感兴趣，却又想了解图书出版、文学发展现状的普通读者的需要。

书评是思想、眼光和表达的技艺。好的书评专刊的可持续发展，更多地仰仗书评家深邃的阅读、判断的眼光、批评的天分、专门的储备。好的书评必有风格，风格是天分，更是时间锻造的结果，书评还将搭建书评人成长的平台，致力于孵化书评人才，培养更多为原创文学助阵的同路人、滋养者，有赖于时间的成就。

书评要在喝彩之外，还应该是激励、辩论、发现、再造，把更强的知识性和更好的可读性，作为自己的重要追求。书评反映并容纳更多的文化议题，最大限度地参与当今时代文化氛围和文学氛围的营造,《纽约时报书评》百年精选的副标题就是"百年来的作家、观念及文学",在塑造文心、养成观念、成就作家影响方面,书评专刊应该有更多担当。

书评不是严格意义上的科学,而是对书进行阐释、描写,并且容纳不同看法、不同意见,有时是与不同观点不自在地结合在一起。书评一定要注意到文学的各品种与门类的兼顾,容纳小说、诗歌、散文、非虚构、纪实,少数民族的作品、成长中的青年人的作品、翻译作品、儿童读物、科幻、类型文学和网络文学。

书评负有让对话继续、持续进行的使命,任何权威都不应该终止探讨的热情。我们将以自己的执着和智慧,为催生更多优秀文学作品,做优做强文学出版,丰富人们的精神生活,尽最大力量。

全球化条件下的文学未来

历史的发展总是在人们的预见中推进的，随着人类生产力的发展，世界市场的开拓，资本力量的冲决，各个国家各个方面的互相往来和依赖日益增强，所有国家的生产和消费均不可能画地为牢，而是要融入世界，成为世界性的一部分。物质生产打破了自给自足和闭关自守，每一民族，其任何行为，不仅经济的、科技的、教育的，而且文化的、艺术的，都必然会拥有"世界的"因素。在"全球化"已成为历史发展必然趋势的今天，人类在精神生产方面同样在经历巨大变化，随着文化交流与融合步伐的加快，各民族精神产品日益成为世界的公共财产，固守一个民族的片面性局限性越来越不可能，许多种民族的和地方的文学最终会形成世界的文学，甚至有人预言会出现"全人类的文学"，这种文学应该是一种既保持民族特色，又获取一些稳定普遍共通特征，既在社会意识中也在艺术传统中对全人类价值加以确认和肯定，并能将其他民族文学的艺术经验与技巧整合到本民族文学中去。

文学是人类独特思想与感觉的记忆，不同地域的人会有不同品格、气质与艺术境界的文学，文学更是一种深刻的共享行为，地球上的人们，虽说有不同的种族和民族，但人类生理结构上高度的相同性，不同民族作家在生活、经历和情感上可能的相近性或相似性，使他们能把世界不同角落那些真正值得珍视与赞扬的东西分享给全人类。文学无法脱离社会、历史存在，世界各地的人民之间和国家之间共同利益交集增多，实现互惠合作、共享一个家园的目标，已经成为之努力的共识。世界上的文学，应由全人类共同说了算。文化也好，文学也好，其功能之一是提高人类的宽容度、紧密联系程度，丰富人类的感性与理性世界，消除人类之间的恶意和仇恨，只要能够有助于呈现更加多彩的世界，建设更加美好的世界，促进人类的全面发展，就应该得到提倡和鼓励。

人们越来越企盼各个民族以各自不同的风姿出现在世界文明舞台之上，在文化多元成为世界人民共同追求的时代，文学艺术的全球化问题必须认真面对，促进文学价值和艺术价值的全人类共享，已经成为人类的普遍共识，保持文学的个性、民族性、多样性和多元性，亦为普遍诉求。

每个国家都有文学繁盛的理由与土壤，文学是不能被任何外来力量剥夺的。在全球化引入"开放性"、货物和资本"自由"流动、"没有边界的世界"的时候，各民族、国家依然有保持文化、文学独立性和自我意识的权利。在全球化所衍生出的那些新的、精密的、全面甚至完整的依附关系中，也许恰好隐藏着文学的素材与主题，文学有能力和使命，将其中无法觉察的细节记录下来，公之于世。

保护国家利益与融入全球化并非完全格格不入，全球化未必会吞噬小国的文学，每个国家都应该且必须有自己的文化选择。因为，只要一个国家不断产生有才华的作家、诗人和智者，国家的或民族的文学就不会消亡。当年歌德所创造的"世界文学"概念，其实不是单数的，而是复数的，复数意味着彼此对话和交流。人们能够清楚地看到，"世界文学"的本意不是想让全世界的文学成为一个模式，而是更强调不同民族的文学抱有一种宽容、包容可对话的姿态。世界文学既不是一体的，也不可能是趋同的，它们在保存文化记忆、沟通人的心灵方面的独特使命，能够有助于让世界不同角落的人，找寻与共享一些共有价值，以共同解决人类面临的问题。地球上不同的人不可能按照一个方式去思想，而应该互相认识，互相了解，假使不肯互相喜爱至少也努力去学会互相尊重、理解和宽容。全球化条件下，各个国家的文学，应在独特性、新异性和可对话性等方面卓有建树，促进世界范围内的相互交流和文学家之间的相互了解。

文学创作所拥有的成为人类共同财富的自觉，密切了世界各民族文学之间的联系。属于各国的文学应努力获取世界性，不断改变自己，更要有勇气有能力去改变世界，为世界文学注入新的元素。科学技术的发展，现代传播方式的高度发达，翻译、纸面书籍普及本、戏剧演出、影视改编及广播、电影和电视的覆盖，令各个民族的文学拥有了走向世界的多种方式，也有了被吸收的各种途径。

　　民族的或国别的文学是否应该是特殊的、边缘的，属于世界的文学才是普遍的、中心的呢？世界上果真存在超越于众多其他民族的，作为更高范本标准或价值尺度的文学吗？全世界的文学难道可以且应该服从于同一逻辑，在同一个中心、同一种典范的引导下发展并走向统一吗？

　　全球化中的现代化、西方化、后现代化，往往导致过于强调文学艺术的普遍性、世界性、人类性价值。其实，文学艺术的特殊性、本土性、民族性属性更不应该被忽略，这是文化或文学艺术本身所具有的自由精神、宽容精神所决定的，民族文化根基是任何文学艺术的必然出发点。比如语言，如果完全让位于拉丁化，就会令文化商品和消费活动构成的国际化意符体系有可能代替原初民族语言，民族文学的生态根基便岌岌可危。从一定意义上说，"独立性""主体性"是民族价值和意义的标志，文学"民族性"只有坚定自我意识，维护和呈现多样化，通过文学深度的追求，才能达成与文学"世界性"的对话交流。

　　"全球化"并不能将一切整合划一，它在将各民族经济文化活动紧紧夹裹在一起的同时，也会使各民族自身文化传统与身份认同更加突出与鲜明。在"世界性"与"民族性"分别都需要重视的时代，就是要拥有世界性的眼光，努力建设好各自国家的民族文学。任何民族，它只有真切地尊重本民族的文化与传统，才可能在"全球化"的场域中占有一席之地。换句话说，一个民族的文学正因为有了民族的东西，它才能真正成为"全球化"中的一员。所谓"和而不同"，正在于一个民族文学的言说，对于另一个民族（或个人）而言是有些陌生的，但由于它是对个体的"生命"的叙述，同样能够使异族读者产生深刻共鸣。

凝视与感悟冯雪峰

　　人民文学出版社是文学界的精神家园，那一方水草丰美的绿色圣土，曾经养育多少人的文学情怀，让文学之根牢牢扎在我的心间。人文社有个口号是"新中国文学出版事业从这里开始"，其奠基者便是冯雪峰先生。冯先生1951年担任人民文学出版社第一任社长兼总编辑，次年至1954年又兼任《文艺报》主编。我对冯雪峰不熟悉是不可能的。2014年，就在《文艺报》创办65周年的9月25日那一天，我踏进《文艺报》社，从此步入职业生涯的一个全新领域。而我头一次在《文艺报》会议室坐定，一抬头便与对面墙壁上的冯雪峰相遇——锐利明澈的目光仿佛直视着我。2016年，报社办公室走廊墙壁上悬挂了茅盾、丁玲、冯雪峰、张光年等前辈的照片。从此，我天天可以见到这些文坛大家。所以，当《光明日报》编辑约稿的时候，我几乎未加思索就回复了"义不容辞"四个字——出于无意识，发自我内心。

　　然而，在凝望冯雪峰坚毅清俊的面容时，我不能忘记告诫自己：其实你对冯雪峰的作品与思想并不熟悉。在我们这代人的心目中，冯雪峰更多地与鲁迅、"左联"、《红楼梦》研究、胡风、"反右"等相联系，他停留于文学史故纸堆，尘封于文艺争鸣史，曾经是考证、辨伪、争论的焦点，似乎主要属于一些特定历史时期的政治风云、文艺思潮、文化纠纷，是存在于书本和论文之中远去的背影。而冯雪峰的文学创作，他的文艺思想、翻译成就，远未得到广泛深入探讨。一直致力于系统整理冯雪峰作品的人民文学出版社在建社65周年的时候，隆重推出12卷540余万字的《冯雪峰全集》，堪称功德无量。全集系统收录冯雪峰文学创作、理论评论和翻译作品，并囊括了书信、日记、编务文稿、政务文稿函件及外调材料等。这些文字无声地诉说着冯雪峰，诉说着这位参加过两万五千里长征的老作家老革命家，作为中国新文学史上的重要人物，作为"湖畔诗派"优秀诗人，作为"生为人杰捍卫党的旗帜，死犹鬼雄笔扫尘世孤妖"的刚直不阿的知识分子，到底是怎样炼成的，也见证着他光辉一生中值得人们记取的文化遗产到底有哪些，到底有多深广。50余年的创作生涯中这泣血的540余万文字，便是人们认识与研究冯雪峰最可靠的凭证与依靠。面对且打开这一本本凝聚着作者、编辑及亲人心血的书卷，遥想冯雪峰走过的足迹，感悟这位命运多舛的文化大家的心路历程，每个了解现当代中国文学史文艺史的人，都会感慨万千。

冯雪峰曾经说过，"我们不要把眼睛生在头顶上，致使用了自己的脚踏坏了我们想得之于天上的东西"。他一生脚踏实地，始终牢记自己的文化使命，未曾忘记过自己的文化担当，并毕生实践。自从他在北大受到新文化运动主将们的激励之时起，就一刻不停地投入新文化建设事业之中。他用自己的笔，靠着坚定不移的信念，生命不息、耕耘不止。冯雪峰自称是路边的一块小石子。但正如他的朋友和战友们所认为的那样，他倘若真的是一块石子，"也绝不是块普通的小石子，而是筑成我们这座社会主义大厦的基石之一。他以先驱者的汗血，灌溉着社会主义的文艺，滋润着我们共产主义的壮丽事业"。他性格中有决绝、坚韧、强悍的一面，意志格外坚毅，他九死一生，但仍鞠躬尽瘁，如他的后代所言，冯先生"能咬牙，肯牺牲，在委屈下坚持，在绝望中希望"。"甘于和中国共产党和中国人民一起承受这历史的磨难。"而武器就是手中的笔，这确保了他留给后人一笔光辉而高品质的文化财富。

冯雪峰青年时期诗心澎湃。他20世纪20年代与潘漠华、应修人、汪静之等组成"湖畔诗派"，讴歌爱情，向往光明，《湖畔》《春的歌集》作为中国新文学史上最早的白话诗集之一，热烈抒发了"五四"新一代青年希望摆脱封建禁锢、追求美好理想的心声，清新隽永的风格，蓬勃洋溢的青春气息，一时间引起轰动，受到广泛关注，据说连毛泽东也为之惊叹。"他底爱情未曾死；/也有春风在墓头吹来荡去。/只是那无情的樵女们/清丽的歌声，却总隔着林儿的。/将有一天，他以未死的爱情，/在墓上开放烂漫的花；/春风吹送出迷人的幽香，/他不能忘情的姑娘会重新诱上。"（《被拒绝者底墓歌》）深沉蕴藉，富于意境之美；而《卖花少女》则空灵唯美，浪漫抒情，但所有的诗都不是令人消沉的无病呻吟。而二十年后在上饶集中营狱中写下的《真实之歌》及后来修改精选的《灵山歌》，则以博大开阔的意境表达了一位成熟革命者在炼狱中生命的燃烧和思想升华，诗作情感更加深沉有力。

中国寓言曾在世界文学史上独树一帜，冯雪峰是为我国寓言新发展注入了活力的人。他写寓言很专注，作品有几百篇，而且既自己写，也改编国外寓言，在理论上卓有成就。他的寓言继承中国古典传统，言说中国人的智慧，意境多有新开拓新想法，在揭露黑暗、讽刺时弊等方面，其文化意蕴则接续中华美学精神，简单的故事，激越的情感，丰沛的文思，隽永精妙的语言，既与他杂文的诗性智慧光芒有异曲同工之处，同时又成为其诗歌创作的继续和延伸，不愧为中国现代寓言的奠基人。

冯雪峰文艺理论评论方面的建树始于翻译。他胸襟开阔，胆识高远，在国内几乎最早系统介绍了未来派、立体派、表现派等欧洲现代派文艺思潮。更重要的是从1926年起，他对俄罗斯苏联进步文艺理论，对现实主义、社会主义文艺理论的翻译，筚路蓝缕、呕心沥血，及时满足了新文学兴起之初急需理论引导的现实。全集第10、11、12卷收录的《新俄文学的曙光期》《俄罗斯的无产阶级文学》《新俄的文艺政策》及普列汉诺夫的《艺术与社会生活》、卢那察尔斯基的《艺术之社会的基础》等马克思主义文艺理论，以及苏俄社会主义文艺理论思潮、文化建设动态方面著作，列宁关于科学社会主义理论的书籍，至今都很有研究价值。

而冯雪峰作为现实主义理论的坚定阐述者和实践者，是毕生一以贯之的。他的《革命与智识阶级》《论民主革命的文艺运动》《论〈保卫延安〉》《中国文学从古典现实主义到社会主义现实主义的发展的一个轮廓》等，都是中国现实主义文艺理论与批评的经典篇章。1948 年4 月他曾写了一篇《论通俗》的文章，收于全集第 5 卷，该文从通俗性与经典性的关系、通俗与作家表达与读者接受，到人民性和民族显现及通俗性规律的揭示，虽不是其文论中最被议论的，但今天读来依然深具启发意义。

翻译家蒋路回忆说，苏联塔斯社中国分社社长罗果夫请问过许广平先生："在中国，最了解鲁迅的是谁?"许先生答曰：冯雪峰。其实当 1928 年 5 月冯雪峰写下《革命与智识阶级》的时候，他与鲁迅尚未相识，在鲁迅受到围攻的情况下，冯雪峰则于文中充分肯定鲁迅的功绩和"五四"伟大文学传统，对鲁迅做出客观公正评价。冯雪峰不遗余力地介绍鲁迅、学习鲁迅、弘扬鲁迅精神，成为鲁迅晚年最亲近的学生和战友之一，在鲁迅和中国共产党之间发挥了纽带和桥梁作用。陈望道曾经这样评价："冯雪峰不但受了鲁迅的影响，也时时刻刻企图影响鲁迅的。"他作为现当代杂文创作的大家，创作自然会受到鲁迅的熏陶。从收于全集第 3 卷的杂文集《乡风与市风》《有进无退》《跨的日子》等现代杂文史上的杰作不难看到，冯雪峰的杂文创作内容多样，视野宏阔，从"左联"时期开始，到抗战末期和新中国成立之前，他的杂文创作一直没有停歇，且题材主题异常多样——都市及乡村，文艺及社会问题，精神文化及国民性，看得见的及更深层的，他都有触及和解剖。从其杂文里可以看到对人民的赞美，对历史变革的呼唤，特别是对颓废、空虚、庸俗等精神劣疾的嘲讽批判，艺术上更是自成一格。

他的朋友卢鸿基在回忆文章里说，冯雪峰的杂文"句子有些长，好像有些拉杂，但组织细密，读时总要细寻他的比喻、形容、分析、推理、探索的脉络，他不是故布疑阵，也不是如有些人的故意转弯抹角，对一切事物，事事物物，人与兽，山与水，城与市，都有他的新的看法，一切平常、平庸得很的东西，在他的笔下，都是得停下来细细回索回索"。他并没有学鲁迅的写法，他的描写，文风与鲁迅先生的杂文一点都不同，但精神是相通的，且深得鲁迅杂文精髓和神韵。毛泽东曾经读过他的《奴隶与奴隶主义》一文。文中指出，那些宣扬奴隶主义的统治者们自己又是另一主子的驯服"奴隶"，而对这种"奴隶"和奴隶主义一定不能寄予任何宽恕或轻视，只有尽力挞伐和埋葬它，才是被压迫者得救的前提。在日本帝国主义溃败，美蒋合伙企图篡夺抗战胜利果实，阴谋发动全面内战的恶浪声中，这篇文章的发表，无疑是一支刺向敌人的锐利投枪。全集第5卷有篇曾发表于《文艺报》1952年12月10日"新语丝"栏目的《谈伊索寓言》，借伊索寓言中一则狼的故事，谈及新的历史条件之下，如何认识帝国主义本来面目，对我们今天认识当代国际社会可能也不无益处。

在上饶集中营的时候，冯雪峰写过一首题为《雪》的诗，其中有"为了净化大地，/ 它献出了自己"这样的句子。这位未受命运青睐的文化大家一生耿介，无私无畏，正如他的家人所说，"他常常是恨不得能把自己生命中最珍贵的一切一下子都交给人们，而从来不计较"。据上饶集中营时的难友、著名画家赖少其回忆，1963年8—9月间，冯先生曾作了两首诗。一首是《塞童》，另一首是《探日》："夸父欲探日出处，即行与日竞奔波。直朝旸谷飞长腿，不惜身躯掷火涡。饮尽渭黄不止渴，再趋北泽死其阿。英雄建业多如此，血汗曾流海不过。"充分反映了他自己那种夸父逐日般勇于牺牲、普罗米修斯般奋不顾身的忘我精神。他于血雨腥风的1927年入党，他经历过长征考验，受过集中营百般折磨，也遭受过"文革"迫害，但从未丧失对党、对国家、对人民的信心。在回望与感悟其一生的丰富著述时，我想，最要紧的是要学习他能咬牙、肯牺牲、善坚持的可贵精神，不断强化文化担当，为迎来中国文学中国文化更加美好的将来发出光与热。

王蒙先生的创作山高水长

2014年王蒙80岁的时候推出《王蒙文集》45卷，2020年再度增加5卷，上次王蒙就说，这之中还没有包括他写过的诸多交代材料、日记、笔记之类，那些东西加起来也能出十几卷。此次也没有加上这些。

可以说，在中国当代文学史上，像王蒙这样有着持续创作力影响力的作家绝无仅有。他是当代文坛巨匠式的、巅峰式的人物，他似大海、高山、草原和江河，让人们经由他的作品，一次次享受思绪的盛宴、哲学的高蹈、想象的飞扬、结构的精微、现实的伟大、历史的深邃、人性的丰富、生活的崇高，迎接灵魂的冲击、情感的洗礼。

王蒙出生于国家民族积贫积弱之时，长于时代剧烈变动之际，在中国社会的风云激荡中，在中西文化的激烈碰撞中，他始终是一位参与者、见证者、书写者，他敏于观察人性，他对世间风云的记录，从来都含蕴着时间长河运行否定之否定的历史辩证法，蕴藏着现实人生强大剧烈的运动，蕴藏着人对自我的塑造与成就，更有对人性不可思议变化的深入描述。

王蒙的创作始终站在时代最前沿、时代最高处，与时代的紧密联系，是他生活与创作最根本的支点，他很少涉及历史题材的创作，但历史仍然是他观察问题的一个重要维度，他一贯站在历史的、人的、世界的高度，去观察、判断、解释问题，这是他安放创作与学术的追求。他把握历史，俯瞰人生，胸有成竹，似乎拥有所向披靡、一眼洞穿万物的魔力。在他的笔下，所有的话语都是充分个性化的，却非私语化、私人化的，因而气象异常开阔，品格磅礴大气。他似执牛耳者，成竹在胸。他始终在中国社会历史的风云激荡中，在中西文化的碰撞中挥洒自己的才情，绘制中国人的精神图谱。

博采众长兼收并蓄，铸就每一个大家的来路，王蒙的博大是世界的，又是充分传统的，充分中国的，他对中国精神、中国传统、中国文化的深入感悟，恰好又化为观察人性的利器。他对《红楼梦》、李商隐、老子庄子的解读、研究和挖掘，反映了对我们中华文化的深入洞悉。他试图揭示出，人的性格、命运、情感方式，无不与传统有关，与文化有关，与精神上面临的问题有着难分难离的关联。

王蒙具有很强的开创性与建构性，在思想观念上，在精神意识层次上，他总是走在别人前面，他欢呼一切新鲜事物，他为年轻人、新现象叫好，当然，在他那里，有的开创与建构始于消解、否定和摧毁。如果只是说他将意识流引入文坛，为其正名，开创了现实主义的新境界，是把事情说小了，他为创作理论与实践所树立的典范，是多方面的，不是"主义"，也不是"路径"之类。

王蒙创作具有巨大生长性、延展性，是奔腾不息的长河，是高山仰止的峻岭，是为新中国七十年的文学、未来中国文学留下的极为珍贵的武库，他的文字给人的感受永远是新奇、阔大的，凡世间风云、人类命运、天地幽微，乃至青春的灿烂，成年的沉郁，老年的成熟，爱与善、美与丑、恨与别离、温柔与粗犷，他无不尽收笔端。

王蒙的文本显著是杂色的，是深的湖，是海的梦，是夜的眼，是变人形，是笑的风，清澈与泥泞，忧郁与欢乐，理想与现实，都矛盾而和谐地存在于他的文学表达中。王蒙是整个时代的睿智长者，他对人类社会的所有优点与缺点，对人的所有复杂性、幽暗性，都抱有充分的包容，他不以简单的社会、经济、道德标准做衡量尺度。这正是他大气的表现。

开辟创作的新境界是王蒙一直以来的追求，他致力于开拓、发掘文学创造的各种可能，其创作形态同样具有强大的包容性，各种文体、风格都被他所尝试、融合或重新锻造。王蒙之为"人民艺术家"，也因为他是个才华横溢的创作者，具有浓郁的诗人气质，这使我们不能不被其诗意气象所征服，为其文本飞扬的神采、盎然的诗意所深深感染，他的文本里充满各种出人意表的意象、譬喻、词汇、句法，色彩之斑斓，威力之巨大，令人目不暇接。他拥有托尔斯泰的雄浑、拉伯雷的能量、莎士比亚的丰富，就单是在《青春万岁》的清新、《青狐》的诡异、《尴尬风流》的机智、《这边风景》的沉郁面前，我们都不能不为他的才情才华所折服。

思想也许是这个世界上最有力量的东西，王蒙的作品中有着强大的思想力、思考力和思辨力，他的作品促使我们陷入对自己所处社会现状、文化传统、生存境况的沉思。阅读王蒙先生，对于重新认识和阅读新中国以来的社会史、文化史、经济史，认识人性之复杂，认识大千世界的林林总总，都会有巨大裨益。他在《你是哪一年人》一文中曾经说："历史的发展从来是不无倾斜的，历史不可能对所有人微笑抚摸捧抬装点，同时历史的秋千又常常荡来荡去。""因此我希望，每一代作家除了看到这一代人的好处以外，正视这一代做过的蠢事，除了精神的悲剧也不妨有一点喜剧的精神，除了执着的态度也还有一点自我的超越。除了自恋自怜自我咀嚼也不妨有一点自嘲自省自审，除了热度也可以有一些冷度——清醒度，除了大字报式地痛骂痛批别人也还可以搞一点与人为善"，就是他反思精神的一个鲜明体现。我们都在讲增强文化自信，这自信首先来自包容、反思和自省精神，他历来主张要发展文艺生产力，文艺是一种专业，衡量文艺就要看文艺的创造力、可持续力，我们要攀登文学高峰，同样要多向王蒙先生看齐，向他那种在历史中前进，以自己的作品记录历史进步推动历史进步的精神学习，虽不能至，心向往之。

民族秘史的伟大揭示者

——纪念陈忠实

2016 年 4 月，大西北正值万物勃发时节，一颗文坛巨星猝然陨落。对于这样一个毕生以文学安放自己灵魂的作家的辞世，对于这样一位在创作上孜孜以求、始终在寻找最合适句子的长者的离世，全社会普遍深感震惊，这当在情理之中。一个杰出作家对当代思想文化和国民精神生活方面所具有的不可替代性，在其离世一段时间之后会显得日益突出，陈忠实便是典型的例子。

或许，历史的尘埃还在降落过程之中，或许当今时代的文学还没有做好足够准备，就在他离世之后的今天，当我们再度将陈忠实及《白鹿原》现象与中国社会历史、文化思潮等联系起来进行细致解读的时候，依然会面临话语和见解上的多重匮乏，只不过聊作一些粗浅的解读以寄托哀思罢了。《白鹿原》卷头题词引用了巴尔扎克的话："小说是一个民族的秘史。"陈忠实正是家国和民族秘史的伟大揭示者。

始终与大地和农民心心相印

叩问苍生历史，揭示家国隐秘，必须要有开阔的生活地带与睿智的思想学校。陈忠实作为中国乡村的伟大之子，其文学创造所达到的高度、取得的成就，是农村生活所考验和砥砺的结果。他与农村这个文学的伟大学校没有过须臾疏离，农村就是生活，就是社会，就是鲜活不竭的创作源泉。他坚信深入生活最踏实，与坚信作家扎在农村最可靠是一个意思。在农村，不仅可以丰富生活素材，还可以纠正偏见，到农民中间去，具体村庄的点与陕西农村大的面的结合，使自己写起来才有根底，不会走大样。他长期固执地浸泡于纷乱的农村生活之中，在其间拨弄着自己要寻找的东西，未曾有过动摇。

陈忠实太了解农民，他们的优点及他们的全部落后庸俗，他都心知肚明，但他并不厌恶他们，更不会背离他们，而是从心底激赏他们对中国社会的支撑作用，这是构成他所有创作的一大背景和前提。即使在写作最紧张的时候，他也不拒绝来自农民哪怕最微小的请求，甘愿放下写作，花去对自己而言最宝贵的时间，参与到乡村的事务之中。比方，当那些乡间芸芸众生红白喜事的"账房先生"，为给乡亲儿孙婚礼收份子钱记账而乐此不疲，给逝去的乡党写挽联，为因此而受到夸赞欣喜异常。陈忠实在农村公社当过十多年的干部。他一心一意搞好自己分担的工作，深入理解农村的历史与现实，乡村经济政治文化的厚实基础，使他创作起来游刃有余。他的作品和笔下的人物，用王汶石的话讲，一看可知作者就是在农田基建大会战的工地上、在县三级干部会议中、在麦草铺垫的通铺上滚过多年的。他从未离开他的乡亲、他脚下的土地。对陈忠实来说，那些和他谈笑、向他倾诉的苦恼的农民，同样是他一见如故的读者朋友，这些他生命与文学的衣食父母，是他创作的持久靠山和动力。

将自己滚烫的手按在时代的脉搏上

文学终究是时代的儿子，不管人们是否愿意承认，任何历史都是当代史。陈忠实信奉美国作家杰克·伦敦的话，一个优秀的作家"从来都是将自己滚烫的手按在时代的脉搏上"。他不自外于火热时代，而是把与时代结合当成自己的使命。他无法超脱、无法背向时代，他的不少与时代同频共振而获得好评的作品，如《信任》《初夏》《四妹子》《康家小院》《蓝袍先生》《梆子老太》等等，反映了农民正在与昨天的艰难告别，是时代的强烈冲击的结果。他依靠认真的研究，去发现时代给予的启示，化解创作中的一个个难题。作为民族秘史的《白鹿原》再现中国半个多世纪社会历史秩序的变化，反映人的心灵和精神蜕变的历史真实，回应的未尝不是时代的迫切要求。陈忠实是乡村传统的忠实后裔，他对传统儒家文化和仁义观念无疑是充满了向往追慕之情，但他不会以拥戴的情感遮蔽冷峻的观察思考。踏入时代鲜活生活的他，对现实生活复杂性有深切体验，对复杂万千的社会现象和多样的人物心理有敏锐洞察，因此《白鹿原》能够揭示儒家文化对底层、妇女和边缘人的排斥压抑，甚至从精神到肉体的虐杀，体现了新旧世纪之交在回归传统文化社会思潮中的本能困惑与悖反心态，作品的思想和情感价值得以提升。在时代的发展中，陈忠实经历过精神层面的自我否定、自我批判和创作跃升。十一届三中全会以后有一段时间，他曾常用"苦闷""痛苦"和"枯涩"描述自己在心理层面和文学叙述层面上的苦恼。因为原来接受的文艺理论在他对应和理解新生活的时候屡屡感到无能为力，而曾经有过的图解生活的经历更使自己后怕。陈忠实曾有一度想躲到已有定论的生活中去，或写点回忆童年生活的东西算了。但最终，他勇敢迎接时代赋予的课题，以最积极的开放思想接受时代精神洗礼，与极左的话语、与僵化的教条进行一次又一次从血肉到精神再到心理的剥离，使自己从已僵化的叙述模式中走出来。可以设想，如果没有形成独立的思想，不具备能够穿透历史和现实的独立精神力量，陈忠实就不能够把自己的精神上升到一个应有的高度。他意识到，文化跨越具体的政治信仰、阶级阶层，几乎能够笼盖所有。《白鹿原》触摸到的"一个民族的秘史"，正是这种文化制约下的心灵的历史、人性的历史。陈忠实不断追寻"五四"时代新文化先行者的思想穿透力，让自己的作品开辟出更阔大的思想格局，在时代中走出了精神和创作的困境。

于博采众长中振奋艺术创新魄力

深入揭示民族的秘史需要有艺术魄力。陈忠实有着巨大的艺术追求和文学志向，能够如艾略特所说的那样，强烈地意识到一个有抱负的作家的历史地位和当代价值。他在年过40岁之后，感到有写一部告慰自己一生的作品的紧迫性，为此他立下给全人类写一本书的志向。陈忠实谋深远，站高处，心无旁骛，不为琐碎欲望所左右。在他看来，真正的文学创造需要振奋艺术魄力，排斥"非文学因素"、文过饰非的花架子、错误文艺思想的引导、简单配合政治等等。所有的非文学因素，都是振奋艺术魄力的最大障碍。他拒绝"非文学因素"干扰的法宝之一就是走进生活，沉潜到经典那里去进行广博的吸收借鉴。陈忠实通过广泛阅读，吸收着一切有益的养分，苏俄欧美拉美，现代当代精英通俗，他都如饥似渴，甚至为解决作品的可读性问题，特意研究过美国畅销书作家西德尼·谢尔顿的作品。世界之大、历史之长和思想之厚富，在他那里不是笼统的浮光掠影，而是构成了经常性反省的依据。赵树理的创作本身作为新文学的一部分，于时代流变中生发出新的特征，柳青深受新文学影响，陈忠实对他们都有师承。在文学情感上，陈忠实直接的亲近者是赵树理，而更直接的导师则是柳青。而对新文学传统的吸收，使他意识到，现代意义上的新文学呼应民族救亡的主题，引入启蒙思想，寻求新思想、新生力的愿景，最终开辟了现代中国思想的新境界。陈忠实贪婪地接受着现实主义精神和各种人文主义思潮的滋养，使他能够不断背离和超越原来的思维，在更宽广的世界视野中打开自己，获得新的参照。《白鹿原》发展了《蓝袍先生》善于写人在时代中变化之难的优势，激发出真正现实主义巨大的艺术说服力，充溢着意识到的历史和现实内容，又蕴含着独特的生命体验。他正是在对当代最前沿的思想成果和文学资源的吸纳中，在对中国当代文学成果、传统的尊重中，和当代作家一起，共同分享着自己所处时代的文学经验和思想成果，体现了强大的创新自觉意识。

一个放宽胸襟的现实主义者

陈忠实无疑是现实主义的至诚实践者，在他的文学接受史里，茅盾的作品，巴金的"激流三部曲""爱情三部曲"，柔石的小说，蒋光慈的作品，李广田的散文，都曾是显赫的存在，这些文学样本的现实主义精神滋养了他的创作。他的《白鹿原》真正能够深入到本民族的历史和现实，以宏大的叙事和史诗性，充分彰显民族精神文化力量，同样来自陈忠实对现实主义的独特体认，在他看来，"现实主义者也应该放开艺术视野，博采各种流派之长，创造出色彩斑斓的现实主义；现实主义者应该放宽胸襟，容纳各种风貌的现实主义"。在一个文化转型的时代，变动不居的观念与文化带来了人性的多姿多彩，给文学刻画带来契机。《白鹿原》仍然属于现实主义范畴，但与柳青受特定时代政治影响的有限度的现实主义不同，《白鹿原》立意之高远，突出表现在于正面观照中华文化精神和这种文化培育的人格，进而探究民族的文化命运和历史命运，陈忠实以《白鹿原》这个文本所展现的，是盘根错节的政治冲突、经济矛盾、党派斗争与军事行动，统统转化为文化的冲突、人性冲突，这部大开大合的作品还发展了作者在写《蓝袍先生》时善于写的人在时代变化中变化之难的特点，在历史、文化、民俗等方面均富于样本的作用。致力于讲文化养成的作用，讲中国人修身做人治国安邦的教化作用，勾勒以文化取代暴力的理想图景。作品的价值更在于告诉人们，有艺术说服力量的现实主义，能够有助于展示作家所意识到的历史内容和现实内容，有助于独特生命体验的迸发。小说借鹿鸣之口说："当我第一次系统审视近一个世纪以来这块土地上发生的一系列重大事件时，又促进了起初的那种思索，悲剧的发生不是偶然的，都是这个民族从衰败走向复兴复壮过程中的必然。"作品集现实与魔幻、大善与大恶、大爱与大恨于一体，具有很强的思想深度。陈忠实让文学成为人类心灵沟通的最佳途径，如《白鹿原》的性描写以理性的健全心理来展开，深入解析和叙述了人物的性形态、性文化心理和性心理结构，注重把握分寸，丝毫不以性作为诱饵诱惑读者，有助于打破人们对性的神秘感、羞耻感。有学者认为，陈忠实从《白鹿原》开始，决心摆脱作为老师的柳青的"阴影"，彻底到连语言形式也必须摆脱，努力建立自己的语言结构方式，有一定道理。作品的对话语言如生活中陕西方言的实录，鲜活且有劲道，叙述语言则严格按照白话文语法规则，显现了新文学传统的实绩。所有这些均构成了《白鹿原》丰富博大深刻的若干侧面，使之在许多方面超越了那些急于"及时"表现现实的速朽的作品，而树立起了民族秘史探究者的恒久标杆。

雷达作为评论家的意义及其他

雷达在 2018 年 3 月的最后一天猝然离世，这位驰名文坛的文学评论家猝然陨落，一时引起从未有过的巨大反响，为我们所始料未及。长期以来，评论家被作家们看重，但他们的劳动到底是不是受到了足够的重视，仍然是个打问号的事情，"评论"似乎只属于评论家之外的别的人，倒与评论家本人无缘了。评论家天生就是评论别人的，因此评论家一般不应得到别人的评论，这些似乎已经成为被普遍接受的铁律和常态。

雷达为各地无数个作家写过评论，为无数个文学新人或文坛名家作过序，在许多作家的成长过程中发挥过举足轻重的作用，但评论界对他的贡献，对他的评论的评论却相当吝啬，只有他学生辈的文友写过一些很少的文字，雷达在无数次研讨会上鼓励过指导过一代代作家，但在北京却没有为他举办过研讨会。关于他的研讨会只在甘肃举办过一次，规模很小。今年 3 月中旬，作为他文论精选，乃至凝聚他一生心血的《雷达观潮》由人民文学出版社出版，本应该高兴的，他打电话给我的时候却说，出了就出了，现在看来简直就没有什么反响。话说得的确很悲凉。而随着雷达告别这个世界，一个文坛辛勤劳作身影的消失，一个独特的声音和存在的远去，人们才感到一位伟大批评家辞世所造成的损失几乎是难以弥补的。

雷达之于当代文学，意义是多方面的，作为一个卓有建树的理论家和评论家，他以深刻的研判和极为宏阔的视野，开辟了当代文学批评的新境界，他提出的许多命题颇为独到，或可称为一针见血，他查找文学现象背后的诸多原因，概括抽象出的一些结论，启发和引领意义持久，开辟了当代文学经典化的巨大可能。

2014 年，雷达应邀在《文艺报》开办专栏"雷达观潮"，以文学思潮、现象和问题为主要选题，一如既往地保持了他研判的深入与思想的敏锐，为评论界树立了风范。比如他提出，关怀人的问题先于关怀哪些人的问题，文学批评平庸言说的"过剩"与富于个性实效性评论的"不足"是大问题，以十年为单元的"代际划分"有可能阻断作者对生活本身的拥抱、体验，文学与新闻的纠缠考验着作家能否再造一个丰富而复杂的想象世界，文学遭遇影视"筛选"的同时也在反改造，有效而有价值的阅读必须得到拯救等等。再比如，他从事的文学批评写作有强大的问题意识，他在一个时期里，紧紧围绕文学创作的"症候"，提出作家不可能脱离他身处其间的时代空气，当代文学缺少生命写作、灵魂写作、孤独写作、独创性写作，作家亟须强化肯定和弘扬正面价值的能力，作家要拥有精神超越性和生活整体把握的能力，当代文学要把提升原创与遏制复制作为努力方向等等。

开设"雷达观潮"的时候，他已经过了古稀之年，健康也面临着诸种问题，但他依然要求自己"思想尽量不老化"，有锋芒，不炒冷饭，不说套话，尽量提出一些新问题、真问题，在当代文坛普遍缺乏问题意识的时候，他观潮目光如炬，行文沉稳有据，他的跋涉殊为不易，在今天看来犹有意义，不少提醒和警示，会随着时间的推移日益彰显其意义。

雷达文学评论的突出价值，我想，还在于他对当代文学整体存在的相伴相生相助意义。他作为见证者、参与者、研究者、命名者，与当代文学构成了近乎血脉的关系。雷达的文学评论实践与当代中国文学的发展紧密联系在一起，他始终关心着文学的现实发展，从没有脱离中国文坛现实的场域，他自始至终参与了从上世纪 80 年代以来中国文学的成长。他作为新时期文学的在场者和共同风雨兼程的人，不遗余力地发光发热，以近半个世纪以来对当代文学实践的热情参与，推动了当代文学的繁荣发展与经典化。陈忠实、莫言、王蒙、铁凝、张贤亮、贾平凹、路遥、刘恒、刘震云、张炜，还有更多的作家，都曾得到过他的评论，他为这些作家的成长与存在不停顿地鼓与呼，他像不倦的观潮者一样毕生甘当人梯和护花使者。

雷达作为民族精神发现与重铸的提倡者，是"新写实"思潮的归纳评述者，是"现实主义冲击波""缩略时代"的命名者。2009 年，他在《近三十年中国文学的审美精神》一文中提出，到那个时候为止的三十年当代文学的贯穿性主题，就是寻找人、发现人、肯定人，启蒙、先锋、世俗化、日常化，作为当代文学审美意识的变化的关键词，他的那些富于学理的分析与提醒，无不来自对当代文学的细致观察，他是马克思主义文艺批评历史的美学的观点的实践者，始终表现出对现实主义文学理论的执着坚守之情。

雷达的批评实践在当今的意义，还在于他的品格风范的感召力。作为鲜活文学现场的守望者，雷达永远是平易的亲切的，他是活跃在文学现场的有分量的长者，他使用的语言于朴实中有着自己的个性，但这种个性从来不曾用来构成对任何一个作家的杀伐与打击，他从不滥用自己的评判力以树立自己的权威。二十多年前我曾与雷达在乒乓球台上交锋，他以大我二十多岁的年龄，几个回合的抽杀就让我难以招架，这与我印象中的雷达一致。他是永远坚硬倔强稳固的，从来不服输不服老，他的最大个性是不放弃自己的立场与阵地。他也不以自己受到尊重而动辄妄下断语，或对成长中的作家随便指手画脚。雷达评论中散发出的真诚和善意是面向、属于所有人，而且，他向来反对故弄玄虚、自我浮夸，坚持评论的鲜活性和与人为善的统一。他的评论以讲学理见长，但他的写作从不掉书袋，不搞高头讲章。雷达思想一点都不落伍，但从不跟在任何时髦理论与风头的后面，只是注目那些变动不居的当代创作，静观审美观念的潮起潮落，把每个作家的成长、进步作为自己的观察对象，不倦守护文学的生态。与雷达接触久了，你会发现，他有着很强的平民情怀和人文精神，也许是由于他的成长颇多坎坷曲折，他对那些生活在外省、边远地区，于困苦中艰难探索的写作者颇多关切，他出身平民，是一个深具平民眼光的人。他说自己的感觉永远也好不起来，心绪总是沉甸甸的，怀疑自己是这个时代的"逸民",不愿受别人的追捧与注目，他从来就不肯与贵族化精英化做派为伍，他曾经担任一个作家村的村长，他静静地观察着那些苦斗中的作家的成长，他愿意做当代文学生态的一位平凡守护者。

雷达曾经援引法国作家蒙田的话谈自己心目中的好散文，说是想要人们在散文中看见平凡、淳朴和天然的生活，无拘无束亦无造作。研读他的评论，透过那些颇具风格、思想饱满的文字，会深受一位批评家睿智、宽博与真诚风范的感染。哪里有博大的人格，哪里就有真诚的创造，雷达以自己创造性的评论实践昭示着我们，一个评论家的荣光，属于当下文学的生长，亦当属于文学永远的未来。

把素材化为对人的教育和洗礼

——读刘庆邦短篇小说《素材》

素材之于创作如同泥瓦匠手里的砖瓦，是最基本的依据，作家有了素材，创作才拥有了踏实的依凭和充足的底气。不过，刘庆邦的短篇小说《素材》讲的似乎是关于一个落寞的曲剧名角在代人哭丧时遇到的事情，其实是一个人在其人生某个阶段面临的选择。

刘庆邦的创作总是与故乡连接在一起的，他的作品中的那些男男女女，背负着土地、历史与文化对他们的影响、制约和哺育，艰难地丈量着生活，实现着自己那些卑微愿望，就像这篇小说里的曲剧名角遇到的那样。像我们这样衣食无忧的读者，当然可以说小说是一个由世事之无常所引发而来的故事，反正主人公离我们还很远，他们经历的事情不会降临在我们头上，于是，我们很可能也就只是把小说当"小说"看看而已，这同样要不得。

《素材》映现的是社会历史的变化对人命运的影响。我们国家的传统戏剧剧种曲剧曾经是"四旧"，又曾经大放异彩，而相貌好嗓子好的麻小雨作为曲剧团台柱子，原本不管是《卷席筒》，还是《陈三两爬堂》，每唱到高潮处，听众的眼泪就会如瓢泼大雨一样，"麻瓢泼"的外号由此而来。后来剧团被推进市场，风雨飘摇，"麻瓢泼的戏说没人听就没人听了"，演员开不了工资，麻小雨和团里的演员一样，不得不"化整为零，自谋生路"。她尝试过到宴席上给人唱歌，到茶楼去，挂上名牌和曲牌，等着喝茶的人点她的戏，挣点零花钱，然而，酒局酒宴不欢迎传统戏，有的还让女角唱包公戏。她委曲求全，忍气吞声，就是因为"她扳不过钱的手腕儿，钱的手腕儿比较粗，一扳就把她扳倒了"。然而，沦落至此的她万万没有想到，自己居然被"代哭"所选中。如同代购、代驾、代孕等一样,"代哭"是个新兴的产业。她最初拒绝,不能接受,慢慢也就接受了、投降了,因为"钱的手腕儿比较粗"。故事铺垫至此,庆邦的叙事依然保持着很强的张力,他不满足于推进故事,而在于探查人心,挖掘人性。

好的小说从来都是贴着人写的,《素材》贴着主人公的品格、性情,对美好人性的褒扬从不吝啬。麻小雨的认真、老实就是最美好的表现。而人一认真一老实,便会导致别的事情发生。她为了完成好女老板代哭的委托,哭得真诚一些实在一些,亲自去积累"素材"。不积累不知道,一积累吓一跳。她从女老板老家的村子张家庄打听到,女老板的母亲居然是上吊而死的,而且死了一两天才被发现,原因呢?村子里的人说,老母亲的三个儿子和三个儿媳妇都对她不好,"都嫌她该死了不死,她还活着干啥呢!"现实再次让她震惊,她想不通,"怎么会是这样,我还以为人人都活不够呢!"而《素材》所揭示的农村老人自杀问题,恰恰是当前农村一个触目惊心又普遍存在的事实。

麻小雨寻找"素材"的过程,同样也是她亲情复苏的过程,她一次次想到自己因食道出问题不做手术、宁愿等死的母亲。自己母亲这样做又何尝不是自杀呢?现实蕴涵着的一个个险滩,一次次惊奇,不单涉及别人,同样涉及自己,艺术来源于生活,代哭的情感来源于素材,麻小雨以老实的态度对待别人的委托,把代哭当作一次创作,完全以死者女儿的口气进行哭诉,凭长期的艺术锻炼将积累的"素材"统统化为哭腔与唱词,不肯舍弃其中的一点一滴、一枝一叶。她的哭声感动了女老板,使对方"突然以膝代脚,向麻小雨跪行而去"哭诉着悔不该找代哭,她自己本身就有满肚子倒不尽的泪水。

小说极强的现实性在于,以强烈的现实主义精神,对现实的荒谬与存在的问题进行了无情揭露与鞭挞。当人们以金钱衡量一切之时,文化变成市场的奴婢,传统艺术堕入尘埃,昔日打动人心、名动四方的名角麻小雨,不得已经常用自己的艺术良心与金钱"扳手腕",然而,"钱的手腕儿比较粗,一扳就把她扳倒了",她到酒席上卖唱,到茶楼里兜售曲剧唱段,直到代人哭丧,一步步退却,一次次丧失自己的底线，曲剧名角沦为代哭者，是时代的悲哀，是文化的悲哀。如果说由麻小雨的代人号丧，揭露的是文化的沦落，那么，由麻小雨代哭"素材"的积累，则有力地揭露了世风的堕落在农村的发展蔓延。礼崩乐坏，人心不古，老人被儿女无情抛弃，这些症状如同黑死病一样，在农村迅速蔓延，成为时代典型病症之一，如何疗救，或许不是作家的事情，刘庆邦以自己敏锐的观察，真实而富于感染力的细节描写，揭露出生活的真相。麻小雨寻找"素材"的过程，同样是发现自我、发现人性的过程，她由女老板的母亲联想到自己的母亲，一辈子受苦受难，患绝症而拒绝就医，她不给子女添麻烦，要安乐死，世间的苦，都被这些平凡的人所承担，而麻小雨凭自己"倾心"的"艺术加工"，最终感化女老板，令女老板良心发现，忏悔自己的行为。人心的疗救可以靠他人的启发，最终还是要靠自觉，作品告诉我们，人性终归会绽放不可抗拒的力量。

刘庆邦不愧为短篇小说的圣手，作品篇幅不长，却布局合理，张弛有度，夹叙夹议，看似波澜不惊，却将对人性的感悟作了极富于洞察力穿透力的表达，感染力很强。

不断发现生活

  对于每个写作者来说，不断发现生活是一种必须获得的能力。发现，不单意味着敏于观察，更意味着感受现实毛细血管般的丰富枝节，在此基础上，进行自己的文本创造。但凡优秀的创作者，都是生活的不断发现者，范小青当为此中一员，其短篇小说新作《买方在左卖方在右》颇有说服力地告诉人们，现实生活正以斑斓的样貌展现在每个人面前，生活中的曲折，生活中的欢欣，有时候哪怕是一个个小小的插曲，都能透露出诸多映射着社会变革和人心律动的有趣讯息。一个作家能够浸润于现实之中，不断观察生活感受生活，必会取到生活的真经、创作的真经，不少人抱怨找不到写作的路径，其实就是丧失了发现生活的能力。

  不断发现生活，深刻理解社会，对作家而言，应该成为一种自觉。这些年来，我国已经进入改革的深水区，城乡一体化进程加快，城市剧烈扩张，教育医疗社会保障交通出行方方面面的社会生活呈现出日新月异的样貌，随着社会变革的加剧，经济生活的活跃，以及科技的发展，特别是人的活法和思想意识的变化，共同构成了无比斑斓的生活样态，是作家丰沛的创作源泉。这篇小说写到的学区房、住宅买卖以及与之相关联的一切，只不过是驳杂生活的一角，范小青以冷峻而轻快的笔触将之呈现出来，反映了作家不断面向现实，投身生活，从而完成作为广阔生活记录者和发言者使命的追求。"文学就是需要到更加广阔的天地去体验、去感受，才能产生创作的灵感和欲望"，范小青的这个认识是从她的人生和创作实践中提炼出来的，她十多岁就随下放锻炼的父母来到农村，一个城市小巷里的孩子，突然看到大片的土地，看到那么多不一样的人、不一样的事情出现在自己的面前，才知道原来世界上可以有很多不同的生活，很多不同的人，数十年来，她用自己手中的笔异常勤奋地把这些"很多的不同"描写出来。她一直在做生活的有心人，她的作品很少触及自己不熟悉的历史生活，而是始终以饱满的热情书写当代，把自己热切观察当代生活的心得反映出来。短篇小说《买方在左卖方在右》再次体现了她善于发现生活的特质，体现了她与芸芸众生息息相通，在感情上跟各阶层的人们保持很好沟通，善于触碰和了解他们内心世界的一贯作风。写作固然可以回到过去，但更值得面向当下，用范小青的话说，只要大地还在，作家的根就不会动摇；只要大地一直在发生变化，作家的作品就能不断地创新创优。从《赤脚医生万泉和》《我的名字叫王村》《香火》等长篇，到《城乡简史》等中短篇，范小青以开阔的画面揭示当代生活的丰富多元和活色生香，为当代文学留下了浓重的记录。

范小青是长中短篇皆擅的创作多面手，其短篇小说截取生活片段，从小波澜中展现大世界，给人以隽永的感受。《买方在左卖方在右》写的是普通人的买房经历，称得上是她对当代生活一次富于在场感的近距离生动诠释。由找中介、选房、面签、交易，作者将读者带入了一个个颇为勾魂摄魄的场景中，领略生活快速变化中的眼花缭乱，置身其中的人们的酸甜苦辣。小说主人公为了儿子的学区房而被裹挟到买房浪潮之中，为了买房，夫妻两个人如同两个聚光灯，照亮了所经历过波折的那些沟沟坎坎，透过买房者的眼睛，我们看到现实生活的诸多破绽。比如，一对夫妻为了房子卖不卖卖什么价而打架，结果打出事情来，进了医院；再比如，有的卖主儿子年纪轻轻不学好，在外面赌博，欠了巨额赌账，把房产证偷出去抵押；主人公"我"和"老婆"为儿子上学买房，本来是一条战线的盟友，但买房的过程一直影响他们触动他们，到小说最后，仿佛是突然间，"我老婆跟我离婚了，找了个后爸，有学区房"。离婚似乎比买房容易得多，即使假离婚也无须出示早已经准备好的"腹稿"，问题是，在小说末尾，他们并没有复婚。而且，最后范小青又给了我们一个乘坐过山车似的意外："至于我原来准备买学区房的那笔钱，那是我和我前妻一起攒下来的半辈子的积蓄，我放到 P2P 金融平台上去了，很快，它们就没有了。"小说就这样戛然而止，读者简直还来不及做好反应的准备，这些情节和这些匪夷所思的故事，必然是范小青选择做生活现实的积极观察者的结果。因为在她看来，生活中有很多现象一般人都见怪不怪，如果作为一个作家也见怪不怪，就写不了具有艺术说服力的作品。范小青紧贴当前鲜活的现实，以不断发现生活书写生活的姿态，相信还会为我们奉献出更多隽永的新篇章。

史铁生：文学品质与岁月共增长

　　2010 年年底，史铁生去世前一天，其散文集《我与地坛》单行本由人民文学出版社出版。截至目前，总印数居然已经超过 120 万册。显然，史铁生之于大众，不单是一位完美的写作者，更是泉水，淌过泥土地，依然清冽醇厚。他是清风，没有染上任何浮躁功利等不良习气。他不向命运低头，轮椅没有限制住他，他与人心、与大千世界保持着最密切的联系。他逝世已有六载，但人们感觉他从来没有远离过这个他钟爱的世界，他的作品一直与当代人在一起。人民文学出版社十卷本《史铁生作品全编》问世，对于我们理解史铁生，吸收他文学遗产的营养，意义自然不一般。

　　太阳在这边收尽苍凉，又在那边布散朝晖。史铁生没有大红大紫过，但也从未离开过人们的视野，不管他活在这个世界上，还是离开了大家，关于他的讨论、研究从来就不曾停止过。上学的孩子们记得《我的遥远的清平湾》《我与地坛》；20 世纪五六十年代出生的人因为他而想起文学的黄金期——那个沸腾而火热的 80 年代，想起他与那个视文学为高尚而神圣的时代的关联；而"70 后""80 后"们也自然而然地把他当成精神的偶像，铭记着他的操守、他的文学追求。

　　作家因为人格的力量，而使作品格外深入人心，史铁生算是一个。览阅《史铁生作品全编》中那些美好的篇章，你会发现，他是沉稳、安静与平和的。盛年即将来临之时即失去行走能力，但从留下来的图像和照片看，他微笑的时候最多，而且总是文质彬彬、扬着头颅看世界，一个外部世界热切观察者的形象深深地打动了人们。他所带着的安详，打量世界、思考万物秘密的特有专注，是成就文学的必需。他无意于申诉什么、呼吁什么或抨击什么，只是用文学去思考、跋涉，证明一个敏感的灵魂能在文学道路上走多远。我们在惊异于他作为一个肢残者、重病人写作数量之大的同时，更惊异于他作品质量之高、品质之纯、风格之正。在他的文学世界里，没有剑拔弩张的冲动，没有纸醉金迷的贪婪，更没有勾心斗角的嚣张，他的所有作品都是献给那些平凡的事情、普通的人，日常、家常、平常是他作品动人的主调与主色。过往的记忆、自己的经历以及不着边际的幻想，就是他构筑的文学空间里最主要的基石与最必要的素材，这些"一般"铸就了品格的不一般。

史铁生是纯粹的，这当然得自他对文学的热爱、执着，但我认为还有一个原因就是发乎心底的对人"生而平等"的认可，对世间一切公道的公允看法，以及对人的价值的肯定。在《人的价值或神的标准》一文中，他说："人的价值是神定的标准，即人一落生就已被认定的价值。""人除了是社会的人，并不只剩下生理的人，人还是享有人权的人、追求理想和信仰的人。"同时，他也不夸大人的作用。他在《门外有问》一文中说："人怎么可能是万物的尺度呢？人——这一有限之在，不过沧海一粟，不过是神之无限标尺中一个粗浅的刻度。"有了这份平和与公允，他观察世界的眼光是平等的、明澈的，他绝少偏见，更不先入为主，怀疑、发问与探究于他已成习惯，他不往自己的作品中掺杂未经思考过的东西，不人云亦云，也不故作惊人之语。活得更纯粹一些，观察得更明澈一些，让文字更干净一些，史铁生只是坚守得更为彻底。

史铁生的纯粹还表现为以少胜多、以平淡取胜。不少人愿意说今天我们处在一个极为复杂的时代，因此有理由写得也要更复杂。其实哪个时代简单呢？这早被狄更斯在《双城记》的开头精彩地概括过了。自己所处时代之复杂给作家写作带来的影响是不同的，有的作家能够化繁为简，走入澄明，有的则可能迷失。作为一个行动受极大局限的作家，史铁生尽可能多地通过各种方式去了解当代生活及其特征，比如交谈、报刊、电视节目、电影、电视剧等，去体验、认识、勘测世间的一切。就史铁生的创作而言，他由对外部世界的体验转为具体创作时，所呈现的姿态让我们另眼相看。史铁生是单纯的、明快的、直接的，他不愿意堆积素材、叠加矛盾以显示自己对时代复杂的认识，他也不愿意充当文学家中的哲学家。他愿意呈现生活本真的状态，愿意以少胜多、化繁为简。经常，他的作品是至简、至纯的。经常，他的散文极简朴、极精短。

"我"是史铁生作品里最为重要的人物，那么，这个"我"是真正的史铁生吗？也许是，也许不是。比方《合欢树》里那个"我"，10岁的时候作文得了好名次，20岁的时候腿残废了，想尽各种办法治病，由于写作，忘记了许多的痛苦，然后，30岁的时候第一篇小说作品发表，母亲却已不在人世间了，等等，是他，又不全是他。史铁生似乎有一种穷尽自己体验的冲动，他要把发生在自己身上的细枝末节统统汇于笔端，不留死角，不加躲藏。他的创作总是从自己"热气腾腾"的心灵出发，听命于敏感而审慎的体悟，不虚张声势、不无病呻吟、不说教，而是努力由自己的真感觉、真体验和真认识出发，抵达自己所满意的境界。

不少技巧娴熟的写作者可能会自然而然地倾向于在创作中撇开自己指向他人，占据所谓思想的制高点，但史铁生多数情况下不这样，他的作品由"我"出发抵达"我"能满意的境界。他时刻保持着"我"的在场，保持"我"作为一个观察者、思考者的单纯与执着。人存在的意义是什么？如何让自己存在得更有意义，这才是史铁生创作的核心。他相信"人即精神之旅者"，所以一刻不停地思考着人的意义、生命的意义。他说过，"我的生命密码根本是两条：残疾与爱情"。残疾和疾病让他彻底了解了生命的艰难、困顿，但爱情让他获得了刻骨铭心的体验，爱情使他更珍重生命的意义。他在《理想的危险》一文中说："爱情所以是一种理想，首先是因为，她已从生理行为脱颖而出，开始勾画着精神图景了。事实上，人类的一切精神向往，无不始于一个爱字，而两性间的爱情则是其先锋，或者样板。"

有爱情的支撑与陪伴，史铁生抵达了人生至美的境界，如同他在自己的精神之旅中，收获了文字与心灵的永久平静，他是幸运的。能够拥有和阅读史铁生的全部作品，我们是幸运的。

常识是对大家都有好处的见识

　　最近北京流传一个故事，说是随着一位百岁文化老人的仙逝，他那处人去室空的老旧居所正在被售卖。因位于北京的市中心，持币争购者甚众。老人子女极为审慎，因屋里藏书丰富。那些曾与这位世纪老人朝夕相处的藏书捐给家乡一半之后仍然所余甚多，价值颇可观，将与房子一同出售。为找到合适的买主，老人子女决定面试购房者。消息一出报名踊跃，竞争异常激烈，面试进行数轮之后，三位购房者进入最后角逐。这三位竞争者除钱不是问题，还均出身文化家庭，有教科文卫相关职业的体面背景。据说卖主问题刁钻，百般为难，购房者素质过硬，过关斩将。我写下这篇文章的时候，这套房子是否已花落一方，依然是悬念。

　　这位逝者便是活了 112 岁的周有光先生。老人学富五车，百岁后依然笔耕。他有本书被收入北京出版社的"大家小书"丛书，名叫《常识》。篇幅、开本都不起眼。2015 年 9 月 23 日，习近平总书记在美国华盛顿州联合欢迎宴会上的演讲时提到读过的一本书也叫《常识》，是 1776 年美国人托马斯·潘恩署名"一个英国人"发表的，区区 50 页。可见，但凡有勇气以常识为话题的人，向来不简单。周老先生厚积薄发，观察得多，感悟得多，自称"这一生是认真思考过这个世界的"。话不重却含义深刻。周先生说一辈子致力于给中等文化水平的人写文章，追求明白晓畅，"常识"有拉家常的自谦和从容。

　　常识具备不言自明的真理性，是一些通则、通例、通识，但最容易在习焉不察中被忽略，在所有的识见中也最需要被重新提出来，因为它所包含的真相经常被埋葬、掩盖，会导致大众判断失误。提醒人们注意常识，意味着要对大多数人心目中似是而非的定见进行重塑，解疑释惑、拨乱反正，让人在困窘时有所依傍。英国诗人、剧作家、小说家哥尔斯密曾说，"我们只能从书本上学到极少有关世界的知识"。况且书本有时更容易成为错误常识的集散地，更容易导致偏见，有书为证，便会"从来如此"，便会不加审视。"从来如此便是对的吗？"可能鲁迅质疑的也是常识。如果正确的、合格的常识得不到强化，一代又一代人就会被"从来如此"的老教条所框限，那些影响人们判断力的潜在依据就不会及时退出历史舞台，而成为难于逾越的思考障碍物。

周有光在这本书里要告诉我们的"常识"主要涉及文化、语言、传统、教育以及现代化、全球化等。这些常识的提炼或经历了漫长过程，或付出了一定代价。常识有时候需要经过检验。比如，汉语采用拉丁字母，特别是搞拼音方案，当初有许多人不理解，偏激者认为中国文化的精髓因此而流失了。但随着时间的推移，人们会越来越意识到，汉语和拉丁字母如今"彼此依偎，相互扶持"，我们已经每天都不能不和字母打交道了，"在国际互联网时代，这几个微不足道的拼音字母，可能发挥帮助中国文化走向全世界的作用"。

周先生介绍的一些常识属于"新知"，即有学问的人知道，一般人不知道的。比方说，中国文化兼容性很强，周先生说这由佛教在中国一路畅通可见一斑。中国传统文化过于高雅、面向上层，面向下层群众的佛教乘虚而入，中国古代的建筑都是低层的，佛教进来后兴建高塔，弥补了建筑高度上的不足，华夏文化成为儒佛二元文化，但印度的语言却没有因为佛教的传入而代替汉语。农耕的汉族在军事上不能抵御游牧的外族，但是在文化上同化了入侵的外族。中国文化至今未曾断裂，显现了包容博大和强有力。

跟着时代发展大势思考，才能让"常识"常新。这些文章大多写于周先生百岁前后，无陈腐之气隔代之感，老人没有死读书读死书。他始终目光如炬地盯着飞速发展的时代，注视着国际大势和现代化未来。他主张，现代文化以科技为中心，由全世界自然和社会科学家共同创造。中国不仅要利用全人类共有财富，而且要从国际文化的客人，变为国际文化的主人，走进其殿堂，参与其创造，丰富其内涵。他认为，传统与现代比肩行走是当代一个重要特征，"双文化""双语言"是国际文化突出现象。如韩国青年一方面希望父母负担学费（农耕集体主义），同时又不愿意承担抚养之责（资本个人主义），企业家拼命扩大资本（资本主义文化），同时又把财富和经营权交给子孙（农耕集体主义），说明旧文化没有来得及退出历史舞台。而二战之后，新兴国家大都面临建设国家共同语、使用国际共同语的问题，西方、东方、东南亚都没有例外。在我国，普通话是学校和社会语言，方言是家庭和乡土语言，这是"国内双语言"，从普通话到又说英语，达到"国际双语言"。

周先生十分注重规律的揭示，他说："我研究的是现象下面的背景，如一条河流，上面的水流波动得很厉害，下面的水流比较稳定。我研究的是下面的水流。"他善于把对历史和现实的观察，变为浅显的"常识"。比如全球化时代热门大课题文化创新。周先生认为，文化创新的动力一定是合力：既需要知识积累的代代相传、自然环境社会环境安定自由，也需要物质刺激和开拓协同，而文化创新最主要的阻力则是社会惰性保守意识、传统禁忌宗教迷信、分配不当杀鸡取卵。例如"观音菩萨"原来的名字是"观世音"，因为要避讳"李世民"只好去掉"世"字，这种避讳是阻碍人思想的典型禁忌，对文化创新是一大阻力，不割除文化就无法与世界同步创新发展。

致敬光荣历史和文学经典

中国新文学和党的发展壮大，带领人民走向民族复兴的征程是同步和同构的，陈独秀、李大钊、瞿秋白等中国共产党的早期领袖，本身就是文学革命的倡导者，革命文学的实践者，毛泽东诗词、书法俱佳，他的《在延安文艺座谈会上的讲话》开启了中国文艺的新纪元。在这辉煌的百年里，中国共产党团结带领中国人民为争取实现民族独立和国家富强文明接续奋斗，实现了从站起来、富起来到强起来的历史性飞跃，中国巍然屹立于世界东方，社会主义活力焕发，无限光明前景展现在世人面前。在这 100 年的时间里，一代代作家和文学工作者脚踏广袤大地，与时代共命运，与祖国同呼吸，以一部部不朽经典，书写了中国人的心灵史和奋斗史，不断满足着人民群众的精神文化需求，不断为中华民族伟大复兴注入强大精神力量。

值此光荣百年到来之际，更加激起我们缅怀文学大家、重温文学经典的热情，"红色经典初版影印文库"（以下简称"文库"），精选建党 100 年来兼具时代精神、文学史价值与历史意义的文学经典，完美呈现其原版原貌，有助于人们从一个独特角度，认识党的百年历程，了解现当代作家不平凡的创新创造，对于学习现当代作家以笔为旗的情怀，增强文化自信，传承文化基因，同样有着多方面意义。

光荣足迹的不平凡记录

却顾所来径，苍苍横翠微，在进步思想和马克思主义影响下萌芽和发展壮大起来的中国新文学，是一个异常丰厚与珍贵的精神宝库。从上世纪二十年代的文学革命，到三十年代的"左翼"革命文学；从毛泽东《在延安文艺座谈会上的讲话》指引下的文学创作，到新中国以来的经典之作"三红一创""青山保林"的涌现；从改革开放新时期，一直到新世纪以来文学佳作的精彩纷呈，无不记录和反映中国人民的百年奋斗。一部部小说、诗歌、散文、报告文学，铭刻着党领导中国人民而进行的顽强不屈的斗争，文学作品中讲述的党史、共和国史和人民奋斗史，交相辉映，照亮了民族独立解放、赢得幸福生活的进程。瞿秋白的《新俄国游记》真实报道十月革命胜利之后的苏俄现实，为正在进行的中国革命送来最新的信息，传播革命的最强音。"左联"时期革命作家蒋光慈的中篇小说《少年漂泊者》，以书信体形式，真实展现从"五四"到"五卅"前后的中国社会现实，揭露社会黑暗与动荡不安的阶级矛盾实质，反映党领导下人民的觉醒和反抗。"左联"五烈士之一胡也频的长篇小说《光明在我们前面》，以震动全国的五卅运动为背景，通过对一对青年爱情生活的描写，艺术再现二十年代中期中国人民的反帝爱国运动，揭示出在那样一个风云变幻的年代，革命知识分子所应走的道路，赞美马列主义战胜无政府主义。萧军的长篇小说《八月的乡村》在新文学史上首次较大规模集中正面描写中国人民奋起反抗日本侵略者的斗争，中国共产党领导下的武装反帝斗争在作品中得到突出。李英儒的《野火春风斗古城》，刘知侠的《铁道游击队》，马烽、西戎的《吕梁英雄传》，邢野、羽山的《平原游击队》，玛拉沁夫的《在茫茫的草原上》，郭澄清的《大刀记》，李克、李微含的《地道战》等众多文学作品，绘制了一幅幅伟大抗日战争史诗般的全景图。周立波的《暴风骤雨》、丁玲的《太阳照在桑干河上》对土改斗争的反映，陆柱国的《上甘岭》、魏巍的《谁是最可爱的人》对抗美援朝的艺术描写，沈西蒙的《霓虹灯下的哨兵》，李准的《李双双小传》，艾芜的《百炼成钢》，柳青的《创业史》，郭小川的《甘蔗林—青纱帐》，李瑛的《红柳集》等，蕴含着时代的呼唤与呐喊，见证着中华民族经历艰苦磨难，实现浴火新生与复兴腾飞的伟大探索，见证了中国共产党团结带领中国人民顽强拼搏、创造历史伟业的丰功伟绩。

坚定信仰信念的艺术彰显

信仰信念如同精神上的钙质，一直是中国人民接续奋斗的营养。心中有信仰，脚下有力量，没有牢不可破的信仰信念作为支撑，想要取得事业的成功是不可能的，一代代共产党人的伟大信仰信念，构成了我们党百年奋斗路上最闪光的坐标。回顾党的百年历程我们可以清晰地看到，中国共产党之所以能够从一个在 1921 年成立的时候只有50 多人的小党，经过短短的 28 年浴血奋战，摆脱帝国主义、封建主义奴役和压迫，成功建立起世界上人口最多的人民共和国，让四万万人民扬眉吐气；之所以能够再经过 70 多年的奋斗，使中华民族实现从富起来到强起来，靠的就是坚定不移的共产主义信仰，靠的就是社会主义必胜、中国人民必胜的信念。打开"文库"，从一位位文学大家创作的红色文学经典中，我们可以强烈地感受到字里行间理想的闪光，信念的力量。当年只有 21 岁的瞿秋白在人们趋之若鹜地前往英法等先进国家游玩考察的时候，为了自己的共产主义信仰，带着对国家民族前途走向的满腔疑问，认真踏访考察世界上第一个社会主义国家苏联，其《新俄国游记》记录无产阶级革命带来的深刻变化，袒露一个无产阶级革命者在向共产主义战士高度迈进的心路历程，寄寓了一个革命者的伟大抱负。革命理想、伟大信念气贯长虹。无产阶级革命者方志敏的散文《可爱的中国》通篇洋溢着高昂的革命理想，和对共产主义信仰的执着坚守，作品既是对祖国母亲的深情告白，又何尝不是对奋斗事业的热情宣示和殷切期待呢？他在文中说："中国真是无力自救吗？我绝不是那样想的，我认为中国是有自救的力量。中国民族，不是表示过它的斗争力量之不可侮吗？弥漫全国的'五卅'运动，是着实地教训了帝国主义，中国人也是人，不是猪和狗，不是可以随便屠杀的。""不要悲观，不要畏馁，要奋斗！要持久地艰苦地奋斗！把各人所有的智慧才能，都提供于民族的拯救吧！无论如何，我们决不能让伟大的可爱的中国，灭亡于帝国主义的肮脏的手里！"
这些滚烫的语句，对当今的人们仍然有着极大的鞭策意义。对共产主
义的信仰，对革命事业的忠诚，是战争年代革命取得一个又一个胜利
的根本原因。军旅作家王愿坚和许多当代作家一样，毕生坚持从事革
命历史题材作品创作，其短篇小说《党费》只有七千多字，但字里行
间饱含着对部队、对人民、对共产党的真情，结尾处用"一筐咸菜是
可以用数字来计算的，一个共产党员爱党的心怎么能够计算呢？一个
党员献身的精神怎么能够计算呢？"揭示出战争年代革命者对党的信
仰。"文库"对传承经典蕴含的信仰力量，张扬共产党人的初心与使
命，具有重要意义。

多彩人物画廊的立体展现

文学是人学，所有经典作品的成功，无不凝聚着作者在人物塑
造上的心血。回顾百年中国文学史，体会现当代作家笔下人物形象嬗
变途径，感受时代发展变化，人民的艰辛探索，依据的就是逐渐化为
文学记忆重要组成部分的鲜明人物形象。当时身处新民主主义革命时
期的不少作家，受进步思想影响，曾通过写作探索自身出路和社会出
路，他们笔下的知识分子形象和农民形象，有着特定时代的鲜明印
记。在柔石的《二月》里，巴金的《新生》里，我们看到的是追求光
明和进步的知识分子的形象，作家通过他们揭示了半殖民地半封建社
会对人性的窒息，知识分子对出路的寻找及苦恼，赞许和鼓励他们从
迷茫走向觉醒。像叶紫的《丰收》所塑造的主人公云普叔，则是旧中
国老一辈农民的典型形象，他有着勤俭厚道、心地善良等传统品质，
但美德阻止不了高利贷的盘剥，丰收后的破产使他明白，摆脱贫困要
靠革命，不是辛苦劳动本身。对于解放区的作家来说，他们笔下的农
民则有着更强的革命自觉性和主人公意识，周立波的《暴风骤雨》里
觉醒的农民赵玉林由普通农民向党的战士转变，土改运动中成长起来
的新型农民郭全海，他们坚强的性格和高度的政治觉悟，是巨变时

代赋予的。进入新中国之后，农民和知识分子的形象无论是外延还是内涵，都发生了巨大变化，《青春之歌》里的林道静，投身革命洪流，在大浪淘沙的冲刷中，特别是接受了党的领导之后，内心世界和精神面貌与之前不可同日而语，她与于永泽的矛盾，他们人生道路的不同选择，再鲜明不过地反映着革命时代的本质。人们同样不会忘记李准笔下的李双双，她已经是一个当家做主的农村女性形象，身上再也没有鲁迅笔下祥林嫂那样的麻木和无助，没有了《二月》里文嫂的困窘与无奈，她以泼辣的性格享受着新社会带给她的平等与扬眉吐气，这个站起来的新社会的农村女性形象，鼓舞了一代代农村妇女的成长。柳青《创业史》中的梁生宝作为当时历史时代条件下的英雄形象，具有扎实的现实主义典型真实，兼具浓厚的理想主义色彩，从而成为鼓舞和教育人民的榜样。吴强的《红日》成功塑造了革命军人沈振新和梁波等生动形象，具体历史语境中和伟大战争中的军人形象，凝聚了作家对战争英雄的艺术化认识。革命历史题材和战争题材作品中的人物形象，有不少已经为中国人所家喻户晓，如《红岩》里的许云峰、江姐，《吕梁英雄传》中的抗日英雄群体，《烈火金钢》里的史更新、肖飞，《野火春风斗古城》里的我党地下工作者杨晓冬、金环、银环等，他们从人民中、在斗争里成长起来，富于个性和生动的民族表情与民族人格，洋溢着集体主义、英雄主义和爱国主义，是光照后人的英雄谱系的一部分，既展示着民族的精神力量，又可亲可敬可学。

多方面探索的生动体现

时间是艺术的试金石，经典作品之所以难以被时光泯灭，既在于思想内涵具有穿越时空的力量，也在于艺术探索上为后世铭记的独到之处。"文库"中不少作品虽出现于特定年代，最初被赋予演绎革命历史、表达现实政治的诉求，以及教育民众、激发革命热情的使命，却因在艺术上的精益求精，成为传诵已久的名篇。夏衍的《包身工》以包身苦工"芦柴棒"等一天紧张劳碌的生产生活活动为线索，按时间顺序书写，将这些来自农村的女工的悲惨生活形象表现出来，作品交错运用议论、描写、抒情、补叙和插叙等，将细节描写与全景勾画、群像与个体刻画结合起来，揭露帝国主义对中国工人的野蛮压榨掠夺，篇幅精短却震撼人心。丁玲的《太阳照在桑干河上》是作者在毛泽东《在延安文艺座谈会上的讲话》精神鼓舞下，深入土改实践，认真体验和提炼生活后的艺术结晶，作品没有简单化一般化地描写农民与地主的矛盾，更摒弃了概念化和公式化反映土改斗争的弊端，而是循着生活的脉络，把延续千百年的中国农村封建关系和社会情况真实表现出来，小说吸收中国传统小说有头有尾、情节集中等长处，与自己擅长的心理分析、环境描写结合起来，五十多个章节，每节都描写一个中心情节或中心人物，结构宏大，故事线索纷繁，然而主次分明，繁而不乱。孙犁的《白洋淀纪事》在记述白洋淀人民英勇抗日、积极生产、学习上进故事的时候，用的是一种乐观从容的笔触，时代的风云变幻，战争的严酷和生活的艰难，以及白洋淀人民的真诚、纯朴、进取等品质，被作者以亲切轻柔的笔调加以直观展示，实现了深刻思想意义和独特艺术价值的统一。赵树理的《三里湾》充分运用评书和中国传统小说的手法，开门见山，结构严密紧凑，情节连贯曲折有致，叙述语言和人物语言口语化、形象化和个性化，深受群众欢迎。马烽、西戎的《吕梁英雄传》运用传统章回体小说的结构，塑造英雄群体和展开战斗故事，叙事从容不迫，推进故事节奏有条不紊，人物思想转变与情感起伏自然流畅，富于传奇的叙事中融入更多民族形式和民间元素。阮章竞的《漳河水》取材于太行山区漳河两岸人民的斗争生活，叙事、写人、写景、抒情结合完美，诗中人物的对话个性鲜明，诗歌语言清新、朴素、明快自由，富有较强的节奏感，深刻反映了农村劳动妇女在新旧两个社会中的不同生活道路和不同历史命运，为群众喜闻乐见。王蒙的《青春万岁》以热情的笔触讴歌青春力量的美与善，对革命新时代的拥抱与投入，赞美他们勇于改变生活、创造未来的魄力，小说在人物设置、空间建构等方面采用了色调鲜明的对比衬托手法，塑造人物形象时注重心理描写，突出青春的热情、锐气和力量，以新时代的青春光彩与声音，震撼了文坛。

　　"文库"中不少作品的作者既是革命斗争的亲历者、见证者，也是现当代文学的创造者、书写者，他们满怀激情，以坚定的信念和丰富的文学经验，为后人留下了传世之作。"文库"以初版本影印的方式将 60 部具有珍贵文献、史料及版本价值的经典作品整体推出，是对稀缺初版本的抢救性重现，便于再现现当代文学经典原貌，让人们重回文学现场，更便于人们铭记历史，锻造信念，激发热情，是以独特的视角向党的伟大历史致敬，向老一代经典作家致敬，有助于推动全民阅读，延续人们对经典的温馨记忆，凝聚奋斗的智慧与力量，值得永久收藏阅读。

当代文学：40 年的沉迷与留恋

关于文学，对于出生于上世纪六十年代的我们来说，最感同身受的，是改革开放 40 年来自己与文学发生的血脉与共关系。40 年前，我只不过是在中国北方一个小镇上读中学的学生。在那个物质生活极端贫乏的年代里，在资讯和娱乐方式匮乏的时代，最能够激起自己对整个外部世界想象的，最能够激起自己对未来梦想的，就是文学。那个时候的文学几乎是整个精神文化生活的代名词，是万众瞩目的最时尚。我参与进万众争睹《班主任》《爱情的位置》《伤痕》《乔厂长上任记》《北方的河》的浪潮，虽未亲历抢购日夜加印的中外名著，却不忘以一切机会领略《人民文学》《十月》《收获》《当代》给自己带来的精神震撼与冲击。那么多新异的思想、那么多鲜明的人物形象、那么多闻所未闻的生活方式的展开，渐次为我打开一个个极为奇异陆离的世界，让我沉迷其中流连忘返。

文学之路从来就不是平坦的，当代文学是在冲破一道道壁垒，不断开拓着生活疆域，展现着自身的魅力中才得到自己亿万之众的热诚拥戴的。伤痕文学、反思文学、改革文学、寻根文学、新写实、先锋派，等等等等，一次次思潮，一次次变革，都开拓出新的引人入胜的境界。我正是通过热切的阅读，得以深入探寻与思索世上人们光怪陆离的生活、命运、情感，探求当代中国正在发生的那些巨大变化背后的成因，从我们这个波澜壮阔的伟大民族的现代性传奇中，找寻自己成长的浩大背景，而从中获得感动、激愤与畅想的理由。对文学的迷恋，如同沙漠中的旅人对泉水的渴望，最终还直接决定了自己对人生道路的选择。40 年来一路风雨沧桑，当自己也渐渐地成为当代中国文学事业的见证者和参与者的时候，我才能够深深地感到，当代作家的创造，以其无可估量的巨大影响，把太多和我一样的人们的生活，与文学直接或间接联系了起来，这种力量是实实在在的最无可辩驳的力量。

与人民、与社会、与国家的同频共振，是 40 年以来当代文学从未断绝的一个标志性传统，当代文学在始终不渝地承担时代赋予的使命和责任的同时，之所以能够以其独特的方式，生动展现一个民族最富活力的呼吸，传达时代最鲜明、最本质的情绪，在于文学对人精神世界的不断发现。人们都爱讲文学是人学，但我深深感受到，当代中国文学真正发扬了现代文学的传统，始终把"人啊人"这样的问题置于重要位置上，作家们让自己的写作与人的联系更为直接，揭示苦难时代的知识分子的心灵世界，抓住新时期巨变时代人的内心、人的性格、人的命运这些最具根本意义的方面，从剧烈动荡的变革中人的真实感受间，寻找典型素材，选取表达视角，确立主题内容，把不同时期的人们的精神诉求，把人们审美需求的新特点新趋势作为重要参照，不忘记感受人之为人的内心世界和真情实感的丰富复杂，把中国人需求、所思所想，把千变万化的人的心灵风暴，置于自己的笔端，细致地展现出来，从而获得艺术的说服力。

文学同样是对艺术的不断发现，艺术最需要一丝不苟的精神，更需要大胆质疑的胆略，当代中国文学向来具有鉴古开新的勇气，不忘服务当代，更勇于面向未来，得八十年代风气的作家们，挣脱观念、理念等条条框框的束缚，文学创作热情和才华的尽情绽放，观念、题材、内容、风格上的多元多样，体裁、门类、形式、技法的百花竞放，形成了文学创造力的涌流、生产力的极大解放，艺术进步不断得到推动。随着新世纪以来文学生存方式、生存环境、传播途径的巨大变化，虚构与非虚构，现实与想象，个人与他者，一方面在限制着表达，另一方面又未尝不在刺激着创作，作家面对中国经验、中国传统、中国现实，以更加积极的心态面对中国现实变革中的新鲜经验，不断寻找到自己的新路途。

当代作家中不乏艺术上的特立独行者，世间的一切都是流动的，写作更多的时候则是逆势而为，是作家与自己过不去，这使得他们坚信文学写作是种更加枯涩和缓慢的艺术，因为文学毕竟是要写人的内心，而作家只有不亦步亦趋于所见，而是以强大的艺术定力穿透世界，让虚构有效地联结、深入到人内心比较隐秘的那些部分，才不致被传媒声浪中那些显性的东西所淹没。作家在持续的探索中，不断从中华民族优秀传统文化中，从民族文化和民间文化中，从世界优秀文化成果中汲取营养，自觉追求现代性与民族性的融合统一，如今的文学已然完全改变了过去单调的形态、较为单一的风格，不同类型的作家、不同类型的理念、不同类型的写法，在百花竞放的文学世界都拥有了自己的位置，文学想象和表现的疆域不断延伸，使得我们对其不断有所期待。

中国当代文学在世界上的辨识度于发展中不断增强，在此过程中，我们的文化自信更加坚定与从容，人们高兴地看到，当代作家对现实生活敏锐而力透纸背的大胆把握，对人的精神世界深处犀利而透彻的挖掘，对当代中国人复杂而又多彩的生活的表现，对未来坚定的希望，对优美汉语的娴熟运用，都构成了40年来中国文学对世界形成影响的不容忽视的品格。人们耳熟能详的那些优秀作品，不仅体现了中华文化精髓、反映了中国人审美追求，而且大多传播的是当代先进价值观念，符合世界进步潮流，与人类的共通情感息息相关，这是中国文学与世界文学能够密切关联的先决条件。莫言、曹文轩、刘慈欣，一个个中国作家在各种重要国际文学奖项中的不俗表现，当代中国文学作为世界文学越来越重要的创造性力量，增强着当代中国人的自豪感。

坚守、创造与再出发

——2018年文学创作管窥八段

作家肩负的一个重要责任，就是坚守精神向往，用自己的笔宣扬人类已被证实了的能力，揭示人类精神与心灵世界的博大，赞赏勇气、同情和爱，以笔为旗，持续给人们注入信念、希望和想象。

在中华民族比任何时候都接近伟大复兴的时代里，在纪念改革开放40周年的热烈氛围中，回顾呼啸而过的2018年，我们欣喜地看到，中国作家不倦地以自己的创作为无边的社会历史进步留下证言与思考，在当代生活的风云中，艺术地呈现时代之真、时代之思和时代之梦想，为增加人们精神世界的厚度而发光发热。

现实主义精神的不懈坚守

壹。在过去一年的文学创作中，坚守现实主义的主潮依然格外鲜明，无论是博大的现实，还是浩瀚的历史，在文学的记忆中，均焕发于具体的情境、动人的细节、富于光彩的人物，及对社会历史规律的揭示中，有助于人们更好地认识生活、理解历史，获得重铸精神的更大动力。曾为当代文坛贡献出《我们播种爱情》《西线轶事》《本色》等的著名作家徐怀中先生，以篇幅精短的《牵风记》写了一个抗日战争和解放战争时期发生在文化教员汪可逾、骑兵通信员曹水儿、旅长齐竞三人之间的战友情愫和两性爱恨。战火硝烟中的微妙情感，证实了战争的残酷并不能掩盖和泯灭人性，作家通过自己的笔，还原了战争年代在金戈铁马、血与火考验和英雄豪情之外，特殊情境下值得人终生记取的人之常情与人性的纠结舒展，他的创作表明，一个作家必须坚守对人性的尊重，对人物内心世界和美好情感的尊重，才有可能获得共鸣。王安忆的《考工记》围绕着木器业和老宅的建筑技艺展开细腻描写，容纳的却是从太平洋战争到新世纪一个甲子的时间跨度，小说里器物与精神、技艺与灵魂之间一直纠缠在一起，相互消长，从文字层面上看，既有形形色色市民生活的沧桑，又有上海近现代都市化进程中的喧嚣骚动，更有人与物、新与旧、过去与现在的纠结，自我精神突围是作品的重要主题，其间仿佛有喟叹与遗憾存焉，却也不乏丰沛盎然的生机与绿意，似乎在强调，毕竟，能够赓续踏实生计的劳动精神才是最重要的，这是人活在世上最坚实的理由。诗人梁平在《我的老爷子》一诗里，同样咏赞了对生生不息的日常生活和踏踏实实生计的坚守："我的老爷子从来不问天上的风云，／只管地上的烟火，拖儿带女，／跟跟跄跄走进新的社会和时代，／他人生的信条就是过日子，／平安是福。／以前是他说经常梦见我，／我无动于衷。现在是我梦见他，／不敢给他说我的梦。／害怕说出来，他心满意足，／就走了。必须要他牵挂，／我是他的幺儿，不顶嘴，不流泪，／与他相约，百年好合。"

贰。历史不会不通往现在，人类可以在此起彼伏的历史足音中，找寻到与现实的联系，现实主义精神最强调历史与当今的密切联系。作家的一个责任，就是不倦地提醒人们，历史不会终结于当代，进步不是意外的事故，而是必然的东西，用自己的精神坚守引领人生，才能避免在时间机器的碾压中进退失据。贾平凹 2018 年的新作《山本》是写十九世纪二三十年代秦岭地区的社会生态的，在涡潭小镇刀客、土匪、游击队等多股势力的风起云涌，以及各方割据厮杀的一幕幕激烈动荡中表达民族的艰辛与耐受力，写作过程中，作家注重从传统中寻找可资转化的精神资源，不停思考如何化素材为小说，化历史为文学，时时感到自己对历史的回溯无法与现实脱节，写到一定程度，重新审视自己熟悉的生活，新的思考便源源不断，于是自然而然地将社会的、时代的、民族国家的集体意识注入其中，力图以独到的体察和历史观，表现底层民众的生存苦难，寄寓真切的悲悯情怀，显现更宽广的社会意义和时代意义，使作品由秦岭题材散文体草木记动物记，转变为一部内涵宏阔的作品。而刘醒龙的《黄冈秘卷》围绕家谱的重修，解密一个个正直忠诚、认真肯干的黄冈人典型，使黄冈人守大义、敢卫国，进亦忧、退亦忧的自强不息精神得以彰显，作品经由对地方"秘闻"与"传奇"的揭示，超越了对东坡赤壁、黄麻暴动、黄高神话等地方性知识的描述，将笔触深入到历史和人性深处，为故乡的浩大绵长精神立传，在家族数代人的命运变幻和恩怨情仇中揭示人的独特性格和地域文化气韵，寄托了作者对故乡难舍的深情、留恋和认知。地方性知识变为具有精神向度的元素，为人们认识历史、感悟现实提供了很好参照。

叁。惊心动魄的战争炮火早已远离我们的大地与苍生，但战争年代的人与事，战争中的人性光辉，依然可以被化为动人心魄的人生读本，为人们继续前行提供精神滋养。肖亦农的《穹庐》所描写的战争发生在遥远的西伯利亚，嘎尔迪老爹为捍卫祖先土地，率布利亚特部众，面对协约国武装干涉十月革命并妄图拼凑大蒙古帝国的阴谋，毅然与布尔什维克合作，展开了一场与白匪军、日本侵略军的殊死抗争，这首八千里征战回归祖国怀抱的壮丽史诗，奏响了令人难忘的爱国主义和英雄主义旋律。陈玉福的《西凉马超》为我们提供了马超这样一个智勇双全的武者英雄、感情专注的痴情英雄、心怀万民的救世英雄形象，属于西凉苍茫的大地，被久远的战争所塑造，为西部英雄文化所养育。彭荆风的《太阳升起》将我们带回到新中国成立之初的岁月里，作家以澎湃的激情、极富感染力的描写，反映了解放军争取西盟佤族人民融入祖国多民族大家庭的经过，显现了党的民族政策的巨大威力，强烈的现实感、历史感和艺术张力，无不显现出作家热爱边地和多民族生活的深厚情怀。

从生活出发的诚意创造

肆。文学是精神创造，现实生活作为文学创造的不竭源泉，像一条绵延不绝的伟大河流，浇灌富饶的大地，提供感奋人心的素材，为创作开辟广阔道路。进入新时代，广大作家不断践行脚力、眼力、脑力和笔力，深入生活、扎根人民，拥抱新时代、状写新现实，过去的一年，人们看到不少作家走出书斋，步入广阔的现实生活找寻素材、汲取营养，向更开阔的地带，向更深层次的矿藏掘进，奉献出新时代更多的中国故事。2018 年适逢改革开放 40 周年，上海是东方明珠，浦东作为中国改革开放的象征树立了开放与建设的新标杆，巍然屹立于大江之畔。新时代如何认识新上海，如何书写浦东的现代化进程，何建明的报告文学《浦东史诗》具有范本价值。作品全景展示浦东开发开放、引领大时代的壮丽画卷，通过不同的人物故事和创业经历，多角度描绘浦东奇迹决策者、建设者群体形象。作品以强大的思辨力昭告天下，无论"上海"，还是"浦东"，历史证明它们本身就是伴随社会前进的行为方式和精神创造的结果，伟大的时代永远是"动词"，是奋发进取的"状态"。上海这座城市靠近大海，"没有勇敢的行为，没有创新的锐气，没有坚韧的意志，历史和自然的浪潮早已将它淹没与湮灭"。伴随着改革开放，上海重新走到世界舞台的中心是历史的必然，是千千万万建设者脚踏实地干出来的。回首雄关漫道真如铁，感悟人间正道是沧桑。无论是祖国沿海还是遥远的边陲，人民群众在深化改革、扶贫攻坚、转型升级的征程中，已经汇聚起磅礴的力量，正创造着人间奇迹，欧阳黔森的报告文学《看万山红遍》聚焦贵州铜仁的新时代之变，写历经光荣的三线建设城市，一个曾经的汞都，如何全面提升传统产业、壮大特色产业、承接产业转移和培育战略性新兴产业，作家触摸这里由资源枯竭转变为绿色发展样板的脉搏，解读万山人民牢记嘱托、感恩奋进、拼搏创新，奋力实现转型跨越发展的改革历程，彰显新时代的治理智慧和实干苦干的精神风貌。而在2018 年践行"四力"的文学实践中，张雅文、李迪和衣向东三位作家颇值得嘉许。张雅文以 70 多岁的高龄奔波采访，她的报告文学《妈妈，快拉我一把》记录未成年人犯罪的诱因与悔改，深刻揭示犯罪给家庭、社会及个人带来的危害，书写监狱警察的奉献与担当，情真意切。李迪的《英雄时代——深圳警察故事》、衣向东的《桥——"枫桥经验"55周年风雨历程》，同样都是用脚走出来的，用心血浇筑出来的，他们从警察的生活出发，从一个个活生生的人出发，用来自真实的灵魂和生命体验的故事，忠实记录公安干警打击犯罪、维护正义、保民平安的业绩，感人至深。

伍。军之壮在于器之精，器之精在于人之强，共和国强军建设的步履与成就，历来是文学创作的富矿。徐剑作为火箭军发展壮大的见证者之一，其报告文学《大国重器》穿越60年历史隧道，讴歌火箭军的光荣与梦想，作家心中如有雄兵百万，对这支军队的历史与现实了然于胸。他排兵布阵，从容不迫，不断地激活历史，着力塑造英雄人物，突出血肉丰满的细节，使之成为史志价值艺术价值兼具的力作。港珠澳大桥具有"新世界七大奇迹"之一的美誉，不仅是桥梁建设史上的里程碑，更是中国改革开放成果的见证，接续着民族天开海岳的征程，长江的报告文学《天开海岳》是作者深入工程内部，亲身体验和多方采访的结晶。作品以生动的笔触揭示了粤港澳三地、中外专家通力合作中鲜为人知的温情、难题、委屈与喜悦，将建设者一次次不屈不挠的探索、一个个创新奉献的前世今生昭告天下。大国创造需要大国工匠，《诗刊》杂志推出"新时代"栏目，刊登的不少诗作，来自诗人深入建设一线的感悟，龙小龙的《工匠精神：一双手》是这样写的，"我要写到一双手 / 是它，把原野里分散的沙粒汇集在一起 / 放进熔炉里整合 / 完成了一次次灵魂和品质的重塑 / 是它剔除了那些管道里的锈迹和霾尘 / 去除了不合时宜的因子 / 使空气格外清新，大地呼吸均匀 / 江河的血液畅行无阻 / 淬炼阳光的手 / 让冷硬的生命发光发热的手 / 一双手，让伟大诞生于平凡的缔造者 / 一尊立体的雕塑"，很耐人寻味。

在现实的巨流中再出发

陆。"诗文随世运，无日不趋新。"创作是永无止境的探索，是不断向着生活深处掘进，向着人的精神世界深处进发，同时，作家也在反思自我的过程中寻求再出发。大解在其诗作《在时间的序列里》这样说："回头望去，有无数个我，／分散在过往的每一日，排着长队走向今天。／我像一个领队，／越走越老，身后跟着同一个人。"作家在岁月和现实中穿行，思考、积淀，激发出再创造的热情。作为中国首部全面关注"衰老"话题的长篇小说，周大新的《天黑得很慢》写出了生命的蓬勃与死亡、爱与疼惜。全书用讲述及"拟纪实"的方式，通过一个与老教授产生感情并结合的保姆之口反映了当代社会的一些难以回避的问题：养老、就医、亲子关系、黄昏恋等。小说既写出了人到中年、人到老年之后身体逐渐衰老、慢慢接近死亡的过程，写了老年人的精神孤独，更写出了人间自有真情在。梁晓声长达150万字的长篇小说《人世间》看似不是近距离反映生活的作品，实则回望当代社会风云进程，探究百姓生活与心路，囊括了半个世纪以来中国社会的激荡。作品将三线建设、上山下乡、推荐上大学、知青返城、恢复高考、出国潮、下海走穴、国企改革、工人下岗、个体经营、棚户区改造、反腐倡廉等重大社会事件均纳入其中，以细腻的笔触直观展示近50年中国人生活的酸甜苦辣和时代发展的波诡云谲，从中可以看到个人的成长、草根的奋斗、阶层的分野、底层的艰辛，更凝聚着作家的忧思，有很强的生活认知价值和审美价值。近距离描写现实是作家张平的一贯特色，但他的《重新生活》没有采用正面强攻的策略，而是通过"反腐"事件中一家人从特权阶层一落千丈后的艰难重生，揭示新时代反腐斗争、教育改革、医疗改革、城市改造等百姓最为关心问题的尖锐。读张平的作品不轻松，总是给人痛感，触及的是当前社会生活的痛点，而且张平作品的现实性在于和社会中的每个人都有关系。腐败破坏社会正常运行规则，渗透到了社会生活乃至人的精神层面，社会大众自然对腐败深恶痛绝。反腐从长远上讲，是要铲除腐败的文化土壤，如果社会上的每个人都树立起法制意识，都尊重规则，不抄近道，不崇拜权力，社会公平正义才能得以重塑，每个公民都需要重新思考自我、重新生活。滕肖澜的《城中之城》是作家深入当代金融生活的直接产物，写的是陆家嘴金融业中的人与事，作品促使我们去思考，在一个国际化现代大都市，如何接纳外来者，从业者如何守住自己的职业操守和道德良心，如何以自己的微弱之力，驱除人性中的阴暗，值得思考。作品也告诉读者，人性依然是美好的，在与脆弱和绝望的无休止斗争中，需要亮起自己的旗帜。

柒。作家陆文夫曾经说过，"作家是靠两条腿走路的：一条是生活，一条是对生活的理解"。文学是思考的艺术，文学扩大我们对整个世界的认知，包括对自然界的想象，对动物应有的态度，更促使我们思考自己所处的外部环境，明白自己所应肩负的责任。迟子建的中篇小说《候鸟的勇敢》既讲述北方候鸟的迁徙，更揭示东北一座小城里社会生活浮尘烟云的奥秘。在小说中，自然与人形成互相映衬、互相对比的关系。在瓦城，候鸟式的生命形态不单属于动物，也属于人，瓦城里有钱的"候鸟人"冬天到南方过冬，夏天返回北方过夏天，造成空城问题严重，人口流失居高不下，作家通过自己的笔，展示当下生活里人们所面临的焦虑、矛盾、欢笑、坚忍，探讨自然生态的潜在威胁、人际关系的复杂、贫富差距造成的心理错位等问题，发人深省。赵丽宏的第三部儿童小说《黑木头》以流浪狗的名字"黑木头"来命名，写了这只狗被收养、被遗弃、再次被收养以及因为救主人而死去的经历。黑木头用自己的生命带给外婆以启迪，促使老人与生活和解，珍惜与家人在一起的每一天，作品借着一只小狗的悲欢，讲了一个关于理解、关于爱的亲情故事，因此，作家张炜说这是"一部救助书、一首惋叹诗、一条激越奔涌的爱之河流"。作品提醒我们，对于陪伴我们的小生灵，"己所不欲，勿施于人"可能才是最大的保护与善意，人在许多方面都得虚心向动物学习。刘亮程的小说《捎话》中有个富于灵性的驴子谢，它冒着战争危险，在众声喧哗中，与其主人公库跨越语言之间的沙漠戈壁，秘密传递信息，无数次见证诸多生死与不可思议之事，生命不息，"捎话"不止，驴能听见鬼魂说话，能看见所有声音的形状和颜色，一路试图与主人库交流，而库在谢死后才真正听懂驴叫，极富寓言意义。

捌。以知识分子阶层的生活为主要内容的作品在写作上总是有相当大的难度。去年宗璞老人的《北归记》写抗战胜利后，众多师生从云南和重庆回到北平，以两代知识人的心史、一个民族的新生史让读者为之感动。而黄蓓佳的《野蜂飞舞》则以儿童小说的形式，写抗战时期的教授们为保住飘摇于明灭之际的文化之火，肩扛仪器、背负书籍，挈妇将雏，跋山涉水，在荒山野岭中继续教育救国事业，讴歌知识分子对文明的坚守。韩少功的《修改过程》被认为是对恢复高考第一批学子的"寻根"之书，作品采取近似连环套的方式讲故事，追忆77级大学生当年意气风发、求知若渴、命运与社会发展紧密关联的逝水年华，也反映他们在当今的凡俗庸碌及不断被生活修改的人生过程，寄寓了对转型时期家国命运的思考。李洱的《应物兄》写法借鉴经史子集叙述方式，"虚己应物"，其中知识成为小说的重要组成部分，人物对话、情节叙述中糅入的海量知识，不断衍生出新话语，知识与知识发生关联，新文本再度生成，结构扩大，在场感、风格感颇强。陈彦反映戏曲界生活的小说《主角》其实有两个"主角"，其一为忆秦娥，其二为中国传统戏曲，一方面是秦腔演员忆秦娥从11岁拜师学艺到51岁功成名就的生命历程、舞台生涯及女儿宋雨的个体命运沉浮，她们与时代脉动，反映了一个群体的生命律动；另一方面则是传统戏曲、传统艺术品种在历史变迁、社会变革中经历的复杂命运——搭台还是唱戏，艺术还是工具，经常不无消长和起伏，改革开放带来思想解放、人的解放，一个乡间小人物成为时代舞台的主角本身，承载了戏曲文化、艺术境界、女性命运等多样话题的复杂丰沛。

在对2018年文学创作进行这番不失粗疏的回顾过程中，我感到，去年的长篇小说创作阵容齐整，佳作纷呈，名家荟萃，可资总结研究的关键点比较多，反映了作家们潜心创作、深入思考的能力在增强。从题材上讲，出自名家之手同时又是向历史题材、战争年代、过去岁月开掘的，占有较大比重，且获得较高赞誉。现实题材的报告文学纪实文学创作一家独大，优势明显，尤以总结成就、颂扬英模、反映新气象的作品增长较大，有的也确实产生了不小影响。从作品刊载出版的平台方面讲，名刊名社、大刊大社独领风骚，其中地域尤以北上广三地集中度最高。从评论推介角度看，在每年海量的作品中，得到关注的只是一小部分，被深入研究的更少，评介集中度大，有相当的惯性，研究盲点不少。文学创作、出版、评论、传播、接受等各个环节的优化，生态的进一步改善，依然是值得认真关注的课题。

价值坚守与时代精神

在我们的民族比任何时候都接近伟大复兴的时代里，人们渴望看到从历史深处走来，能够从中汲取时代奋进的力量，激励我们迈向新未来的作品。梁晓声的长篇小说《人世间》洋溢着蓬勃向上的时代激情，在历史现实的对比中启示人们开拓未来。作品以北方城市周姓平民子弟的生活轨迹和命运为主线，叙述二十世纪六十年代至今普通百姓的生活历程，绘就了我国社会半个多世纪巨大变革的形象画卷，让人们能够沿着作品这条线索，看清楚从那个年代一直到改革开放后今天中国社会的巨大变迁和百姓生活的跌宕起伏。这部长篇小说以极富年代感的笔触，描绘了从上山下乡、三线建设、推荐上大学、知青返城，到恢复高考、出国潮、下海经商、明星走穴、国企改革、工人下岗、个体经营、棚户区改造、反腐倡廉的诸种历史现实，多角度、多方位、多层次展现人世间的社会生活情形，反映了各个时期政治浪潮中人们的生活和希望，思想的交织、观念的碰撞和精神的成长，为我们认识过往社会生活提供了经济的、政治的、文化的立体形象史。随着时代的进步，城市从食品供应、市民就业，到工业结构、市场布局、社会问题，都能从小说中找到认知的凭据，这些坎坎坷坷的过往，这些被时间的流逝所冲刷的一切，无不记录了我们民族一路前行的艰难，让人们明白，每个人与时代的进步、社会的发展都有着这样那样的联系，明过往，知兴替，才能增添前行的勇气。

这部长篇小说有着很强烈的价值坚守，浓厚的家国意识、家国一体的精神充溢并流淌在作品之中。作家和自己笔下的人物坚信，历史是公正的，社会是进步的，我们每一个身处时代的人都不能放弃对真、对善、对美的信念，在一个国家的进步和发展中，每个人都不能放弃自己身上的责任。不管人如何卑微，职业如何低下，家境如何贫穷，我们作为一个人对社会所肩负的责任不能放弃。只有把自己和国家紧密联系起来，才能找到根本的出路。我们看到，周蓉在法国马赛对迷茫中的女儿说："你必须记住一句话，永远都不要做不拿祖国当回事的人，如果你不幸变成那样一个人，那么任何国家也不会拿你当回事。"面对着某些高官在国外置房产、存高额款项时，周秉义退休的妻子冬梅提出质疑："中国还可爱吗？"而退了休的市长周秉义说："你退休了也不能开口说这种话啊。别人觉得不可爱可以移民，咱们能吗？就算能，咱们靠什么生活？咱们的命运是紧紧和国家连在一起的。"没有国就没有家，家是国的基础，国是家的延伸。千家万户都好，国家才能好，民族才能好。而国家好，民族好，家庭才能好。《人世间》形象地诠释了这一真理。

小说积极弘扬向上、与人为善的价值观，作家坚信，不管世道如何变化万千，即便是各自的个性、学识有天壤之别，也都不能没有做人的道德底线，努力坚持做好人不做坏事，尽能力去帮助他人的人生信念，是最应该的。小说中老工人周志刚对老伴说："啥叫有出息，咱老百姓家的女儿，将来是好人，走正道，就行了。"而周秉昆对妻子郑娟说："咱俩这辈子无论什么情况下，都要做好人，为了两个儿子和爱咱们的亲人，必须的。"我们看到，主人公周秉昆一生无论是在锯木厂、酱油厂工作，还是下岗、坐牢、丧子，不管人生如何跌宕，他的价值坚守始终没有放弃，他对人性的信心没有丧失，他那种让世界更完美、让自己的理想得以实现，让爱情得以守望、家庭得以维护的精神，他那种做个堂堂正正的好人的想法始终未曾放弃。正是周秉昆与"六小君子"这些底层小人物所维系和坚守的与人为善、知恩图报、见义勇为等品格，让我们看到了民族的希望。梁晓声认为，社会的进步完善，与底层的努力及精神上向上有密切关系。小说选取周秉昆为主人公，把主要笔墨放在周秉昆这样一个普通人身上，以他为主角来结构整个故事，对广大底层民众的精神向往有很强的提振作用。这个人物历经磨难但始终是向上的、向善的，他的人性没有扭曲，没有陷入不义，始终是个充满希望、积极向上的人，从他的身上，我们看到了这个阶层的光亮。在大浪淘沙的时代，在平凡的世界里，这些最普通的人正寄托着民族的希望。

小说有着很强的现实主义精神，作品直面民族走过的曲折坎坷，真实反映背负着沉重生活负担的人们在现实中的奋斗与牺牲，小说敢于直面和正视现实，能够抓住社会生活中那些更为人们普遍关注的现象进行深入描写，勇于揭示社会变革发展中的各种矛盾和尖锐问题，从而让人们更深刻地认识和理解社会历史。作品为认识那个时代不仅提供了经济上、社会上的真实细节，更真实地描写了现实社会中人与人的关系，让我们透过小说中的人物，认识当时社会的典型环境中善与恶、光明与黑暗的较量，看到了推动历史的车轮在滚滚向前。周秉义和吕川积极投身反腐，与腐败分子一次次较量，作品揭示了在社会发展的大浪淘沙中，人性的失落是不可避免的。德宝夫妇见利忘义，与底层人物产生矛盾，在历史的曲折中，守好人生底线并不容易。

任何文艺创作的基本出发点立足点均应基于推动社会的文明进步，有助于生活的合理健全发展，有利于推动人在合乎人性前提下的自由全面发展，由此引领创作观念和审美理想，坚持批判反思与弘扬正气相统一的价值导向。这部作品也揭露了一些地区和领域腐败猖獗、国企被贱卖、不法分子招摇撞骗等，但根本出发点是有助于世道人心。作品坚持平民视角，站在沉默的大多数一边，深刻体察普通人的生活，细致表现他们的喜怒哀乐，讴歌秉昆的信守承诺，敢于担当，扶危济困，赞赏赶超、进步，晓光、郑娟、吴倩等的互助互爱、肝胆相照，这些普通人不遗余力地践行中国传统美德，在他们身上，寄托了作者对人性的理想、对美好未来的憧憬。

作品题材容量大，时空跨度大，刻画人物多，既抒写了中国社会发展的"光荣与梦想"，也反映了改革开放进程的艰难和复杂，寄托了作者深重的悲天悯人的情怀，拯救苦难的深刻冲动。从作品中可以看到作家对俄罗斯文学的深厚感情，小说多次出现对《战争与和平》

《怎么办》《叶尔绍夫兄弟》《一个人的遭遇》等的诵读，作品描写中也能看出俄罗斯文学静水深流般厚重的特点。小说的现实主义成就同样表现在人物塑造方面，一个个独特而鲜明的人物性格，使作品产生了很强的艺术魅力，如果说周秉昆是城市底层的代表，那么周秉义从某种意义上说，更多的是代表国家意志，从国家层面来维护社会公平正义的人物形象，寄托了作者对国家治理的理想，他上大学，到军工厂当书记，到市委当书记，再从中纪委回到家乡从事老城区改造，他的社会理想就是维护公平正义，让居者有其屋，让劳者得其所应得，他痛恨贪官污吏、权钱交易和那些让国有资产流失的人，是人世间正义的化身，这个人物形象的塑造同样给人以巨大的信心和力量。

以作家的良知敲响警钟

　　青少年是国家的未来，正处于走人生最初几步、系人生最初几粒扣子的时候，走得如何、系得怎样，对个人对国家都至关重要。成长要付出代价、积累教训，每个人的成长都不会一帆风顺，不少孩子在这个"第一"和"最初"的问题上，栽了跟头，付出了惨痛代价，是社会的一大忧患。当前未成年犯罪与环境污染、毒品使用并列，已经成为全球范围内人们公认的三大公害。据 2016 年统计，我国未成年犯罪人数已占整个刑事犯罪的 2.93%，可以说令人触目惊心。上帝不能拯救一切，只有人类担起自己的责任，才能有效解决自己的问题，张雅文的报告文学《妈妈，快拉我一把》，让我们看到了一个作家对责任的肩负，更凝聚了一个作家对重大社会问题的思考，关于青少年犯罪问题及矫正，她以作家的良知敲响了时代的警钟。

　　这是一部书写迷途青少年心声的痛苦之书。作为一个母亲，张雅文抚育了两个事业成功家庭幸福的孩子，在她抚育孩子过程中，付出了很多心血，发现过很多问题。多少年过去了，自己孩子的孩子长大了，但她没有忘却孩子成长这个大课题。孩子是家庭的希望，民族的未来，少年强则中国强，她深知孩子对一个家庭来说有多么重要。多年来，实际上是一种远远超过作家责任的母性，一直强烈地呼唤着她，要她必须完成这次艰难而痛苦的采访与书写。决心既定，她放弃舒适的生活，迈开脚步，历时半年，足迹遍及 11 个省（区、市）的未成年犯管教所、3 所女子监狱，开始了与未成年犯面对面的采访。她像母亲一样对待所见到的未成年采访对象，她贴近孩子们受伤的心灵，倾听他们哭诉内心的痛苦，感悟他们迷茫的心声。每一扇铁窗后面都有不同的血泪回忆。她耐心细致地见证一个个失足少年走过的畸形人生之路，记录下未成年人犯罪的诱因与悔改，深刻揭示青少年犯罪给家庭、社会及个人带来的危害。作品通过采访对象之口一次次发问：为什么生下我？我拿什么来安身立命？谁为我补上人生大课？你们既然生了我，为什么不管我？为什么把我一个人孤零零地丢在这个世界上？你们的所作所为配得上为人父母吗？

作品以真实的记录，痛彻的追悔，真心的告白，曝光青少年在现实生活中遇到的各种问题。在作者看来，未成年犯罪就像一台 X 光机，无法遮掩地透视着孩子身后的背景——家庭、学校、社会乃至整个世界存在的问题都会在青少年身上有所反映。她追寻少年犯罪的真实原因，拷问家庭、学校、社会所应担负的责任。她看到了年少的心灵在失却爱、温暖、失却关怀后的扭曲形态，看到善与恶的畸形交织、人性的黑洞。她经由少年犯、未成年犯，触摸到社会上各式各样光怪陆离的现象，揭示伦理道德失范，文化环境的泥沙俱下，城市农村的贫困，棍棒式教育，溺爱教育，甚至有父母逼迫孩子犯罪，林林总总之无奇不有。作品揭露真相，探讨解决方案，以引起人们疗救的注意，警示全社会守护好青少年的人生与未来。也记录许多青少年经由艰辛而严峻的洗礼，发出的深沉忏悔，呼唤更多青少年珍惜自己的生活，走好人生之路。让更多社会大众了解未成年人的犯罪心理，有效预防犯罪，也让更多犯了罪的少年看到希望，增加洗心革面、早日回归社会回归家庭的信心。

这是一部讴歌奉献的真诚之作。作家走近一个个长期从事未成年人犯罪矫正工作的监狱干警，了解他们的工作生活，聆听他们叙述，记录矫正警官的奉献和作为，让读者领略监狱警察鲜为人知的精神世界。作家为读者呈现了一支业绩不为人知的可敬队伍的风貌，他们长期默默无闻地工作在失足少年救助矫正一线，终年与高墙牢狱相伴，超负荷工作，完全不被外人知晓的奉献，每时每刻都承受着常人难以想象的压力，他们是在为国家的安危默默地把守着一只只火药桶，不为别的，只为沉甸甸的责任与担当。如书中写到的上海未成年犯管教所退休警官何全胜，自己忍受着病痛的折磨，长期为未成年罪犯的教育挽救操劳，他的经验、热情、奉献精神，使他成为警察们的楷模。警察对每一个少年罪犯的改造与救赎，仿佛都在展开一场罪与罚、情与法、人性与兽性、文明与愚昧的博弈，双方在激烈的博弈中艰难行进，警察的博爱之心和温暖挽救了一个个孩子，他们高度的担当、勇气与坚定，收获了理解、转变和喜悦，书写了警察的新篇章。

　　这是一部有温度的感人肺腑之书，作家是一位成功的作家，更是成功的母亲，她以母亲慈爱的眼光，富于悲悯之心的博大灵魂，令笔下的文字具有了别样的温度和气质，行文之中处处可以看到惋惜、慨叹、同情与扶助之心，这些温馨的情感来自作家丰富的精神世界，来自格外真切的投入，她感受采访对象在铁窗之内的痛苦煎熬与内心挣扎，她为花季少年的无情凋零而深感痛心……她在倾听、实录的过程中不断地思考、忧愤、呼吁，拳拳之心感人至深。她以自己的亲身经历感化孩子们，真诚地告诉他们，过失甚至犯罪并不可怕，要向命运宣战，要把内心的不平与自卑，化作发奋的动力，把扭曲的心灵反转过来，既然阳光、大海和蓝天对所有人都是公平的，要像天下所有人一样，酣畅淋漓地沐浴阳光，享受大海，拥抱浩瀚的蓝天。采访和交流也是心与心碰撞的过程，张雅文以自己的话语打动那些迷途的孩子，她希望通过自己的笔，以最朴实的语言，记录下孩子们的心声，把生活的现场、生活的教训、生活触目惊心的一个个雷区呈现出来，警示和教育全社会。扎实的调查，真切的呼吁，亲切自然平易、不事雕琢的笔触，令作品以感染人心的力量鸣响了时代的警钟。

艺术书写中原热土"以气作骨"的品格

谁对大地怀有深情，谁能把握住自己生长的那块土地上人的精神律动和性格气质，谁就最可能写出感动人启迪人的佳作。河南这块中原热土上从来不乏令人感佩的故事，在对中原社会历史故事的书写者中，李佩甫无疑是很有特色的代表，作为一位清醒的写作者，李佩甫在其数十年来的创作中所孜孜以求的，就是为那些祖祖辈辈在平原上辛劳的人们造像与歌哭。

李佩甫曾说，"'平原'是生我养我的地方，是我的精神家园，也是我的写作领地"。找到了属于自己的"平原"，就有了一种"家"的感觉，他对中原大地上发生的一切异常关注和熟悉，对生长、行走、挣扎于这块土地上的人们的所有复杂与丰富怀有深厚感情，对这片土地的宽厚、沉默、慷慨念念不忘。他的创作像是献给中原的一首首长诗，富于中原文化的节奏，中原人性格的韵律。李佩甫的创作不是单纯个人的事业，而是对饱经沧桑土地的膜拜、祭奠、忆念，历史大潮中的坎坷，当代社会经历的巨变，都汇于他的笔端，凝聚了他的深沉思考。他的中篇小说《学习微笑》写的是国有企业大转型中啼笑皆非的人间喜剧，那些普通工人在命运跌宕中的自强自尊自重，在个人隐忍之中的内心挣扎，无不让人动容。他之后通过长篇小说《羊的门》《城的灯》《生命册》《等等灵魂》《平原客》等作品，更是将广袤平原上各阶层人们放到一定社会历史条件和具体环境之中加以表现，深度切入中原社会精神生态，追问他们的灵魂状况，人们所面临的境遇，他们突围而出的挣扎，让人感同身受。读他的作品，我们像是在聆听历史的车轮滚滚向前的声音，俯视时间河流不停顿的流逝，能够清晰地看到个体在历史中的搏击，人的能量在具体社会情境中的挥发，以及生活在行进中所留下的坎坎坷坷。李佩甫对中原人的性格有自己的认识，他说，"从形而上说，在平原上生活是没有依托的。可平原人又是活精神的。那日子是撑出来的，是'以气作骨'的"。他那些对话"人与土地"的作品，以极富于洞察力的笔力，揭示中原文化默默的"忍"和"韧"，凸显了中原老百姓像土地一样沉默而博大的胸怀，坚定的根性，繁茂强大的生命力，长篇小说《河洛图》同样如此。

《河洛图》脱胎于李佩甫十几年前为电视剧《河洛康家》所创作的文学剧本，题材原型是河南巩义康百万家族，该家族在鼎盛时期曾接驾慈禧太后和光绪皇帝两宫回銮，并捐大量白银，得慈禧太后封赐而名扬天下，这样一个在官商两道左右逢源的百年企业，背后的力量之源到底是什么，恰是作者要告诉大家的。围绕河洛康家祖孙几代人生命历程和商业帝国的构建与跌宕，作品将急剧社会变革中国运的兴衰治乱、个人在大时代中的挣扎和顺应进行了艺术的展示。有着中原重要财富符号之称的康百万家族，鼎盛历经明、清、民国三个历史时期，兴盛长达十二代四百多年，在此期间运与命如何倾轧、时与势如何胁迫，构成了故事的核心内容，勾勒出社会经济、河务治理、官私商运、民间借贷等图景及风土人情。小说通过康秀才、周亭兰、康悔文带领下几代康家人逐步由"耕读人家"向"中原财神"迈进的创业坎坷史，揭示了中原文明由重农向重商逐步转型过程中，民间商业文化与封建官僚政治之间的深刻矛盾，而豫商在明清之际顺势而动，一次次起死回生，峰回路转，又折射出晚清到民国时代中原大地上国运家境的嬗变。河洛康家有口皆碑的"留余""仁信"治家传统，以及于国尽忠、于民尽仁的情怀，在当今依然需要积极弘扬。

在李佩甫看来，人在物质上的贫穷并不可怕，精神意义上的贫穷才是万恶之源，无论是康家，还是周家，他们共同的价值观，就是对文化的尊崇，对道德的坚守，对传统的认同，是一种执着的"以气作骨"的追求。人的精神不是活出来的，是"炼"出来的，是数代人薪火相传的结果。康家恪守"字墨"传统，重视对于后人的启蒙与教育。康家两门进士曾先后遭受封建专制者戕害之后，康秀才吸取教训，以独辟蹊径的方式，教育康悔文和康有恒如何修身做人，把整齐门内、提携子孙的优良传统延续下去。他在给康悔文开馆授课时，让康悔文"上街去买字"，在实际生活中碰撞和摸索，根据实际体验领悟"仁义礼智信"，从实践中明白"人无信不立"的深刻性，"仁"为基，"信"为本，稳健积极、凡事有预，宽容待人、惠济天下，在精神和道德的层面上的充实、坚守，使康家能够做出"三千两银子"救仓爷，冒死告发"盗卖仓粮"以及随后的一系列壮举，正是强大的传统文化根基，使得康家数代人在剧烈动荡的改朝换代和错综复杂局面中立于不败之地。作品中康家之外的仓爷、泡爷、马从龙、一品红、念念、断指乔等人物，虽人生遭际不同，却都有"以气作骨"的道德和情怀，他们刚直不阿，行侠仗义，富贵不淫，威武不屈，光明磊落，在急剧变化的乱世之中，无论多么穷困、多么艰难，都不放弃自己的坚守，同样是百折不挠、生生不息的河洛精神与黄河文化对人们的塑造。与此形成鲜明对照的是掌管臬司（刑狱）衙门的内务府密探宋海平，这个封建制度的代表道德坍塌、毫无信念，靠举报告密、颠倒黑白起家，低劣的人格是他遗臭一方的根本原因。

李佩甫坦陈自己的创作得益于童年时自己的姥姥每晚临睡都会讲的"瞎话儿"，这些各种各样的"瞎话儿"大多来自于民间神神鬼鬼的故事，就有包括康百万在内的民间三大财神的故事，这些中原大地上富于传奇色彩的故事传说，增添了他自由创作的勇气，点燃了他的文学想象力，使他的创作像土地上的植物一样，有着无穷的生长繁衍能力和生命力。在阅读过程中，我们不禁为小说图景的生动鲜活所折服。作者思接千载，八面出锋，令作品杂花生树、万千气象，围绕着康秀才、周亭兰、康悔文，各色人物、各种传奇纷至沓来，情节、故事、人物与矛盾，像是土地与植物的复杂纠缠生长一样，沿着社会历史的轨迹自然发展，演绎着中原沃土上的悲欢离合。《河洛图》中的那些传奇都是有根的，是特殊社会历史条件下生活的独特反映，其神奇变异折射着作者的理想。比如，小说中泡爷的水上绝技，马从龙的武功，甚至仓爷那只指认粮仓作伪的小鼠，以及陈麦子"秀才不出门便知天下事"的预言神力，均表现了李佩甫的浪漫主义和理想化追求，他将历史演化成传说，把传说演化成故事，故事演化成寓言，寓言演化成神话，由于细节饱满，情节可信，人物性格符合逻辑，使之构筑了一个内在自洽的艺术世界，小说获得了很强的表现力和感染力。

史鉴诗意哲思的现实价值

　　王充闾先生是成就卓著的散文大家，他的文化学养极为深厚，热爱诗，热爱传统文化，有充沛的诗人气质，早在上世纪九十年代之初，我曾有一次到辽宁参加艺术节的机会，对充闾先生的学养有过亲身感受。当时充闾先生担任着省委宣传部的主要负责人，更像是个开朗的学者，在沈阳的故宫，在鞍山的千山，一路上凡见物见景，充闾先生兴之所至，或引经据典，或诵读古诗词，均能出口成章，发为吟咏，对传统文化之异常熟悉，对古人诗作之熟悉，真的是如数家珍，信手拈来，随时随地化用，将自己的所思所想表达出来，诗是他修养的一部分，传统根基已经成为他文化人格的重要体现，这是大家一致的看法。

　　充闾先生不仅学富五车，创作更是异常勤奋，他新近推出的三卷本散文作品《诗外文章》，以诗入文，以文赏诗，以史证诗，以诗悟史，诗中见哲理，文中发诗情，文史哲一体，融哲理性、思想性、可读性于一体，是非常独特的散文，文中流溢出来的异常珍贵的哲思，得自对古典诗词的深沉热爱、深入研读与细致感悟，读了之后，我们会为他涉猎之广博、思维之活跃且富于创造性而感到深深的折服。

　　从这些散文我们不难看出，充闾先生思接千载，取精用宏，于诗歌鉴赏中见情怀、见风骨、见性情，他融汇文史哲，接通过去当下未来，用他自己的话说，就是着意于探求古诗的哲学底蕴与精神旨趣，靠的是学术功力、知识积累，借助的是人生阅历与生命体验。这些文字从一个层面上讲，是对古代诗歌的赏析，但从另外一个层面上说，更是对历史的幽思，是对人生哲理的参透，会通古今，连接心物，

"人的心境越是自由，便愈能得到美的享受"，而自由的获得绝非一朝一夕，无不出自千锤百炼，苦心孤诣，诗性纵是须臾所得，却是无数个青灯黄卷相伴，最终才赢得了以自己的心灵同时撞击古代诗人和今日读者心灵的力量。

这近五百篇文学、历史与哲学的对话，不是零打碎敲的，而是有着很强的哲思概括力的，对古诗的意象、母题等等，在系统的梳理与追溯中，看出他的功力。比如，对送别，这样一件一向是令人感伤的事情，充闾先生就梳理了不同诗人笔下的不同表达，回顾了江淹、王勃、岑参、贾至等诗人的不同风格，再回到王昌龄的《送柴侍御》，指出其开朗、旷达，创造出种种新的意象，"青山一道同云雨，明月何曾是两乡"，以情造景，化远为近，达到"离而不伤"。

再如"孤雁"这样一个在中国诗歌史上常见的意象，同样也有着源远流长的演变，如庾信之羁身异乡，忆念故国，杜甫之流离颠沛，渴望骨肉团圆，而萧纲《夜望单飞雁》则有失群后形单影只的伤心与绝望，更有对命运无可奈何的哀叹："天霜河白夜星稀，一雁声嘶何处归。早知半路应相失，不如从来本独飞。"聚散无常、生离死别的感伤跃然纸上。同样，作者由孟郊《游子吟》，梳理了感恩主题中感怀父母之恩的流变。追溯到两三千年前，从《诗经》开始的诗文，一直到这首反映母爱、游子共同心声的千古绝唱。

而对古代诗歌的鉴赏，作者在写作时确实是调动了感情和理性、知识与精神储备，是一种全身心投入的感受、理解与评判，更注重对哲理性的挖掘。比如对韩愈的《早春呈水部张十八员外二首（其一）》"天街小雨润如酥，草色遥看近却无。最是一年春好处，绝胜烟柳满皇都。"一般的论者都说这首诗刻画细腻，造句优美，构思新颖，给人以甚至是绘画所不能及的无穷的美感趣味。诗人没有彩笔，但他用诗的语言描绘出极难描摹的色彩——一种淡素的、似有却无的色彩。反映了作者对春天的热爱和赞美之情。充闾先生则从全诗中提炼出远与近的关系、虚与实的关系、整体与个体的关系，正在于作者除了对美的形态的直接感知，更达到了对审美对象从全局整体把握，而不是支离破碎的感知。

　　而他这种整体把握能力的获得，自然来自他广博的学识，他在解读杜荀鹤《泾溪》（泾溪石险人兢慎，终岁不闻倾覆人。却是平流无石处，时时闻说有沉沦。）的时候，引用东坡居士评论柳宗元诗时说的"诗以奇趣为宗，反常合道为趣"。清人贺裳"唐李益词曰：'嫁得瞿塘贾，朝朝误妾期。早知潮有信，嫁与弄潮儿。'以及宋·张先《一丛花》末句：'沉恨细思，不如桃杏，犹解嫁东风。'此皆无理而妙"。论证诗词创作借助于貌似"反常""无理"的意象，而所表达的深层意蕴却是"合道""有理"，从而构成奇情妙趣，其诀窍在于运用对立统一、相反相成的哲学原理。

　　在诗歌的鉴赏中，他善于融入自己的人生体验，融入生活中、工作中、事业中的个人经验，运用自己过去已经有的经验和知识对作品进行感受、体验、联想、分析和判断，获得审美享受，比如涉及用人、识人、换位思考、忧患与安乐、外因内因、事在人为、老有所为、大处着眼，好的鉴赏力引领人们热爱生活，也引领人们更好地认识世界与人生，完善自我，充闾先生的文章就有这样的作用。

与往事干杯

与往事干杯并不容易，尤其对一个与时代发展感同身受的人而言。

以前只知道李迪善于写报告文学，没想到他的小说写得也很有些意思。这个"有些意思"我认为是可读性好，能够唤起我们对生活的重新认识，引起发自内心的共鸣。打开李迪的《我的眼泪为谁飞》，不很快进入小说描写的情境似乎是不可能的。小说读来令人心潮起伏、感同身受，不由得产生一种被带入、被牵引、被感动的情绪，其主要原因便是小说主人公五味杂陈的人生。菊儿在一个动荡的世界里，面对世事变幻的风云，独自打拼奋斗、独自悲伤欢乐的经历，构成了一个具有很强审美感染力的独特世界。

好的作品大都与自己的亲身经历有关，如果里面有作者自己作为过来人的印记和影子，就容易得到读者的认同。李迪或许写的不是自己的经历，但说他把自己的经历融进了小说里，应该是合理的。我猜想，李迪与那些出生于解放初期的人一样，曾经反复经历过一些大大小小的波折，他们的命运不断地随着我们国家的变化在发生改变，"文革"、下乡、回城、改革开放、新世纪，大起大落与大悲大喜对他们来说是家常便饭，他们的命运是沿着这些大的线索行走的，李迪在小说中反映的就是他们这一茬人在半个世纪中走过的路。

《我的眼泪为谁飞》中显示出的历史和现实的真实性是显然的。我们通过作品看到，在"文革"那段荒唐的岁月中，一个青春期的女孩在混乱的时代里逐渐成长，进入新时期后，新的思想方式、生活方式、处事方式纷至沓来。在经历了巨大的压抑与颠簸之后，每个人都想活得舒坦，都想活得洒脱。菊儿的经历却是大半不如意，大半阴差阳错。由于混乱时代的到来，十几岁的菊儿由"高干子女"式的幸福生活一下子陷入无助与无奈，等待她的是与亲人分离、下乡、招工、漂泊，爱情的到来虽然甜蜜而刺激，但最终没有酿成美酒。天明、田民、姜子，几个对她产生了巨大影响的男性、几段分分合合的情感，似乎都在损耗着她的生命。结婚、离婚、再结婚，得到的失去、失去的再得到，她的人生虽然因此得到了充实，但她的生命也在其间遭受了巨大的消耗。

恰如人生的每一步都无法躲过、无法忽略、无法糊弄一样，我在阅读中同样强烈地意识到，这是一部没法"红烧头尾"的作品，你没有办法在中间哪个地方停下来、跳过去，因为故事的连续性太强，而且太离奇、太吸引人。这是一个北京"大妞"的生活史、悲欢史，充满了奇遇、惊险、意外，任何一个试图看个头尾就对其下判断的人，最后都会发现自己想得太过简单、太过自信，更重要的是，如果不从头到尾看下来，我们绝对会错失好多阅读时的享受与快感。

《我的眼泪为谁飞》是一部口述式、纪实风格浓厚的小说，全部以"我"——菊子的口气叙事。因此，这也是一个地地道道的"北京女孩"到"北京女人"的成长史、受难史。我特别喜欢菊儿在十三陵下乡那一段经历，这是主人公最可爱的时期，作家欣赏、赞美成长中的小姑娘的可爱，他不时停下笔来，描写在大自然中健康成长的女孩子。有这么一段："一只灰喜鹊飞过来。它没有叫，无声地钻入树丛。一片儿被撞落的黄叶儿，鹅毛一样，轻轻地，轻轻地，飘下来，落在秀秀的头上。"这般地清新、清爽、清澈、清纯，深深地打动人心，这样的女孩存在于世界上，难道不是人类的幸运吗？而在后来的文本中，这类描写越来越少，女主人公越长越大，社会越来越复杂，她经历的事情也越来越复杂、越来越混乱，充满了嘈杂、喧嚣，自然让作者无法再回归这种单纯。

小说是人性的历史，是性格的命运，是情感的展开，在《我的眼泪为谁飞》里，我们发现主人公在不停地进行人生的长跑，跑得气喘吁吁、疲惫不堪，甚至有些狼狈，她固然也曾停下来，思考、回顾自己的过往，但更多的时候，她疲于应付、奔跑不息，丢失了自己的思考。同样，作家与她一样，常常也顾不上思考、回味，他把自己写作的重心全部放在了那些情节、故事的曲折上，放在了事情、变故的展开上了。不过，从另一方面来说，这种写法秉承了老祖宗用行动说话、靠故事表现命运的传统，因此，这样的表达同样可贵。

历史小说的视野与学养

——刘正成及其历史小说谈片

书法家刘正成是从文学创作、文学编辑出发走上专业之路的，上世纪八十年代的他是个热情的文学青年，浸润于传统文化之中，他创作的大量历史小说，是他早年精神探索的一种外化和表现。

刘正成的人生道路和艺术创作当中有一个最根本的东西，就是他对本土文化传统的坚持，他有很强的文化自觉。文学也好，书法也罢，如果没有对于传统的充分尊重和深厚涵养，最后肯定做不下去、走不远。从他的小说集《地狱变相图》所载八部作品中不难看出他深厚的学养。历史小说从某种程度来讲，可能比现实题材的小说更难写，因为历史小说的题材和人物、事件，已经消逝在无边无尽的时间当中了，有的完全被岁月所淹没，即使能够捕捉到零章断节，也只是一些皮毛，只是一些零零星星的碎片。书法家的作品、画家的画作、留存在舞台上的剧作等等只是一些片断，一些很零散的碎片，怎么能够用文学的武器最大还原创作者们当初的精神状态，还原他们的文化修养，以及当时创作这些作品的时候跟现实的关系、跟他人的关系，这些对每一个小说家都构成了非常巨大的考验。

文学是对人灵魂的探查，好的文学一定是要深入到人的灵魂当中去，挖掘到人的精神世界的所有深邃性和复杂性。小说集里的作品都非常精短，但作者对人性的挖掘，对人灵魂的探寻却取得了令人惊叹的成就。给我印象最深的，比如《地狱变相图》，有相当大的震撼力。刘正成写了一个万众心目中的才子吴道子，他才华横溢，名满天下，但正面临着自己创作灵感的枯竭，面临着在新的课题面前的无奈，此时恰有小人在跟前搬弄是非，导致犯下错误以及最后的忏悔。刘正成写了一个传统知识分子的所有弱点及其自救，非常发人深省。有的时候人的错误就是只在一念之间铸成的，有性格的原因，有素养造成的恶果，有当时社会历史条件所致，而小说所写的这些历史人物，说穿了各自的命运多多少少都跟当时的制度、都跟当时的帝王有关，与帝王们过分的重视以及后来又对他们过于冷落有着关系。

刘正成的历史小说善于把主人公放在多种复杂关系当中考验，写了他们在复杂社会关系当中的挣扎，写了那些微妙、那些鼓舞人心的东西，那些净化人心的东西，以及让人深感痛切的东西。比如颜真卿对怀素礼敬的关系，吴道子对皇甫轵的关系。最典型的是苏轼与王安石，他们本来政见相反，最后能够相互体谅、友好来往。反映出在过去那些年代当中，无论是诗歌、戏剧、书法，还是美术，作品的炼成和艺术家的成长都是在各种各样的关系当中造就的，在各种关系的纠缠，在个人对各种关系的超越当中来完成的，文学艺术从来就不是在真空中的，完全脱离任何"关系"的纯而又纯的作品是没有的。从这些小说也可以看出来，封建统治者总是通过各种途径跟文人发生各种各样的关系，需要的时候就把他们拉到跟前，一旦冲撞或得罪了他们，就遭到贬斥，打到非常远的地方，这对我们认识古代社会历史特点、历史的发展规律都很有好处。

刘正成之所以选择这些文化名人来写，我认为既是因为有传统文化学养，同样有很强的文化自觉。每个时代文化杰出人物的身上所体现的特征和所取得的成就，从某种意义讲，体现的是时代最深刻的本质。一个时代的面貌，一个时代将给后代留下来什么样的遗产，这个遗产是否丰厚，取决于那个时代文化达到的程度，盛唐为什么那么多诗人、画家？它就是一种中兴的时代。而到颜真卿生活的那个年代，唐朝在走下坡路，直至江河日下，颜真卿这样的知识分子，依然保留了视死如归、宁为玉碎不为瓦全的品格，这是中华传统文化养成的，不管封建王朝如何演变，这些人的气节、境界之流芳百世，既有赖于他们创作的作品，也借助于作家书写、史家记载，刘正成的历史小说为这些文化大家写心立传，挖掘彰显其性格境界，艺术地传承了他们的品格。

刘正成笔下的历史题材小说，风格多样。写颜真卿时可以看出他风格沉稳顿挫，笔墨老到，后来写庄子则汪洋恣肆，非常飞扬，个人的风格化特点，比如用第一人称，比如半文言与现代语言的结合，不追求人物的形似，追求人物和历史氛围神似，看得出作为小说家明显的进步。这些作品对传统的书法、绘画、音乐等艺术门类都有深刻的研读与掌握，以文学的方式进行了非常好的转化，这个转化绝非浮浅，而是反映了对艺术的深刻解读，并且结合当时的社会发展状况，洞察到作为文人，即使成就再高，也不免受社会发展的局限，身上有这样那样的缺憾，但他描写的颜真卿、苏轼、王安石等不同类型的文人，或沉郁顿挫，或豪放斑斓，值得阅读了解。

当新时期人们都聚焦当代生活的时候，刘正成偏偏去写历史小说，他有自己的坚守，出于对传统文化的浓厚兴趣，出于传统文化学养的深厚体现，他不迁就，不合唱，而这种独唱，随着岁月的推移，愈益显出自己的魅力。收入刘正成这部作品集的篇什，能反映出他宽广的胸怀和深厚的文化积累，随着时间的推移，在今天看来，依然能显现其不凡的魅力。

从当代生活现场寻找诗意

——2019 文学的几点个人观察

当我们回望和观察刚刚过去的 2019 年的文学发展时，心中会涌起诸般非同凡响的感觉，为新中国 70 年庆生，用自己最深情、最感人、最诗意的文字，为中国人和可爱祖国礼赞，为人民的奋斗鼓与呼，无疑是 2019 年文学创作中最鲜明的旋律，当代作家将自己的热情化为礼赞和讴歌，书写出难忘的文学篇章。

A

共和国风雨沧桑 70 年，中国人民共同经历了与国家不断共克时艰、浴火重生的难忘岁月，这是当代作家写作的根本依靠，正如王蒙在一次采访中说过的："对人民的感情是我写作最大的动力，和国之重器的发明者、维护者、发展者相比，和解放军的战斗英雄相比，我所做的事情是很微薄的。但是这份荣誉对于我是荣幸，也是鼓励。"因此，阿来的长篇小说《云中记》在讲述经历四川汶川大地震的灾难性陨灭与凤凰涅槃般的重生时，固然也写了一个村子里人们的悲痛与无助，但废墟之上的建设与新生才是作品的着力点，人们能够立于废墟之上放眼世界，油然而生重新收拾旧山河的雄心，就因为祖国是最坚实的依靠，人民是最伟大的力量，人民，只有人民，才是赢得新中国每一个伟大胜利的强大动力，这是我们中国人为之自豪的根本所在。作家赵丽宏以一篇发表于《人民日报》的深情文字《我是中国人》，道出了千百万当代中国人的自信心自豪感："'我是中国人！'在远离祖国的地方，我一遍又一遍地说着。今后，一定会有越来越多的中国人像我一样，走出国门，骄傲而又自信地向形形色色的外国人这样说。所有人类可以到达的地方，中国人都可以到达也应该到达。我相信有这样一天，当'我是中国人'的声音在远离中国的地方连连响起时，那些蓝色的、棕色的、灰色的眼睛再也不会闪烁惊奇。"而我们在诗人邵悦的《每一块煤，都含有灯火通明的祖国》中同样看到了这种情愫的抒发："亿万年了——/ 长年累月，黑暗的挤压 / 成就了我体内的能源 / 成就了我火热的品格 / 那群光着脊梁的硬汉子 / 又把沸腾的热血，注入我体内 / 把钢铁般坚不可摧的意志 / 移置到我的骨骼里 / 他们用家国情怀，挖掘出 / 我这块煤的家国情怀——/ 我自带火种，自带宝藏 / 每一块噼啪作响的我 / 都含有灯火通明的祖国。"洋溢着对祖国的深沉挚爱，这种篇章在 2019 年的文学创作中极为突出。

B

新中国 70 年是奋斗的 70 年，对奋斗的书写是 2019 年文学创作中另一个鲜明的特色。何建明的《大桥》对有着"同心桥""自信桥""复兴桥"之美誉的港珠澳大桥的书写，聚焦港珠澳大桥核心控制性工程岛隧工程建设中的种种困难与曲折，以及建设者们凭借勇气、毅力与智慧克服困难，最终达成目标的历程，展示了新一代桥梁建设者的胸怀和精神面貌，激励人们发扬新时代创造精神、奋斗精神，不断攀登新高峰。王宏甲的《中国天眼：南仁东传》以著名科学家南仁东的成长和贡献为核心内容，全面呈现南仁东勇于为祖国科学创新担当重任，建成"中国天眼"的奇迹，讴歌了他"心有大我、至诚报国"的感人事迹和爱国主义精神，展现了当代中国故事蕴含的中国情怀、中国力量。中国军人的奋斗是最美的奋斗故事，黄传会的《大国行动——中国海军也门撤侨》以 2015 年中国海军亚丁湾护航编队临危受命执行撤侨任务为题材，通过我海军奔赴硝烟弥漫、险象环生的也门克服困难完成使命，为中国军队第一次武装撤侨留下了一份语风诚恳的时代报告，写出了大国强军的可靠可亲。顾春芳撰写的《我心归处是敦煌：樊锦诗自述》刻画出了一个最美学者半个多世纪坚守大漠、守护敦煌，向全世界展现中华传统文化之美的感人奋斗故事。陈霁的《雀儿山高度》艺术彰显了一位"最美奋斗者"其美多吉爱岗敬业、珍爱团结、坚忍勤奋的精神高度。

中国人的奋斗精神自古有之、源远流长，白描的《天下第一渠》以关中郑国渠为话题，展开了对中国农耕文明的发轫与演进的寻觅、思考，讴歌中国古代农业文明对人类的贡献，彰显关中精神、关中文化，进而探讨中国农耕文明如何融入世界文明的大潮，赓续、绵延，迎接新的历史时代的必然。李鸣生的《敢为天下先》正如书名所揭示的，是对一种伟大时代精神的讴歌，作品透过珠海航展和珠海航展人敢为人先的故事，通过梁广大、邹金凤、周乐伟、苏全丽等航展人呕心沥血、无私付出，展现珠海航展从无到有、从小做大、从中国走向世界，礼赞中华民族敢为天下先的时代精神。诗人远洋以《向开拓者致敬》为题，致敬那些时代的奋斗者："你，开拓者，一个民族的开路先锋，/ 肩负时代的巨斧和雷电，/ 和闪着早春寒光的犁铧，/ 劈开冻云，向板结的土地挑战，/ 向僵滞的季节挑战，/ 向藤蔓纠结的藩篱和荆棘封锁的禁区挑战。"同样回荡着奋斗的最美旋律。麦家的《人生海海》则意在告诉我们，大多数人可能不是英雄，但人们兴高采烈地活着，是因为怀着对未来的希望，坚信能遇到更多美好的人。邓一光的《人，或所有的士兵》意在反思战争、祈祷和平，让人们在一段鲜为人知的历史回顾中重新思考人性、未来与责任。

C

在观察 2019 年的文学创作时，我们清楚地看到，现实题材得到强势回归，书写现实，从当代生活最具体、最鲜活的发展中寻找诗意、主题，书写小康社会建设过程中中国人付出的辛劳、智慧与热情，产生了大量优秀之作。陈毅达的《海边春秋》，老藤的《战国红》，赵德发的《经山海》，将当代中国人投入火热现实中迸发出来的了不起的力量进行了深入的呈现，在小康社会建设中，无论是文学博士刘书雷在岚岛改革建设中搬掉一块块"拦路石"，以陈放为代表的三位驻村扶贫干部在治赌、办书屋、建企业、打井、种树等一系列实践中的坚持不懈，还是基层乡镇干部吴小蒿将扶贫实践、乡村建设与文化振兴结合起来，他们奔忙于广袤大地的身影，无疑已经成为新时代最富于代表性的形象，是当代生活最生动的体现。

行万里路读万卷书，走出书斋，跋涉于山水间，在那些生长着感人故事的乡野之地、交织着历史与现实的地域里，作家才能写出有底气的生动篇章。葛水平与曾哲、陈应松和徐剑等，用脚步丈量云南这块富于灵性的高地，在发生着变化的热土上探寻现实、叩问历史、汲取诗意，推出的《同心云聚》《经纬滇书》《山水云南》和《云门向南》从各自角度，写出了发生在云南大地上多民族团结、建设和发展的五彩缤纷的生动故事。而非虚构作家袁凌历时 4 年，跨越 21 个省（区、市），探访 140 多名孩童完成《寂静的孩子》非虚构文本，作品中的 36 个故事，呈现了当下中国孩童的生存境况、心理状态及情感维度，传达来自那些未被关注的孩子的声音，极富文学的社会关切意义。老作家理由的《荷马之旅》在现场考察和大量相关研究资料的阅读基础上，身临其境地从土耳其、希腊、爱琴海和小亚细亚的地理环境、希腊初始社会形成特点等方面入手，对《伊利亚特》《奥德赛》中表现的特洛伊战争的发生缘由、过程、结果、影响等问题，表达了他的个性感受和理解，作品以大量例证说明，自然环境是如何催生、制约、促进、形成希腊人的生活习惯和性格，并发展成一种鲜明的社会文化特点。

现实的变化是由创造带来的，四川作家林雪儿的《北京到马边有多远》通过在中纪委工作的年轻大学生来到山高风寒的四川马边雪鹤村担任"第一书记"，奋力脱贫扶贫，改变当地落后面貌的经历，揭示了现实孕育着改变的巨大可能。诗人谢宜兴以《宁德故事·下党红》为题，书写了福建宁德上党乡摆脱贫困的创造性实践："一路红灯笼领你进村，下党红了 / 像柑橘柿树，也点亮难忘的灯盏 / 公路仍多弯，

但已非羊肠小道 / 再也不用拄着木棍越岭翻山 / 有故事的鸾峰廊桥不时翻晒往事 / 清澈的修竹溪已在此卸下清寒 / 蓝天下林地茶园错落成生态美景 / 茶香和着桂花香在空气中漫漾 / 虹吸金秋的暖阳，曾经贫血的 / 党川古村，血脉偾张满面红光 / 在下党天低下来炊烟高了，你想 / 小村与大国有一样的起伏悲欢。"美景、暖阳和人们的"满面红光"，讴歌了反贫困事业的巨大威力。在诸多现实题材作品中，李修文散文集《致江东父老》以普通百姓和小人物的生活为素材，通过那些真实地活着的真正的"人"，捕捉现实中人的不加掩饰的坦坦荡荡，把他们的渺小与卑微、平凡与愚昧尽收笔端，堪称作家与这些小人物"共情"而非"同情"的文字纪念。

近些年来，网络文学的发展由玄幻满屏变为关注时代、关注现实、关注人生，延续弘扬主旋律和正能量，大众化与核心价值的追求并举，创作者兼顾网络文学媒介性特点与文学性。一批反映创新创业、社区管理、精准扶贫、物流快递、山村支教、大学生村官等的现实题材网络文学作品受到好评。比如，网络作家姞文完成了书写当下南京及其可见未来的长篇小说《新街口》，由当下的中美贸易争端，写到人工智能等科技发展的状况，并从人文角度思考科技对中国发展及人类生存的影响。郭羽、刘波的《黑客诀》，通过主人公与顶尖黑客的斗争，展示坚守正义、打击犯罪的高超智慧和献身精神，昂扬着爱国主义、集体主义、英雄主义旋律，塑造了战斗在网络信息安全一线的血肉丰满形象。月斜影清的《我的塑料花男友们》力图以十足的"网感"进入对乡土题材的言说，留守儿童，女童教育，乡村中小学"远程视频教学"，以及川地风土人情、生活习惯、饮食构成等引入，既有农村横断面的聚焦，又有对当前社会现实的介入，成功将传统题材与网络文学模式结合起来，显现了当下现实题材网络文学写作的可能范式与方向。素以军旅题材言情小说创作为人们所熟知的沐清雨推出的《翅膀之末》，细致入微书写民航业尤其是民航空中管制这一神秘行业，揭示了这一行业高风险、人才匮乏等现实困境，发人深省。

D

城市题材写作的勃兴，同样是 2019 年文学创作的重要特点。叶兆言的非虚构《南京传》是从南京这扇窗户对中国历史的一次观察，作家在极目远眺中探知了中国历史文化的温度与分量。《月落荒寺》与格非书写乡村的那些大部头不同，他将自己的笔触对准了位于五道口的城市知识分子所面临的困境，日复一日的庸常，商业社会中知识分子职场的痛感，时时让他感到身处生活十字路口的无力和彷徨。张柠的小说《三城记》写了一群充满不确定性、可塑性的青年文化人在北上广三座城市中的生活、奋斗或挣扎，他们困扰、追求和成长，尤其是由南到北或由北到南的迁徙活动，富于历史感和时代意味。近年开始火爆的"东北三剑客"双雪涛、班宇、郑执，同样以城市生活为主要表现内容，他们善表达底层生活中的挣扎，但是，"远方不远，天明时看太阳，暗夜里听通行者的脚步声"。作品中总有一种希望在执着而无声地运动着。

儿童文学作家曹文轩由毛姆小说一句"一名私家侦探出门的时候总是带着他的小儿子"而引发的小说《草鞋湾》，将创作从熟悉的苏北乡村生活变换为十里洋场的旧上海，通过一个侦探故事，深入探讨了人性与社会问题。李东华的《焰火》刻画了一群城市少年成长中的真实事件和微妙的内心世界，通过美与善的书写和引领，成功再现了青春期少年心灵的"自成长"，写出了人性的逐渐完善和对生命中美好的追逐。刘庆邦的《家长》展现给读者的是城市底层"暗疾型"家庭所面临的教育焦虑问题，展现了城市子女教育问题中人们所经历的焦虑、内心疼痛与希望。付秀莹的《他乡》将自己的写作背景由芳村转移到城市，在由小城市到大都市行进的"他乡"里，凸显了翟小梨、章幼通、章幼宜、章大谋等具有时代特性和文化属性的人物的心灵动荡，反映了他们寻找精神安放的求索姿态。

爱万物几乎是世界上所有杰出文学作品的共同特性，作家也许是最敏感，最能与自然、与动植物相通的人群，他们具有与宇宙万物进行文章对话的能力，并能将自己与大自然神奇密切的联系诉诸笔端。金波老人经典儿童诗自选集以白天鹅、萤火虫和红蜻蜓为命名意象，正体现了作家与宇宙万物对话的能力。陆梅的《无尽夏》是部充满着大自然声响、气息与色彩的作品，无尽夏让人从一朵花、一棵树、一株植物的茎叶里去发现自己，从日常微物之美去贴近天地自然，去学会安静和内省，去亲近和发现生命中的光和亮，那绣球花、阿拉伯婆婆纳、紫茉莉、桔梗、彼岸花、看麦娘……花草的生命使得小说富于温暖与智慧。常笑予的《黑猫叫醒我》既有幻想小说中并行空间之间的"穿越"，又不拘泥于现实空间与魔法空间的两重穿越，用一只黑猫将现实与科幻有效地连接了起来。半夏的《与虫在野》将虫子的世界视为完整可解、柔软温情的生命世界加以歌叹，在另类的生命世界里，有与我们童年记忆密切相连的一切，有《诗经》及嵇康、柳宗元、袁枚、蒲松龄以来历代中国文人对这些生命的歌咏和宝爱，反映了大自然造物的另类魅力。

我心中的新中国 70 年文学

我们这一代人晚于新中国十几年出生，在人生已经过去半个多世纪的今天，我们固然没有资格说自己见证了新中国七十年以来的文学发展，却可以自豪地宣称，我们这一代人的精神生活得到了新中国文学的充分滋养，比如说对革命历史和新中国来历的认知，对中华民族如何一步步走到今天的历史的认知，对自己国家的感情，比如对飞速进步的时代的感受，对世道人心的领悟，大都来自新中国成立以来那些优秀作品的熏陶。由于对文学的热爱和对当代文学曾经如饥似渴的阅读，新中国成立七十年以来的文学之于我，不再是一部部过目难忘的小说，一首首可以反复吟诵的诗歌，一场场百看不厌的话剧，不再是一个个灿烂夺目的作家、诗人和剧作家，而是颇为宏大而具体、厚重而鲜活的精神性存在，是一座关涉整个民族文化积累、精神生活成长的宝库。文学，特别是七十年以来的新中国文学，将每个中国人与国家、民族、人民、时代和中华文化联系得更加紧密，其中蕴藏着推动前行的精神力量，有启示未来的人生哲理，更有一个民族的共同愿景。

一个国家不能没有精神，一个民族不能不清楚自己的来路，如果一个国家的人民忘记了自己的过去，就不可能很好地面向未来，如果一个民族没有彪炳千秋的精神力量鼓舞，就不可能自立于世界民族之林，在新中国文学所创造的第一次高峰式体验阶段，不少作家以充沛的激情讴歌了在争取国家独立、民族解放的过程中所凝聚的磅礴力量，激扬起伟大而不朽的精神，无论是《红日》《红岩》《红旗谱》《保卫延安》《林海雪原》《青春之歌》《三家巷》，还是《铁道游击队》《敌后武工队》《野火春风斗古城》《苦菜花》《烈火金钢》《苦斗》《漳河水》《战斗里成长》，一部部闪耀于新中国当代文学史册的名著，一篇篇深情讲述中华民族斗争史、革命史的传世经典，使人们清晰地看到了在过去随时可能献出生命的烽火岁月里，先烈在战火中所付出的伟大牺牲。吸引和感染每个人的，不仅有牺牲和苦难，同样有精神和品格，即使像《小兵张嘎》《小英雄雨来》《闪闪的红星》等描写战火中成长的少年儿童的作品，同样洋溢着充沛的理想主义和革命乐观主义热情，在对全民反抗日本帝国主义侵略、同仇敌忾的书写中，在对国民党的白色恐怖与残暴统治不懈抗争的反映中，讴歌了中国人百折不挠的民族气节，弘扬了共产党带领人民争取解放的大智大勇，艺术地宣示了新中国从哪里来、要到哪里去的路径，激励着亿万民众更加意气风发投身新中国的社会主义建设。

作家与时代的关系，是任何人写作的根本性、原点性问题，文学不与时代发生紧密的关联就不可能写出传世之作。新中国成立七十年来，中国人民迎来了自己的国家由站起来、富起来到强起来的伟大时代，七十年的社会主义革命和建设、改革开放和中国梦的实践，鼓舞着一代代中国作家投身时代洪流，在时代进步中进行文学创造的热情，在广袤的田野、沸腾的厂矿、草原大漠、边防哨所，作家都曾倾情描写，新中国之初柳青扎根陕西农村创作《创业史》，周立波回到家乡记录《山乡巨变》，艾芜深入大企业书写《百炼成钢》，无不凝聚着作家对时代生活的满腔热情。这些作家以自己的实际行动体现创作的实践性、时代性，他们在创作中体现时代的要求，反映时代进步的主流，发挥引领时代发展的作用，《于无声处》《报春花》《伤痕》《班主任》《天云山传奇》《蹉跎岁月》《今夜有暴风雪》《人生》《沉重的翅膀》《乔厂长上任记》《新星》《抉择》《英雄时代》《大雪无痕》，一部部作品深刻介入当下社会和现实人生，描绘社会发展、改革建设的图景，呈现时代发展剧烈变化，反映时代声息与律动，捕捉时代精神变迁，围绕个体与时代、个体与集体、光明与黑暗展开的较量，揭示时代社会生活冲突及其背后成因，反映各种错综纷繁的社会矛盾，解剖复杂人性的同时，有意识地表达民众愿望，传达时代心声，彰显正义和道德的力量，对社会现实作反思性省察和理想化观照，增进人们思考，有助于人们深度体验现实生活甘苦，提升个体命运抉择的智慧、审视自我灵魂的高度，有助于引领时代风气，增强人民与时代同心、争取美好未来的勇气与信心。

以人民为中心是社会主义制度的本质，新中国七十年以来的当代文学真正实现了为人民服务、为人民所有、为人民抒怀。而在此前的过去时代，文学曾经是有钱人、有闲者的事情，只有进步作家才能突破时代局限体现出一定的人民性。新中国的成立，使得昔日受压迫者扬眉吐气，共产党人以强大的文化自觉，建立起文学和大众之间全新的文化关系，让人民大众在文化上当家作主，这是社会主义先进性的又一生动体现。全体人民得到了属于自己的文化权利，人民群众创造历史的主动性积极性和人民的主体精神得到前所未有的张扬，文学更强烈和鲜明的人民性，把人民群众作为文学表现的主体，普通劳动者的喜怒哀乐、人民群众争取美好生活的精神风貌得到展现，当代英雄和社会主义新人得以塑造，人民群众作为文学审美的鉴赏家和评判者的角色得以确立，文学的时代性、人民性与文学大众化、人民群众的喜闻乐见得以紧密结合。比如赵树理那些来自农村生活的小说，写的是乡村普通的农民群众，内容上反对封建愚昧、宣扬民主科学进步思想，艺术追求上则积极吸收和借鉴我国传统民间文学形式，致力于创造新的、面向不识字群众的通俗文体，取得了不少宝贵经验。《人生》《平凡的世界》等描写了普通劳动者的崭新生活和时代巨变中的进取精神，在精神气质和艺术风格上与人民群众的欣赏习惯完全契合。在七十年文学发展过程中，作家自觉从人民的真实感受中确立主题内容，寻找典型性素材，使文学获得了更为高远的目标和更为广阔的源泉。而随着网络和多媒体的崛起，网上写作迅速成为风潮，二十多年来，从《明朝那些事儿》《藏地密码》，到《大江东去》，民间叙事旺盛，网络文学异军突起，网络写作中的现实题材创作成果丰硕，草根文化与精英文化相互补充，改革开放条件之下的文学民主进一步显现。

文学的生命在创造，在于对人的命运、情感的特异性表达的执着寻找，在于各种不同风格的确立与探求。新中国成立七十年以来，中国作家在艺术探索的征途上，一直没有停止自己的步伐，不少作家深深扎根中国大地现实生活，发扬中华美学精神，沿着古典现实主义和"五四"新文学传统为代表的中国文学传统开拓前行，表现出鲜明的现实主义追求，而在改革开放的背景下，中国作家充分汲取世界文学与国际文化的思想艺术资源，不断于吐故纳新中获得创新的力量，在人与历史、社会、现实、文化的复杂关系中不断寻找审美创造的可能性。回想新中国成立之后的前三十年里，不少作家以人民性审美形式作为共同追求，力图在浓郁的乡土气息中凸显社会化的阶级对立的冲突，以塑造新社会新潮流中的新人形象，描绘出二十世纪民族命运与革命运动的精神图谱，具有极强的认识价值与思想文化价值。即使如我们这一代人在少年时代就阅读过的诸如《梅花党》《第二次握手》以及"白洋淀诗派"作品等"地下文学"中，也能隐约窥得一些在当时历史环境下潜在的对人的价值和尊严的关怀、对爱情价值的肯定以及对现代主义的借鉴。改革开放之后，《于无声处》《伤痕》《班主任》《爱情的位置》《乔厂长上任记》《灵与肉》《北方的河》，以及舒婷、北岛、杨炼的诗歌，徐迟、理由、黄宗英的报告文学，上世纪九十年代之后的《白鹿原》《废都》《最后一个匈奴》所代表的陕军东征，每一次文学风潮，每一部作品，似乎都形象诠释着文学重新回到自己位置后的力量，宣示着摆脱了瞒与骗，摒弃了假大空之后，文学回到与时代与生活真正密切联系之中的力量。文学讲真话，为时代代言，深深植根于共和国现实土壤，与千百万人的理想、事业、生活和爱情息息相关；文学猛烈控诉专制蒙昧主义对人性造成的戕害，对国家民族造成的伤害，呼应着人们内心的质疑、反省和思考，同时在开掘民族精神，在对改革开放、对民族历史文化传统和国民性格、人性问题，进行了一次次极富热情的探究中，实现着文学自身的价值。"反思小说""改革小说""寻根小说"以及"新写实小说"等等轮番上阵，似乎从没有任何一个时代像那个时代一样，中国当代文学再度与世界文学建立起了一种普遍而深层的联系，像是很短的时间内对现实主义、浪漫主义、现代主义、后现代主义等等进行了一次又一次轮番上阵的实验，从来没有像那个时代一样，多种文学思潮、多种创作风格同台竞技、百花争艳，同时，文学在寻找民族文化的根脉、挖掘传统资源方面，取得丰硕的实绩，莫言、格非、余华、孙甘露、马原，先锋文学所绽放的新姿，在创作风格上呈现出完全新异的面貌，当代文学更加多样化和独特化，随着文学的雅俗分化加剧，市场和文学共谋更加紧密，出版方、书商、媒体对纯文学造成巨大冲击，没有泯灭艺术探索，反而激起作家对创作的倍加珍惜，作家对读者趣味的深刻把握，对时代审美特点的认识，共同造就着优秀之作的别样品格。

文学翻译是一项需乞灵巧悟的文字工作

——记文学翻译家罗新璋先生

　　初冬周末的一个傍晚，我和评论家曾镇南一起来到翻译理论家罗新璋的府上，拜访这位我仰慕已久的法文翻译家。在罗先生朴素的居室里，最吸引人目光的是散布于各个房间的书，其中北边一间屋子有整整一个柜子收藏着他翻译的司汤达小说《红与黑》的各种版本。罗先生对自己的书放在哪里很清楚，豪爽地取出自己所译的网格本《特利斯当与伊瑟》、商务印书馆的《列那狐的故事》、巴蜀书社的《红与黑》，当即签赠给我，令人感动。

　　罗新璋先生1936年生于上海，1953年考入北京大学西语系法语专业。1957年毕业时，系主任冯至先生本来已宣布他与来自湖南的德语专业同学樊益佑一起去人民文学出版社任编辑，后因这位同学被划为"右派"而陪着一起发配到国际书店负责进口法文图书，主要工作是汇集来自全国各地的订书单子，核对订单上的作者、书名、定价、出版社、出版年月等项是否有误，再统一寄给外国代理商，一干就是五年零四个月。但日复一日的枯燥生活并没有磨蚀他的意志，反而使他在学习研究翻译中找到了莫大的乐趣。后经对外文委副主任周而复干预，罗新璋于1963年年初调到外文出版社《中国文学》编辑部从事中译法工作，与著名评论家、散文家陈丹晨和翻译家杨宪益、戴乃迭伉俪等共事。在这里工作十七年，一直到担任编委和法文组组长。罗先生1980年进入中国社会科学院外国文学研究所后，听从钱锺书先生建议，开始着手选自己喜欢的书进行翻译。在外文所工作十六年直到退休。罗先生从事的主要是翻译与研究。他的夫人高慧勤1957年以优异成绩毕业于北京大学东语系日语专业，曾与罗先生同在国际书店工作，负责日文图书进口；后到外文所主持日本文学室工作，是个颇有毅力、成就卓著的翻译家。

罗先生退休后，于2004—2007年，应台湾师范大学翻译研究所之邀，讲授中国翻译史三年。为两届博士生各开课一学年，主要是研读文献和课堂讨论；给硕士生授课一学期。受雷海宗（1902—1962）《中国文化的两周》一文启发，以"传统译学的三周期"设计课程，分案本、求信阶段、神似阶段和化境阶段。另有一学期专讲傅雷翻译，征引傅雷译例几百句，听课的也有外校生。台师大时期作为学术成绩，投入难得的三年深细阅读，而产出却为零。仅留下两厚摞讲稿和笔记，有待整理成文。还有一份"傅雷翻译两百句"，因只讲了一次，打出草稿，更待敲定。在三年任教后期，凭兴趣编了一本《古文大略》。罗先生主张"读千年华章　打三分根底"。他认为，外语出身人士文化功底欠厚，中文能力的养成需要靠长期阅读积累，而熟读古文选本不失为便捷之路，因此在台师大担任客座教授期间，利用图书馆藏书丰富的有利条件，专门为青年外语学人编了一本《古文大略》，收入180篇经典之作，除了不可不选的经典名文，特意选入一些思想深刻、阐发弘扬修业进德敦品励行和增强人格涵养的文章。为便于青年读者了解中国古代的翻译思想，特意将支谦的《法句经序》、严复的《天演论·译例言》等翻译文献收入其中。

人的一辈子各有命运，谁也不知道会将自己带到哪里。回首自己与翻译的因缘，罗先生感慨良多。引领他走上翻译道路的前有傅雷，后有钱锺书，"前学傅雷后学钱"。大学二年级时罗先生读到课文上罗曼·罗兰《约翰·克利斯朵夫》原文"母与子"一节，课后借来傅雷译作对照阅读，发觉竟能译得那样精彩，于是寒假未回上海，找来《约翰·克利斯朵夫》第一册《清晨》原文，与傅雷的译文进行对读，傅雷翻译之高明令他击节叹赏，从而引发了对文学翻译的浓厚兴趣，从此钟情于翻译事业。

罗先生在国际书店工作期间，除了下放劳动，业余时间全花在抄录和研读傅雷译本上，1960年曾以九个月二百七十天，一字一句地将傅雷译文抄写在法国原文小说行间，共计255万字，把傅雷译法从抄录着手，慢慢领悟文学翻译之道。1963年年初他曾致函傅雷先生就翻译问题求教，大翻译家以最快的速度给他写来回信，信中提出"重神似不重形似"的主张，并说，翻译的第一要求是将原作化为我有，方能谈到迻译。翻译是一种特殊的艺术创造，罗先生在这个领域中默默跋涉了四十余年，至今已陆续译出《红与黑》《特利斯当与伊瑟》《列那狐的故事》《栗树下的晚餐》《黛莱丝·戴克茹》，以及《不朽作家福楼拜》和《艺术之路》等作品，还编译了《巴黎公社公告集》，另有论文集《译艺发端》一小册，散文集《艾尔勃夫一日》等。

翻译《红与黑》是罗新璋人生中的一件大事。应浙江文艺出版社约请，罗先生于1991年2月至1993年2月期间完成了翻译《红与黑》这一长篇。当时《红与黑》已有赵瑞蕻、罗玉君、郝运和闻家驷的译本，且流传甚广。年过半百的罗先生迎难而上、只争朝夕。上班后，业余时间不够，便定了一个作息制度，凌晨四点起床，一口气译到七点多去上班，再利用工作空隙进行校正修润，每天的定额是一千字。回首翻译《红与黑》这段经历，罗先生说，每次动笔前自己必反复阅读原著，于本源处求会通，并细致参阅傅雷译文以寻找译法，下笔翻译时则不拘泥于原文句法结构，奉行"悟而后译，依实出华"原则。罗先生坦言，学然后译，译然后知不足。他搞翻译用的是笨办法，前面有抄傅雷译文的苦功，打牢了翻译功底；翻译时学习傅雷，吃透原文，把字里行间的意思也译出来；上下文照顾到，理顺文气，繁复的字则用"一字两译"、相互阐发。如《红与黑》上卷第十三章有一句，前辈翻译家译作："他好像是立在一个高高的岬角上，能够评价，也可以说是能够俯视极端的贫乏（pouvreté），以及他仍旧称之为富足（richesse）的小康生活。"按语法，依样画葫芦译，自无不可。若从重修辞角度，悟出原文里有"贫富"两字，不妨悟而后译为："评断穷通，甚至凌驾于贫富之上。"表面上看，是一词两译（"贫富""穷通"），实质上起到"依实出华"的修辞效果。与西文主从句可混搭不同，中文行文习惯，讲主次，定先后。先译出主句，"评断穷通，甚至凌驾于贫富之上"，再补充短句，"他的所谓富，实际上只是小康而已"，这样整个句子念起来就比较顺。《红与黑》的翻译曾数易其稿，交稿后又大改了两次，力求翻译妥帖。西安外大张成柱认为罗译《红与黑》是"不带一点翻译腔的精彩传神译文"。柳鸣九说："我生平有一志，只想译出《红与黑》来，但得知他（罗新璋）在翻译《红与黑》后，我心服口服，从此断了这个念想。"罗国林也表示，有出版社约他重译《红与黑》，没有接受，理由是"有罗新璋的译本在先"。在几十种《红与黑》中译本中，罗译被公认为翘楚之译，迄今已被多家出版社一版再版，达四十多个版本，成为我国翻译文学中的一部经典译作。

出于对傅雷先生的崇敬与哀思，罗新璋在《文艺报》1979年第5期发表《读傅雷译品随感》，这是我国最早的有关傅雷译作的评论性文字。发表后反响热烈，引发编辑过"林译小说丛书"十种、"严译丛书"八种的商务印书馆编辑陈应年先生约请他编选一本汇集我国翻译文论的专集。罗先生屡辞未果，遂于1982年秋开始查找资料，动手编这本书。栉风沐雨、筚路蓝缕，每天骑车一小时到东厂胡同科学院图书馆，从开馆一直待到闭馆。不能复印，就手抄，一干便是四个多月。他认真梳理了上自《周礼》《礼记》、汉魏六朝，下至唐宋、近代、现当代中国的翻译历史，仔细研究了支谦、道安、鸠摩罗什、严复、朱生豪、傅雷和钱锺书为代表的中国译家的翻译论述和实践，深感中国翻译理论之博大精深并为之自豪，他深信中国译学理论必能在国际话语体系中占有一席之地。当代译学发展既要植根传统译论这一"酵母"，也要在国际上"敢于言我"，才能"走出去"。他为《翻译论集》写的序言，题为《我国自成体系的翻译理论》，与随后发表的一系列翻译研究论文，形成了他独具特色的翻译理论。罗先生认为，中国传统翻译思想可凝练为"案本—求信—神似—化境"八个字。而唐代贾公彦之"译者易也，谓换易言语使相解也"，可视为世界上最早的翻译定义。我们没有必要沿袭以传统文论和古典美学为主要理论资源的路向，更没有必要视西方学者的理论为圭臬。《翻译论集》以其宏富的规模、充实的内容、缜密的体系，堪称中国当代翻译史料学的奠基之作，罗先生因其《我国自成体系的翻译理论》等论著而成为新时期以来我国著名的翻译理论家。他西学功底扎实自不用说，传统文化学养同样深厚，他的文字优雅知性，辞质义深，以数十年不懈追求，为当代外国文学翻译及翻译理论建构和学术发展做出了自己的贡献。

罗先生近年因患老年腿，有些不良于行，很少外出了，行得少则坐得多，愿他早日康复。亦望他能拜在太史公门下，集中最后精力，把"传统译学的三周期""傅雷翻译两百句"由讲稿整理成文。

戴骢：像"青骢马"一样吃苦耐劳的翻译家

今年 1 月初，赵丽宏老师向我推荐了左琴科的作品，1 月 17 日，我买回左琴科《幸福的钥匙》，译者正是我早已熟悉的戴骢先生，于是找齐了自己手头戴先生翻译的所有作品放在案头，计有帕乌斯托夫斯基的《金蔷薇》、巴别尔的《红色轻骑兵》，以及五大本的《蒲宁文集》，翻阅着这些作品，就像是与久违的老朋友交谈，时常为译本的精妙之处所打动，阅读不单促使我揣摩原作者的构思、表达，同时在脑海里重构译者斟酌再三的样貌。作为一个曾经的英翻中译者，我深知翻译之难，翻译需要对两种文化了然于胸，需要实现对两种文字的驾驭，面对着多重的考验。可就在 2 月 13 日我获知，戴骢先生于 2 月 7 日在上海逝世，享年 87 岁，不禁愕然良久，翻看他的译著，怀想戴先生在文学翻译方面的贡献，感慨良多。

戴先生身上有一种执着、耐劳的精神。他原名戴际安，戴骢是笔名，取自"青骢马"之意。他曾说过，"青骢马"是一种很普通、很平凡的马，吃苦耐劳的精神令他敬佩，名字当中用了这个字，就是希望自己在文学翻译的道路上也能发扬勤奋、吃苦的精神。事实上，戴先生一辈子勤勤恳恳，将自己所有精力都投入到翻译事业中去，以行动实践了自己的追求和志向。

戴骢先生 1933 年出生于苏州一个书香门第，祖父、外祖父都曾是当地有名的书法家。中学时代的戴骢便经常接触俄罗斯文学，并萌生热爱之情，他 1950 年从华东军区外语大学俄语专业毕业，后来长期在上海译文出版社工作，从事了一辈子的文学翻译。戴先生翻译的《金蔷薇》《哈扎尔辞典》《骑兵军》《阿赫玛托娃诗选》《贵族之家》

《罗亭》等，以及系统主译的《蒲宁文集》《布尔加科夫文集》等译著，总量达数百万字，产生了广泛影响，1987 年的时候他为出版事业做出的贡献曾经得到国家新闻出版总署表彰，2005 年中国翻译协会授予他"资深翻译家"荣誉证书。

戴先生投身翻译得益于广泛深入的阅读，"文革"时期，他偶然在出版社资料室里看到蒲宁的短篇小说《中暑》和《从旧金山来的先生》，叹服其细腻入微地触及人性的写法，写作风格与当时能够接触到的许多作品迥异，遂萌生了翻译的念头。翻译出自热爱，改革开放后，随着越来越多地阅读世界名著和俄语名著，戴先生在比较中确立了自己的翻译思路，他曾说只翻译自己愿意翻译的作品，只翻译他引为同类作家的作品，越是那些被人家损害、忽视和蔑视过的作家，他越是要翻译和研究，并且尽力译好。他钟情于蒲宁、左琴科、布尔加科夫和阿赫玛托娃等作家作品的翻译，就是从中看到了这些作家对人类情感的挖掘，看到了他们对人性的真正探讨，作品中人类博大而深邃的精神世界令他流连忘返。

俄罗斯作家蒲宁著有大量的诗歌、游记及中短篇小说，另有长篇一部，曾因"继承俄国散文文学古典的传统，表现出精巧的艺术方法"而获诺贝尔文学奖，戴先生钟情于作家蒲宁作品的翻译长达三十年之久，他主编主译的五卷本《蒲宁文集》，囊括了蒲宁重要的作品和唯一一部长篇小说《阿尔谢尼耶夫的青春年华》，2005 年由安徽文艺出版社推出。文集前有戴先生一篇全面评述蒲宁文学成就的数万字前言，每卷之后都有他亲自撰写的"译后琐谈"，这些评论文字纵论蒲宁在不同文学领域的创作成就、文学界评价，畅谈自己的翻译心得。他认为，蒲宁以音乐家对声音的敏锐为其作品找到旋律感、节奏感和音乐感，从浩如烟海的词汇中为每一篇小说选择最动人、最富魅力的词汇，在蒲宁笔下，人物也好，自然界的景物也好，都富于色彩感和光感，而戴先生的翻译则在切合了作品的风格方面做出了努力。他认为《阿尔谢尼耶夫的青春年华》这部长篇由艺术性的自传、回忆录、哲理性散文、抒情散文和以爱情为主题的小说交融而成，内容充满人性的丰富性与情感的复杂性，是风格独树一帜的作品，戴先生同样通过翻译力图完美呈现其美学价值与认识价值。

另一位俄罗斯作家左琴科率真而充满挫折的一生使戴先生深深感动，他翻译左琴科就是为了向作家"那份自己保存完整的人格"的一种独特致敬。在翻译过程中，戴先生时常为左琴科跌宕起伏的遭遇而热泪盈眶。左琴科年轻时患有很严重的忧郁症，一度到了身心将近崩溃的边缘，后受巴甫洛夫神经反射学说的启发，对自己三十岁前的生活经历逐段进行分析，最后终于找出隐藏在潜意识中的恐惧载体，《日出之前》记录的就是他这段心路历程。戴先生认为左琴科率先把巴甫洛夫的心理学和弗洛伊德精神分析学引进文学创作，创立了"科学文艺小说"。这部作品当时在苏联很轰动，在国际上也得到公认，左琴科却因这部作品在国内遭到不公正迫害，当局宣布他与阿赫玛托娃为反动作家，进行全面批判，并开除作家协会会籍，在很长一段时间里左琴科只得靠侄子一个人的"定量"生活，命运出现转机的时候他拒不"认错"，在人生暮年甚至靠做皮匠过日子。左琴科在坎坷命运面前表现的完整人格和独特性格令戴先生深深敬佩，他翻译的时候精益求精，倾注热情，力求完美，受到业界认可和称赞。戴先生翻译的巴别尔也受到大家好评，翻译家杨向荣说，戴先生的译文"硬朗活跳，铿铿锵锵，字字金贵，语感和生活互交相融，无情和有情兼备，真不可方物"，就是很好的例证。

戴先生工作起来很投入、很忘我，从来在写作和生活的条件方面不讲究。有段时间家里住房紧张，他就在厨房里翻译，他说战斗过无数次的地方——厨房间很亲切，因为厨房间很温暖，有热水器、有煤气灶。"灶头是很重要的。在俄文里面，灶头代表着家庭、代表着生活、代表着生产、代表着生命。要洗手很方便，喝茶，斜对面就是饮水机。一平米见方，这逼得我尽可能少地去找参考资料，也是发挥我潜力的办法。我真担心，别哪天把我从厨房间拉出去，我一本书也翻不出来。"这种苦中作乐的精神早已经传为翻译界的佳话。

扬长避短　厚积薄发

——访作家刘斯奋

2019 年 7 月初一个炎热的下午，我如约走进刘斯奋位于广州闹市区的家，进入书房之后就看到，在一面书画墙上挂着他为中国作协成立 70 周年题写的"辉光日新"和为《文艺报》创刊 70 周年题写的"春华秋实"两件墨宝，书体沉稳遒劲，内涵蕴藉丰厚。我们俩很快就由书画聊到了作家的人生历程与文学追求。

刘斯奋曾任广东省委宣传部副部长、广东省文联主席、广东省画院院长，还以历史小说《白门柳》获得了第四届茅盾文学奖。他出身于书香世家，父亲刘逸生被誉为中国现代诗歌赏析学新流派的开创者，有《唐诗小札》等著述。刘斯奋自幼受古典文学熏陶，酷爱文史，还特别喜欢画画，1962 年高中毕业本来准备考美术学院，由于停招，考入中山大学中文系。当时大学是五年制，刘斯奋 1962 年入校，1967 年毕业，因"文革"干扰，拖到 1968 年才离校，被集体派往军垦农场围海造田，后被分配到海南岛，在琼剧团、文化局工作了几年，直到成立"理论工作小组"，才于 1975 年调回广东省委宣传部。

谈到《白门柳》的创作，刘斯奋说有一定的偶然性。1980 年他坐船去广西参加太平天国学术讨论会，在船上认识了中国文联出版公司编辑邢富沅，对方觉得刘斯奋历史知识丰富、很有见地，就鼓动他写小说表达出来。题材和字数均由他自定。经考虑，刘斯奋选中明末清初发生在秦淮河上的柳如是、董小宛以及名士钱谦益、冒襄与时代、命运抗争的这段历史来表现。因为他自小受家庭熏陶，又从事过诗词创作与多种古诗词注释，具有强于一般写作者的传统学术素养优势；同时长期从事诗词和绘画的艺术创作，又使他拥有单纯从事研究的学者往往不足的形象思维能力。对他最大的挑战是：此前他并未认真写过小说，更别说长篇小说了，因此只能在实践中摸索进行。创作之初，他倒不必像许多半路出家的历史小说作者那样去钻史料搞考证，只是研读了包括陈寅恪的《柳如是别传》等一些相关的历史著述。而经过深入思考，他觉得明末清初的南京秦淮河，固然不乏脍炙人口的香艳故事，但写一部八卦小说没什么意思，应该找到能够统帅题材的思想制高点才有意义。在他看来，明末清初那一场大动乱，使中国社会付出沉重代价，如果说也产生出了什么具有质的意义的进步成果，那既不是农民起义的功败垂成，也不是爱新觉罗氏的入主中原，而是以黄宗羲、王夫之、顾炎武等为代表的早期的中国民主思想。这个民主思想不是从西方传来的，而是中国自身产生的。于是他就确定以此为主题来统帅小说创作。

《白门柳》规模宏大，人物众多，记者问他是怎么结构的，刘斯奋说最初是瞻前不顾后地往下写，并没有管结构，因历史事实本身就是历史小说的线索，至于小说的结构方式，则受到了中华传统美学的启发，他从小接受传统文化训练，起承转合等文章学、诗学传统早已融于思维之中，在掌握小说的节奏与结构时自然会运用进去。《白门柳》尊重历史，创作严谨，对历史上的人物只是如实表现，没有刻意拔高或贬低。参评第四届茅盾文学奖的时候，作品受到评委们的好评，很顺利地获奖了。

刘斯奋写《白门柳》所面临的挑战，除了此前没写过小说之外，还面临两大难题：一是作为土生土长的岭南人，对江南的风土人情、山川地理可以说完全隔膜，只能凭借历史材料去驰骋想象，直到写完第一部才去江南实地考察一圈，补了"生活"。二是以黄宗羲这种思想家作为小说主角，如何把抽象思想变成形象，如何把思想家成长过程展示出来？由于此前并未有同类作品可资借鉴，同样构成了很大的考验。但这些难题刘斯奋一一克服了，作品写出来后不少读者认为真实得令人"恐怖"，连江浙一带的读者都没有提出异议。刘斯奋在写作过程中，感到自己与当时的场景、人物有一种重温旧梦、重对故人、历历在目的感觉。刘斯奋戏称：这或许是一种"量子纠缠"效应。

谈到艺术家追求的所谓"个人风格"问题，他的感受是，初期的学习借鉴是必要的。但最后的目标是小说要把"自己"写出来，画画把"自己"画出来，书法把"自己"写出来，根本不需要左顾右盼。世界上没有两片相同的树叶，也没有两个相同的艺术家，只要把自己的艺术天性充分发挥出来就是独特的。

谈到写长篇小说，他认为有三条很重要，一是有新点子，而且一定要特别多、层出不穷，这样才能不断引起读者阅读兴趣。二是有思想高度，如果不站在一定的思想高度上去把握生活，分析人物，只跟原生态站在同一水平不行。三是还要着力提高审美素养，要用诗人的眼光去审视生活，从平凡中发现不平凡，揭示其中蕴含的诗性。

他还认为，语言上能否有贡献，同样是衡量一部小说价值的重要尺度。他说《白门柳》里运用了三种语言。一种是叙述语言，现代白话文。再就是文人之间的对话，是浅近的文言文。第三是当时生活里面的家常语言。把三种语言天衣无缝地黏合在一起，不会让人觉得互相打架或者不自然并不容易。他的做法是力求三种语言都达到"纯粹"，用"纯粹"来统一。刘斯奋说，白话文运动是一种历史的必然。当时中国社会面对向工业文明转进这个历史课题，产生成熟于农业文明时代的文言有局限，一是不容易被大众接受，二是许多工业文明的新事物新思想如何表达也不容易。当初推广白话文主要是为了开启民智、救亡图存，也取得了很大成就，成为不可逆转的潮流。但还存在一个课题，即如何把白话文推动到成熟，使之充分"雅化"，达到与传统古文具有的同等审美高度。这有赖于广大学者、作家的共同努力。这在目前网络语言的低俗化、粗鄙化倾向日益泛滥的今天，尤其显得意义重大。刘斯奋古文、古诗写得很好，能把古典文化精华融合在小说语言里，并从傅雷、汝龙等传统文化功力深厚的大家的翻译作品中吸取养分，力求推进白话文的雅化，使《白门柳》的文学语言整体散发出一股强烈的文雅、优美的气息。

刘斯奋特别提出，五四运动以来，包括小说在内的西方文艺之所以对中国读者产生了巨大的影响，一个很重要的深层原因，就是面对西方的空前强盛和中国的深重苦难，中国民众迫切寻找"西方之问"的答案。而对于一般民众来说，通过阅读文艺作品来了解西方，是一条最便捷的途径。而现在，随着中华民族逐渐实现震惊世界的复兴，各国的民众同样会产生"中国之问"，而通过中国的小说、戏剧、电影电视等来寻求答案，也将成为他们的便捷途径。这对中国文艺工作者来说，无疑是人生难得的历史机遇，及时抓住这个机遇，就有可能产生世界性影响的作品。

刘斯奋诗书画俱佳，曾担任广东画院院长，谈起艺术创作特别是美术创作，他同样兴致很高。他说传统的中国美术由三块组成：第一块是工匠画，寺庙里的、陵墓里的壁画，包括敦煌壁画都出自工匠之手；第二块是宫廷画；第三块是文人画。这三块各有千秋、各有贡献。前两类大都是为了谋生，按照雇主的意图、审美和要求来画，不能爱怎么画就怎么画，艺术家只能全力以赴在技术上下功夫，这对于中国画成熟功不可没。至于古代文人，本来并不以绘画为事业，他们读书就是为了考科举当官、光宗耀祖。只是其中一些人有绘画兴趣和天赋，业余时间画几笔。他们的画不是拿来卖的，不用看雇主眼色，爱怎么画就怎么画，在个性张扬方面能发挥到极致。一方面是技术专精，一方面是个性张扬，加起来这就是中国画的整体。他认为，时代潮流就是个性的不断解放，西方的印象派、现代派、立体派包括毕加索的作品，也是由着个性发挥，爱怎么画怎么画。中国的文人画，跟西方从写实到印象派、从客观表现客体变成主观抒发的发展路径是一样的，不过我们比西方至少早了500年。

在刘斯奋看来，中国审美理想跟西方审美理想的差别在于：我们崇尚中庸含蓄，他们强调迸发袒露。如果用形象来比喻，西方的是"比萨文化"，我们的是"包子文化"。比萨是袒露的，全摊在外面；包子则是含蓄的，什么都包在里面。不要以为包在里面的就是过时落后的，绝对不是。李安的《卧虎藏龙》《断背山》和《少年派的奇幻漂流》，在奥斯卡评奖中连中三元，就审美而言，三部电影都承袭了中国传统，即"包子文化"。《卧虎藏龙》中的中国女侠没有火爆拳头和飞溅鲜血，拍得那么含蓄优雅，是一场唯美的刀光剑影。《断背山》拍得也很温馨很含蓄。《少年派的奇幻漂流》拍的是海上杀戮，却用几个动物的形象作为隐喻，予人以更大的想象空间。这些西方人都不擅长，自觉不能，所以便把奖给他了。这说明，我们一定要站在中国传统审美理想的制高点上，才能与西方审美分庭抗礼，跟在西方后面邯郸学步，永远只是学生，而且未必合格，被对方看不起。

谈到对当代文艺发展的展望，刘斯奋说，艺术作品的成功，很大程度决定于艺术家的天赋，而天赋是无法强求和后天培养的。领导部门所能做的，就是要营造良好的社会氛围，给作家艺术家提供必要的条件，把土壤耕耘得肥沃一点，让每个具备天赋的艺术家不致埋没，都有机会获得雨露阳光的滋润，长成参天大树。另一方面，发展文化产业无疑也很重要和必要，但产业的规模离不开受众的广大。这就涉及阳春白雪和下里巴人的矛盾。前者因其曲高和寡的性质，受众相对要少，但往往代表艺术的高度；后者因其通俗易懂，受众自然多得多，它代表的是一种广度。对于国家民族来说，两者同样需要，不可或缺。不过有着广大受众的文化品类，完全可以凭借市场运作去生存发展，走产业化的道路。但如果用同样的要求对待阳春白雪，就会令它陷入生存艰难的境地。因此对于这一文化品类，更需要的是用伯乐式的眼光加以发现、识别和大力扶持，使得真正具有价值的探索创新得以存活下去，成长起来，结出硕果。作家艺术家要站在人类精神的高度上创造，以卓越的艺术创造，助力国家崛起于世界民族之林。

以明亮的黑眼睛看祖国、世界与人生

——谈赵丽宏《明亮的黑眼睛》

　　赵丽宏老师的小说、散文、诗歌和儿童文学作品均可亲、可感、动人，内容深刻饱满，篇幅精短，言简意赅，令人难忘。2020 年由中少总社推出的《明亮的黑眼睛》，不是高头讲章，很亲切平易，薄薄一册却话题丰富，图文并茂，如春风化雨般打动人心。

　　书信是一种倾诉的文体，书信体总能给人亲切感，易于拉近人与人的距离，给人特别的感受，《明亮的黑眼睛》由写给孩子们的 25 封信构成，分别从爱国、亲情、励志、品质、成长五个大的角度出发，结合自己的亲身经历，以及阅读名著的感受，讲述一个个或温暖、或深刻、或励志的人生故事，解答孩子成长过程中经常遇到或必然面对的诸种问题，让孩子充分感受爱国之情、亲情之暖、智慧之力、自然之美，同样也引导孩子们领略山河壮美，获得大爱力量，增添成长勇气。作者如隐身于书页之后和蔼的长者那样循循善诱，又像儒雅的智者那样满腹诗书，说故事和风细雨，讲道理润物无声。

　　爱国是一种深沉的情怀、信仰和素养，需要长期养成，需要耳濡目染，需要引导和熏陶，谈爱国问题，特别是面向孩子，到底该采取什么样的切入点、叙事角度、言说方式？《明亮的黑眼睛》策略是多样的。比如，一个人如果在国内，可能不一定会明白祖国对自己的意义，以及自己与祖国的关系，身处异国他乡就会不同。作者从自己多年的切身感受讲起，就具有很强的代入感。过去中国人在国外经常被误认为日本人、韩国人、新加坡人，丽宏老师每遭遇这样的尴尬时，便伴随着内心的痛苦，联想到祖国过去的积贫积弱，无数次坚定地重复着"我是中国人"。改革开放后，中国像苏醒的巨人，以震动世界的步伐引人瞩目，中国人终于能够扬眉吐气，之后来到国外到处都能碰到素不相识的外国人用流利的汉语大声招呼："中国人，你好！"在澳大利亚看海豚的人群里，许多人说着不同口音和腔调的中文，在古老冷清的欧洲小城里有莫言小说的译本，卡萨布兰卡的里克餐厅居然能邂逅到上海同乡，聂鲁达流放过的黑岛故居，遇到人们用西班牙语朗读丽宏自己的作品，所有这一切无不激发人们的自豪感，促进人们更深刻地理解自己与祖国的紧密联系。

故乡的土地最能寄托爱国情怀，丽宏通过书信告诉人们，在中国的传说里，人来自土，土地可感、可亲、可触摸，小可以是一方田地，一抔美国老华侨青花瓷坛装着的泥土；大可以是一片原野，一脉山峰，故乡是缩影，是祖国和民族的象征，具有最丰富的色彩，一抔黄色泥土，"故乡的泥土，汇集了华夏大地的缤纷七色，把它们珍藏在心里，我就拥有了整个中国……"只有把根深深地扎在母亲祖国的土地之中，生命之树才能枝繁叶茂。

作品还由古时的孔子、苏武，当代的曼德拉谈祖国的意义，谈母语、汉字，谈山川风月与祖国的关系，"在大自然中美妙神秘的景象，耳畔枕着长江的涛声，眼帘里铺展着阔大深邃的星空，想象着宇宙的'无穷无尽'到底是怎么回事，领悟到很多在喧闹的人群中无法体会的哲理，会因此更爱自己的家乡，更爱自己的祖国"。

亲情、友情是我们每个人都会拥有的情感，丽宏用自己的亲身经历诠释这些美好感情的意义，我们读过作品之后忘不了，他家那只被自己父亲捆绑结实的藤椅，母亲对愤怒地擦掉他小时候在墙上涂鸦时的悔恨之情，以及两个外婆对他的抚养之情。我们特别难忘的是他读技校的哥哥，每月节省出一元钱塞给他，上班第一次拿到工资后几乎倾其所有到旧货店为他买了小提琴，这些事例无不令人动容。作家在探讨友谊、生命等话题时，发出的议论同样是从自己的人生体验出发的肺腑之言，他说，友谊"要用真诚和挚爱去浇灌，用信任和宽容去栽培"。讲到生命，他把生命比作树、比作船，"不要停泊，也不要随波逐流。我将高高地升起风帆，向着无人到过的海域……"他把生命比作流水，美好生命总是日夜不停地、顽强地流，去冲开拦路的高山，去投奔江海，这些语句本身就是励志的至理名言。

"火光"是这部作品的重要意象，从这本书也可以看到，丽宏老师一直在用自己的毅力和智慧不懈寻找着人生的火光。人生在世，不免遭受挫折、失意和磨难，丽宏青年时期在农村插队时经历过人生的低沉甚至于"至暗时刻"，但他勇于在黑暗中寻找火光，努力用文学滋养自己的精神。他慢慢发现，人生的火光其实来自人与人之间的同情和关爱，在孤寂之中，故乡的农民在劳动和生活中给予他无私的帮助，后来又把自己家里藏的《唐诗三百首》《红楼梦》等经典名著赠给他，这如同人性和人道的火光让他的前行不再孤寂。

丽宏在人生中寻找到的另一种火光，是大自然神奇美妙的魅力。在下乡的日子里，他发现，和大自然朝夕相伴，一个人的视野中天天有美丽的风景，因为不管人间有多少苦难，大自然永远是清新而健美的，如同火光给了他前行的勇气。每个人都应该找到属于自己的火光，驱散黑暗，勇敢走出困境，成为一个生活中的强者。他给我们讲述的盲女杜琼的故事感人至深。杜琼是个盲人，生着一双乌黑的大眼睛，她凭着坚强的意志和聪慧的头脑寻找到了照亮人生的火光，学会了英语，自费到美国留学，学习电脑专业，完成了学业，做成了很多健全的人也未必能做到的事情，赢得了所有和她接触过的美国人和来自其他国家的人们的钦佩和尊敬。她的经历不啻告诉我们，人生处处有奇迹。"有些人，生着明亮的眼睛，却仿佛被黑暗包裹着，在窄小的圈子里举步不前。"而无边的黑暗在这个有着黑眼睛的盲姑娘面前，却无可奈何地溃散了，杜琼凭着内心拥有的战胜困难的火光，不断开辟着自己人生的新境界。

丽宏的作品有着鲜明的中国风格和中国气派，叙事如静水深流，语言自然朴素，款款而谈，润物无声，作者好似隐在书页之间，拥有一双明亮清澈的眼睛，密切观察着世界，讲述着这个世界上与我们每个人情感、理智相关的故事，思考自己与国家、民族和土地的关系，引导和激励青少年走好自己的人生之路，与国家共同开辟美好未来。另外，全书插图布局合理，与作品思想内容和整体风格匹配度极高，色彩斑斓的画幅，有机融入了作品的肌理。

跨越六十年的童心奏鸣

　　——谈金波老师的儿童诗

　　金波老师是儿童文学创作的常青树、多面手，他的儿童诗对一代代的孩子们都有一定影响，收入《白天鹅之歌》《红蜻蜓之歌》《萤火虫之歌》这三个集子里的儿童诗，记载了从上世纪六十年代开始，一直延续到2013年，金波老师在儿童诗创作方面的累累收获。这些作品题材广泛，童心盎然，穿越了六十年的历史风尘，记录着一个永葆童心的作家对生活的感恩、对世界的赞美、对美好的珍视，为当代儿童诗创作树立了借鉴和引领的范本。

　　金波老师的儿童诗向我们展现的是童年世界的无比丰富，作家始终带着孩童的心，透过儿童的目光打量这个世界，感悟这个世界，揭示孩子们的精神世界，编织起儿童心里生动的万花筒。金波的儿童诗感染人、教育人，最根本的原因是来自生活，是从儿童日常生活的具体真实中提炼出来的，达到了文学所需的艺术真实。我们从一首诗里看到，有个调皮的孩子见了谁都喊"嘿"，像我们小时候曾经常做的那样；我们小时候也确实会不喜欢大人当着老师同学的面喊我们的小名（《乳名》），但最后明白了乳名恰恰寄托了父母对自己的希望，包含着人生的些许辛酸。好的童诗不乏哲理，金波老师的不少诗通过孩子们生活的点点滴滴，写出了做人的道理，比如，妈妈教孩子要用目光倾听，"真诚的目光胜似千言万语，目光传送的是温暖的春天"（《用目光倾听》），而《粗瓷碗》《不应当只记得》则让孩子们铭记母爱的无私与博大，学会追本溯源，经常怀有感恩之心，学会如何回报他人。

　　世间的亲情和世界的美好，构成金波儿童诗的主色调主旋律，比如，金波老师写了一个孩子，他一心想迷路，以为自己长了本事，迷路又不想让大人发现，当"迷路"的意外发生之后，是善意的包围和沐浴，使他终于明白了人们对他的呵护，父母的牵挂，才是人间最美好的事情（《迷路的小孩》）；《在校外，我遇见了老师》一诗，则反映了一个爱美爱玩的孩子看到了一个同样爱美爱玩的老师所经历的心理变化，这个性格活泼的老师爱跳舞，她"还给小狼照了一张相"，年轻老师那种追求美好生活的样貌，让童稚的孩子不禁欣欣然；《我小时候的衣帽》通过赞扬孩子们对过去的衣物、过去的生活的怀念之情，描绘出生活的厚度。他的不少诗作引领着人们去回味童年，感悟童真，去发现生活的细微，一探人生之究竟。

金波老师对大自然饱含深情，写出了对大自然的爱，对大自然的发现，接受大自然的洗礼，构成他童诗的重要旋律。"冬天有阳光，/夏天有绿荫，/鸟儿在春风里筑巢，/溪流穿过树林，/蜜蜂飞到窗前，/落满茑萝的花芯。"（《倾心》）这些诗语句平凡，往往通过大自然的一草一木来实现自己对大自然的感恩。大自然教会了孩子许多人生道理，比方对土地的爱，"每一寸土地，/都是生命的摇篮，/它不仅教会我们创造，/也培育了我们的忠诚！"希望变成一棵树，"又用我茂密的枝叶，/守护着鸟儿的歌。/每天，从清晨到星夜，/都会有数不清的彩翼，/飞起、飞落。"不少童诗为孩子们还原了大自然的奇妙，让大家敬畏自然、爱护自然。

金波的童诗朴实隽永，魅力永恒，在于艺术讲究，写法上有四两拨千斤的游刃有余，往往通过抓取细微动作，描写声响、色彩，增强了表现力。比方说《饮一杯月光》《听雨》《听风》《听雪》《听春》都有人的感官参与，《有一片绿叶沉默不语》："只有一片绿叶沉默不语，/它蜷曲着把风雨阻挡。/在淅淅沥沥的雨声里，/它变成了一顶小小的篷帐"，原来绿叶在保护着"一只七星小甲虫"。《记忆》写了一个动作细节，描写一只蛇纵身飞去，擒住了小鸟，吞掉了小鸟在枝头唱着的歌。《鸟声洗净了早晨》《月亮浸在溪水里》等诗的动词使用，丰富了作品的描写，更加灵动，更富于画面感，《花朵开放的声音》以夸张的手法，写花朵带给人们的生机："它们唱歌，/ 演奏音乐，/ 甚至欢呼、喊叫"，但摘下花朵，就会使鲜花停止开放，花朵不再出声。这些作品还有金波老师所有作品的从容、安详，明白如话却意味深长，不踮起脚尖，不用假嗓子说话。他的童诗还讲究韵律，在金波老师看来，人类审美是从听觉开始的，诗歌的重要特点之一就是音乐性，好诗让人体会到浓郁的情感和语言的抑扬顿挫。

与生活最好的对话

　　——序汤汤的新童话集

　　对童话，我们的了解也许还十分有限。

　　我们只知道，童话是说给孩子们听的奇妙故事，后来才觉得，童话是给这个世界的馈赠，童话里有大自然的神奇、阳光的灼热、动物的顽皮、花草的繁盛、人间的喧闹，有人类平时看不到也实现不了的梦想，说到底，童话是我们与生活最好的对话。

　　在童话里，那些脑袋里长满奇思妙想的主人公，有的有着异乎寻常的外表，有的很不起眼却很不平凡，他们或在地面上移动，或在天上飞翔，或钻山进洞，或出入江河，他们有着与一般人不同的信念，他们从不放弃设想与开辟新的生活，他们有别人没有体会过的小心思，他们能够被奇异的理想牵引与托举，更重要的啊，这些人还有着最纯净而无忧的心灵，可以为你敞开胸怀，可以为你感叹忧伤，更可以被感动或融化，从而为自己、为他人开辟生活的道路。

　　比如说，汤汤笔下的底底村里有个叫木零的孩子，而傻路路山包的人最喜欢孩子，于是木零七岁的时候就开始就被大人派到那里去"取宝贝"，年复一年，凭着大人教的四句话，他每次都顺利地从一个叫光芒的人心上取到了宝贝珠子——虽然珠子越来越小。直到木零长大了，要派自己的孩子到傻路路山包取宝贝的前夜，即将搬离傻路路山包时光芒出现了。光芒说着和当年大人教给木零完全相同的四句话，告诉木零，是木零偷走了他的记忆之珠，"每一颗珠子，凝着快乐的、悲伤的、平常的、不平常的记忆"。但他却发现木零最后一次取走宝贝的时候流下了一颗眼泪。这颗眼泪让他心里沉甸甸的，他非常喜欢。光芒本来是要把这颗眼泪还给木零的，现在改变了主意，他恳请木零同意让他把这颗眼泪带走，木零当然无法拒绝。他们就要再见了，这下也许就永远也不能再见面了，但就在这个寒冷的夜晚，木零的心找回了温暖的感觉。这便是汤汤那篇叫《到你心里躲一躲》的童话给我们讲的故事。

童话诉说人们生活中的梦想、力量与安宁。童话倾吐人们心中的愿望，好的童话像有一种能够分享关于这个世界所有奥秘的雄心，不管这些秘密如何隐秘。这些奥秘包括大自然能够赐予我们的，因为，像汤汤在童话《你是星星吗？》里所说的，"星空之下，是树，是草，是泥土和石块，是山丘和水流，是星光和月色，是广阔和寂静，是神秘和未知"。但更加神秘与未知的，当数人的精神世界。那不可靠的人性，那言与行的不时乖离，那每逢孤独无助需要别人施以援手时的功利式急切，真正反映了我们的脆弱。我们怕陷入孤立，希望此时能获得与他者亲近的机会，获得可靠的帮助，可一旦脱离了无助的恐惧，便会不自觉地滥用选择，比如无情地抛弃一只无家可归的野猫，比如忽略或拒绝别人的一点点善意，这些在有的时候虽属"人性里偶尔一闪念的懦弱和冷漠"，但也足以引起我们的注意，这篇童话中小夏吉的愧悔和自责，应该成为我们的警钟，在这个世界上，有太多看起来很小很小的无情和太多太多的麻木，在我们追寻世界的美好的时候，怎么能缺少哪怕是很小很小的柔软和深情呢。

在生活赐予的柔软和深情之外，童话一遍遍讲述着世界上的种种可能。人类在生长，世界在为人类生长中克服不可能不断开辟道路，童话作家就像世界的探求者一样，目光始终注视着世界上的神奇，化不可能为可能，寄托人类的愿望、情感和信念，反映人类排除一切波折之后的喜悦与感叹。像《皇帝的新衣》里的那个小男孩一样，童话作家不失时机地将笔触探向生活中的问题，鼓励人们去打破一个个错误的"神话"。童话《别去5厘米之外》里的球球小妖们原来被灌输了很多莫名其妙的规矩，要带上尺子才能出门，所以"悲伤是自己的，快乐也是自己的，他们最亲密的朋友就是尺子了"。有一天，当小妖阿紫问阿蓝是不是快乐、是不是孤单、是不是很无聊，阿蓝就说："我知道每天都要喝露水，知道不能离开房子 5 厘米之外，知道离开房子的时间不能超过 19 秒，知道和另一座球球小房要保持 14 厘米的距离。难道，我知道得还不够多吗？"但当阿蓝和阿紫打破了别去 5 厘米之外的规矩之后，却发现什么可怕的事情都没有发生。原来，是那个声音沙哑的最年长的球球小妖忘记交代了最重要的两句话："去了——也没关系！／去了——真的没关系！"

童话作家往往是生活目光澄明的观察者，他们看待世界、把握世界的重要方式，就是用最浅显、最朴实的方式诉说人的想象，而他们的武库与素材依然是无边的生活。正如帕斯捷尔纳克所说，诗歌无须到天上寻找，要善于弯腰，诗歌在草地上。当然，更无须帕斯捷尔纳克说，文学在日常生活间，在每个人身边点点滴滴的聚合中。汤汤的成长就像是一个童话，像是经历了一个由不可能到可能、由平凡到不平凡的瑰丽蜕变，构成她童话最丰沛的源泉。

在由海口飞往北京的万米高空上，汤汤对我讲过，当她第一次乘火车到北京领取全国优秀儿童文学奖的时候，在快要分手的站台上，与她紧紧拥抱的爱人对她说："我抱着你，就像抱着一个奇迹！"是的，由一位普通农家的女孩子，成长为一位深受读者喜爱与欢迎的儿童文学作家，这种"奇迹"好像每时每刻都能发生在每一个人身边，但也好像很容易从我们身边溜走。人类有弱点，我们有生长奇迹的能力，同样有放弃、掩埋、淹没奇迹的浑然不自觉，我们需要不断克服自己。

活生生的世界、深邃而无边无际的生活对作家来说，就像是那每日必然迎接的清晨，不仅仅是源泉、模型与素材，还能够成为不折不扣的榜样。美好的童话致力于为人的前路树立榜样，在于人类相信世界上存在着让生活变得更好的榜样，有让人性变得更加完善的常道。

汤汤为自己的生活所激励，她也热情地用自己的文字激励生活，她的童话，恰恰是与生活最好的对话。

是为序。

2018 年 2 月 15 日，北京西坝河

点亮地球和人类的未来

  中国少年儿童新闻出版总社在疫情之后及时出版"抱抱地球 点亮生命"系列丛书，其中童话卷《我们做朋友吧》由徐鲁、汤素兰、黄春华创作，小说卷《苍穹之下》由牧铃、湘女、刘虎创作，科普卷《探索生命的奥秘》由刘先平、叶盛、赵序茅创作，纪实文学卷《大自然的孩子们》由董宏猷、胡玥、王永跃创作，漫画卷《地球上的精灵》由孙家裕、欧昱荣、郭朝旭创作。地球是我们的家园，儿童是我们的未来，拥抱地球，点亮未来，与每一个人息息相关，这一套童书以不同的样式，兼具知识性与趣味性，不仅对激发少年儿童的想象力和创造力大有裨益，更有助于引导孩子们从小学会关注生态、呵护自然、敬畏生命，把珍爱自然的接力棒传递下去，可以从自然、生命与未来等多个层面进行解读理解。

  没有地球就没有人类的未来，这些作品以不同语汇、形象与色彩，展现我们地球家园的宝贵、无私与包容，同时提醒大家，进入现代以来，地球饱受开发、掠夺、侵扰和破坏，多少惊心动魄的事例昭示和警醒人们，如果不与地球为友，失去了地球环境的宜居，每个人的所谓美好未来将无从谈起。苍穹之下，我们人类并不应该成为主宰，我们不做地球的朋友，必会遭到地球的报复，爱护地球包括地球上的那些动物植物微生物精灵，维护地球生态的和谐，才能永葆地球家园生机勃勃，让人类能够幸福和永续发展。

  地球的永恒主人是大自然，而不是人类，地球、大自然可以离开人类，人类却离不开大自然，地球这个家园是一个大的共同体，在大自然中构成物种的共同体、气候的共同体，甚至是伦理的共同体。这个共同体的魅力不是画家能画出来的，也不是摄影师能拍完的。自然的探索是新奇而又惊险的，人的知识和经验，永远也追不上看似不变的自然，也是永远也战胜不了的挑战。

人类与自然为敌，同样无法点亮未来，中外儿童文学有一个非常好的传统，就是始终张扬人类与动物、植物及所有生命的平等、共处与共进，鼓励孩子们用平等的眼光看待一切生命，人类必须与其他生物共同分享地球，这不单需要采取许多新的、富于想象力和创造性的方法，而且需要意识到，人类经常是在与鲜活的、经受着所有压力和反压力的生命群体打交道，只有认真地对待所有生命，并小心翼翼地设法将这种力量引导到对人类有益的轨道上来，人类才有希望合理协调所有生命与我们本身之间形成和谐的关系。人类面向未来、创造未来，就是要让自己更富于包容心，克服人类作为所谓"万物灵长"、宇宙精英的傲慢与偏见，如果我们在伦理上不愿与动物认同，不愿推己及人，实现真正的完善和全面发展就是一句不解决问题的空话。

倡导环保意识、生态意识，形成尊重自然、爱护自然的绿色价值观念，是种文化使命，同样是文学艺术门类的重要使命，中少总社对"抱抱地球 点亮生命"这样的主题，调动了小说、诗歌、散文、报告文学、短剧、童话、科普、漫画等多种样式，一批名家从各自的角度张扬人文情怀，体现天人合一，如童话卷《我们做朋友吧》、小说卷《苍穹之下》、纪实文学卷《大自然的孩子们》洋溢着纯粹、天然、灿烂的趣味，《探索生命的奥秘》以科普的方式向孩子们发出了自然文学应有的审美指令，让人们明白，每个人在构建全社会共同参与的环境治理体系方面应该负有责任，在让生态环保思想成为社会主流文化方面应该有所思考，在形成深刻的人文情怀方面应该有所作为。高品质的大自然文学，有感染力的自然母题儿童文学表达，需要塑造出跨越时空的人物，爱丽丝、彼得潘、三毛等儿童文学的重要人物形象之所以能够活在人们心里，在于他们以不同方式刻画了孩子们的性格。好的儿童文学充满伟大的创意，皇帝的新衣，爱丽丝漫游奇境，匹诺曹的鼻子，灰姑娘的水晶鞋，这些奇思妙想产生的魅力是永恒的。优秀的儿童文学还寄寓着素朴而伟大的理念，告诉孩子们，信心、守诺、勇敢、好奇心、真诚，是面对人生问题、面对大自然时极重要的信念，"抱抱地球 点亮生命"同样需要张扬这些信念。

一只缤纷故事盒子的澄明与力量

——关于左昡的《纸飞机》

　　《纸飞机》讲的是一个令人心动而难忘的故事。关于重庆大轰炸，关于中国的父母和他们的孩子在抗战时期的特殊遭际，之前有不少人写过，左昡用这部作品，从三个孩子的视角，进行了多侧面与多层次的情景再现，提供的大量细节值得回味与记取。人们不禁会惊异于她笔触的沉稳从容，感叹她作为一位年轻写作者用形象回溯历史的能力。

　　左昡似乎找到了一条通往不堪回首的过去的幽暗通道，同时也恢复了战时儿童们的天真、纯洁，小说告诉我们，当时儿童们的无忧无虑被外来侵略者所野蛮中断，故事与细节再现得是那样栩栩如生，如同过去与自己小伙伴们所共同拥有的顽皮与欢笑，给人以如在眼前的现场感。为了做到这一点，她寻访自己生活过的这座城市遭受大轰炸的遗迹，探问那些从苦难中过来的人，历史在她心里引起巨大波澜，她用自己的想象一次次回到过去。其实，她的不二秘籍是内心的丰富充实，她坚定地让自己的笔忠实于所寻访过、聆听过的一切，辛勤补充由于年龄和经历所限造成的缺损。她的目光伸向不算遥远的过去，以孩子的目光去观察世间的一切，曲尽人心的变化，见证成长过程中那些难忘的跌跌撞撞、坎坎坷坷，作品因此才产生了让人难忘的印象。

　　我们会经常被问到文学的意义。如果文学是有意义的，文学的意义绝不止一个两个，而是开放的、多重的，比如为了拒绝遗忘，找到来路与希望，比如有助于恢复信心及笑对未来，等等。但《纸飞机》所产生的意义，是文字本身的力量所造成的。左昡像是建造了一方具有无与伦比秩序的故事盒子，这个缤纷的盒子打开之后，魔法出现了，从四面八方散射的光亮照亮了一段历史，那些完全透过儿童目光见证的一切，有着一尘不染的澄明，让人得以细致打量过去的一切和现在的一切。从某种意义上说，《纸飞机》放飞的是我们对过去那段历史尚未很好整合的想象，其玲珑剔透的面目自然会引起人们的感叹。

中国人或许是这个世界上最会生活、最会享受生活的民族，我们的先人在自给自足的生活方式中繁衍了几千年，早已形成了看待生活秩序逻辑的自主，为人处世思想方法上的自立，无论是鸡犬相闻、男耕女织的田园生活，还是礼尚往来、摩肩接踵的城市日常，中国人向来以自己的方式应对世间的一切，只求得年年岁岁的安稳与发达，期待把自己的日子过得有滋有味。小说里有句话——"春天里，尽是好事。"其实何止是春天里呢，一年四季，人们都有吃喝玩乐、享受文雅的"好事"。从《纸飞机》里看到，我们中国人最讲究的是"天人合一"，春夏秋冬，人在山水、日月、天地"篇章"的怀抱中，尽享生活赐予的甘醇，而孩子们则奔跑于自然的怀抱里，在父母、兄弟姐妹及众多亲戚的呵护下，在教书先生、街头小贩、街坊四邻的目光中，一天天身体慢慢生长，思想慢慢飞翔。孩子们放风筝、下河游泳、捉鱼虾、做游戏，他们读书、听故事、写毛笔字，尽显自己的天真烂漫，他们接受的教育就是中国人生活固有的秩序，他们享受的就是中国人日常生活的美好。《纸飞机》一个不可忽略的价值是其给这种秩序的生活故事赋予饱满、温暖的质感，是对中国人自主生活方式自豪感进行文学重建。特别是透过儿童目光，让侵略者没有到来之前曾经所有的一切更为亲切温润，从而很好印证了德国文豪歌德对中国人的印象。

歌德在读过中国人在古代写的几部小说后，曾经在其与艾克曼对话时说过："中国人几乎和我们有同样的思想、行为和感情，我们不久就觉得自己和他们是类似的人。只不过在他们那里，一切都来得更加明朗、纯洁，也更合乎道德。"而小说中所描写的，恰好注解了英国近代哲学家罗素对中国人的道德信条、价值追求的由衷赞赏："中国人温文尔雅，他们所要求的只不过是正义和自由。他们的文化比起我们的更能使人类快乐。"

鸦片战争以后，走向衰落的中国积贫积弱，饱受外侮，日本人的侵略更给中国人民带来了最为深重的灾难。山城重庆作为抗战陪都，迎来了敌人惨烈无情的飞机大轰炸，重庆大轰炸作为战争史上最为惨烈的四大轰炸之一，已经永远留在了世界战争史上。日本人趁着重庆空气难得透明的季节，对重庆实施了丧心病狂的大轰炸。小说里的孩子"我"把大轰炸形容为"月亮"被吃了，自己的亲人和熟悉的人们"已经被炸弹吃了，吃得捡都捡不回来了"。"从那个月亮被吃了的晚上开始，很多事都变了。"从此的岁月中，重庆老百姓的每一天，几乎都是在惊恐悲伤以及流离失所中度过的，每一家都伴随着躲避与抢救伤员，每一个亲友都有伤痛的记忆。曾经看到过一本反映陪都重庆受到轰炸时代生活的老照片集，从1938年春到1943年秋，重庆军民承受了日本飞机近万架次、二万多枚炸弹的轰炸，伤亡两万多人，房屋损毁一万七千多幢。曹文轩曾说过，"每个时代的人，都有每个时代的人的痛苦。痛苦绝不是今天的少年才有的。少年时就有一种对痛苦的风度，长大才可能成为强者"。所有这些痛苦，重庆人不会忘记，中国人民不会忘记，在时间的推移中，这些惨痛过去的记忆绝不能泯灭，过往伤痛与激情绝不能远去。《纸飞机》与许多记录抗战时期历史的作品一样，不只是为了记取痛苦，而且也记取民族精神的昂扬。

历史已经告诉我们，在"空中大屠杀"轰炸的烽火中，中国人是如何顽强、乐观地生活，大轰炸没有削弱中国人民的抗战意志，中国人民不仅没有退却，反而在炮弹的洗礼中，激发出更加坚忍的抗战意志。主人公"我"虽然随时面临着受冻挨饿的威胁，但毅然以一个弱弱的女学生的身份，加入到支援前线的行列中，"我"坚持缝制冬衣，"一想到这些衣服将要穿到前线打日本鬼子的战士身上，我就舍不得停手，巴不得从早到晚一直缝，一直缝，让战士们都穿得暖暖的"。作品写了中国的平民共同面对敌机威胁时的同仇敌忾、坚守坚韧，细致还原了大轰炸期间大都市的气息与温度，留存了中国人的优雅、知性与善意，在战争中人民在觉醒，孩子们在成长，他们边擦干眼泪，边踏上新的人生历程。新年到来的时候，他们怀着"天增岁月人增寿，福满乾坤乐满门"的祝福，他们坚信，"我们、我们的家毕竟活着，带着我们的伤，我们的痛，我们心里的空白，还有燃烧在我们心中的火焰，一如往常地活着"。《纸飞机》这个故事盒子所放飞的一切，让我们铭记过去，更有助于我们珍惜美好的现在。

文学精湛读者的坚实步履

——序聂梦《小说的年轮》

聂梦的首部评论集就要出版了，很为她高兴，阅读收在集子里的这些评论，是一个很美好的过程，因为我看到了热爱文学的心灵，看到了向着"精湛的读者"努力的坚实步履。

最近重读夏志清《文学的前途》一文，很有感慨。这篇写于1974年的短文开宗明义地说："我对文学的前途，不抱太大的乐观。"他感慨，第二次世界大战后出生的孩子从小看电视，读书的时间减少，对文学作品的感受力也无形减弱，他认为，文学欣赏比较主动，看电影电视则比较被动，少有电影可以看三遍而不厌，而好的诗篇的确百读不厌，他提倡多阅读经典，注重当代文学教育，同现实生活打成一片。像聂梦这样的青年，接受传统的文学教育之后，仍然在清贫的岗位上执守于文学阅读与文学研究评论，以使文学的使命与精神薪火相传，而她的工作基础是阅读，是坐在当代文学的冷板凳上，以微弱之力，守护评论家园，点燃文学之灯。

聂梦将自己这部典雅的集子命名为《小说的年轮》，虽非刻意，却能见出意义。年轮意味着时光不停歇的推移，意味着时代的冲刷时间的考验。从收在这个集子里的关于青年创作、关于年度盘点、关于作家的专论，我们不难看到，她善于从一个个作家的具体文本出发，在时代的潮流中筛选、提炼作品及现象，既以评论体现写作者自身的审美意趣，也对当前一个时期文学界的价值评判标准进行综合考量，展现总体性文学观念，让人看到整体态势，也看到当代文学的无尽生长之生机。

聂梦研究生毕业之后就身处当代文学教学和研究岗位，她不间断地经历着当代文学第一现场的洗礼，在时代文学的发展中进一步锤炼着自己的眼光。作为一个80后，她对青年人的成长，青年作家在时间中的奔跑，对时代施与自己的、要求于自己的一切，是最为敏感的。在她看来，青年的创作，青年所面临困境的生成与弥散，以及囿于其中的一代又一代人的形貌、心智、行止和去留，可以展现许多有意思的面向，对其创作的剖析可以提供不少有益的经验。在这个集子里，聂梦对王安忆、范稳、孙慧芬、汤素兰，以及张悦然、彭扬、范晓波、张洁、陈蔚文、黑鹤、陈谦等作家的创作进行的评点，很具启发性。她的评论对那些有想法有新意有冲劲的小说进行的深入剖析，对作家们如何将一场场文学想象从观念层面落实到技术层面的过程加以抽丝剥茧的揭示，给人留下深刻印象。

聂梦的可贵还在于能够将青年作家的创作放在时代之维中考察。她说："在卷帙浩繁的优秀乃至伟大的文学文本中，每位文学'新人'的呼吸，吞吐的都是时代的空气。无论举起长剑刺向风车，还是由一口蛋糕展开大段回忆，他们的举手投足，终究要收纳到时代巨大的身影里。而今，属于中国的时代正上演着巨变。奔走于其中的人们所携带的面貌、分量、色彩、范围与日俱新，与之相匹配的中国文学，也在不断地自我展开，日渐丰盛、开阔。"这个说法有着洞若观火的力量。我们正在经历着百年未有之大变局，全球化、高科技、新媒体，伴随着文化的多样，思想观念的多样，无论是多义、复杂、混沌，还是单纯、热望和一往直前，都是时代的表征，都不可能不在青年作家的创作中反映出来。聂梦在评论彭扬的《故事星球》时，更多地关注到现时代青年的精神追求，她从小说人物的现实精神、成长动力和行动的勇气入手，体察故事中传递出的节奏，感悟到青年人所特有的奔跑与急停所带来的速度感，体会她细读的不易。青年作家无形中参与着当代中国上演着的巨变，奔走于其中的任何一个人都不可能不携带应有的分量，不可能不具备不可丢弃的心灵，在她看来，"新质的形象"的核心是肯定自我价值、实现现实人生愿景的价值观。

集子里收入了两篇关于陈谦的评论。在这两篇评论里，聂梦关注更多的是作家对人类生存困境进行的思考和追问。她与作家一样，探索人们肉体和精神的困难处境，看人们的行止如何在文学语境中被言说。作家的任务是让极富弹性的概念、突如其来的真相、被命运捉弄的时刻如何自洽，如何自圆其说。而评论者则需要在文本中倾听，与人物与作者与外部世界对话。好的评论家是一个精湛的读者，经历的是消解孤独和增强自我的过程。她深入到陈谦搭建的文本里，发现源于个人内心的所有困境，揭示出世界五彩缤纷投射于人心灵的千差万别结果，探寻出故事为什么会发生的缘由。

而聂梦在《从"写"开始——论张洁》中评论上海作家张洁时，同样没有脱离其与时间、与成长的紧密关系。她指出："从写开始，她走进文学，伸出手与稚嫩的年轻的掌心相印合，将对童年、对成长、对整个生命的光影与色泽的全部体悟藏进文字里。在明净的小世界中，看万物生长，看星星透亮。"由这段富于才气的文字，聂梦开始了对一位年轻作家心灵和创作的秘密探察，指出她与现在的年月不相符合的安静，指出她的创作总有一股新鲜向上的力量，尽管在冲决中伤痕累累，终将带领我们走向开阔，走向诗意，走向阳光。一个好作家摒弃抽象，才能走向更切实的人文观照，一个好的评论者，则需要更多的体察，需要把启迪交给别人，在此处，启迪来自细读，因而不是灌输。而在评论研究90后作家的创作时，聂梦倒是认为这个群体不急于被定义，因为他们一时难以被定义，他们所秉持的开放的写作姿态，容易让观察者一时摸不准抓手，要以更为审慎的理解力量去体会，才能不拘泥于更新换代或是文学进化论层面上的新奇，这些分析是有道理的。

聂梦在评论上引人注目的另外一个方面是年度中短篇小说盘点，从2015年开始，她不间断地做了数年的中短篇小说创作回顾，至今仍在继续，我以为，这些回顾不是单纯的文本分析，而是放在时代大氛围之中对人生的体悟。"经验是生命的支撑，是个体生活中现实感的来源，是一切灵感与想象的飓风之眼"，她以《勘探文学的经验之维》为题点评2015年的中篇小说，抓住当代作家以中篇小说创作实践把握现实，与现实进行论辩方面做出的积极尝试，发现在他们笔下，现实重新恢复了弹性，让纷乱现实中的驳杂与生长，在时间的推移中展现出应有的面目。盘点 2016 年的中短篇小说时，她由尹学芸的小说，谈到无论是历史关联性还是小说的诗学传统，本雅明的重点都不在于故事本身，而在于重申"讲述"的意义与价值，很有见地。她由华兹华斯所说的观察和描绘的能力，强烈的感受能力，沉思的能力，想象和幻想的能力，判断的能力，谈到 2018 年中短篇小说创作在"共情的能力""沉思的能力"和"想象的能力"三个方面的作为，显现了她开阔的视野，由此也可以看到她细读能力的提高。做精湛的读者，不是为读而读，而是倾听，是感奋，是丰富人生，这也是文学之为文学的应有之义吧。

言有尽而意无穷的向往

——序行超的文学评论集《言有尽时》

文学评论到底是做什么的？是鉴赏，是评价，是解读，此外，还可以做什么？实际上，评论不单单关乎文字，也关乎修养、性情，好的评论如蒂博代所言，其功能"在于感觉、理解、帮助形成现在，而不是立刻进行筛选"，这使得一个从事评论的人，不可以简简单单地做轻率的决断。一个评论者应该也需要忘掉自己，表现得似乎就像所谈论的对象那样，是创作过程的一部分。才智也好，创造力、生命力也罢，总之作家艺术家的每一个独特的表现均有自身的特性和命运，连创作者都不一定清楚创造性会将自己引向何处，他们往往会对自己创作的成品表现出与别人一样的惊异——更何况作为评论家的局外人，即使再敏锐、再富于洞察力，也要承认自己的局限性，相信自己会处于"言有尽时"，不可以把所有的话都说完。

这方面，我们的古人向来极富智慧。严羽在其《沧浪诗话·诗辨》中说："盛唐诸人惟在兴趣，羚羊挂角，无迹可求。故其妙处，透彻玲珑，不可凑泊，如空中之音，相中之色，水中之月，镜中之象，言有尽而意无穷。"这就指出了创作上的节制性与有限性问题。同样，对评论者而言，或许保持一种"言有尽时"的姿态，会是一个较为明智的选择。行超的第一部评论集即将出版了，名字就叫《言有尽时》。

虽说是"言有尽时"，但阅读过全书的这些文字，你会觉出作者行超对"意无穷"的追求，她显现出很有潜力的素质，比如她有很好的言说质地，比如她有活跃的、敏捷的、生气勃勃的趣味，比如她正在以敏锐的发现的眼光穿透当代文学、当代艺术创作广袤的星空，探究着其中蕴涵的奥秘。所有这些都是安安静静读书、思考、写作之后的心得，是她虽年轻但有所追求、有所向往的积累与勃发。

作为处于成长期的青年批评者，行超的评论写作起步早，起点较高，到现在为止，有了一定数量的积累，质量上也有可以称道的进步。怀着对文学的初心，由文学专业研究生直到走向文学评论编辑、记者岗位，行超始终没有停顿过自己的研究与写作，而且议题、行文往往均很有特色。她具有一定的总体思维意识，很早就对一些较为复杂的话题进行了深入探讨，表现出可贵的把握能力，比如"边疆叙事"问题，她读研究生的时候就在《文艺研究》杂志发表了长达一万两千多字的论文，这篇题为《当代汉语写作中的"边疆神话"》的文字，把中国当代汉语文学的"边疆神话"放在世界范围内文学叙事对"西方中心"偏离的视角下考察，从重述神话、由弑父到寻父的历史叙事、探险叙事与解密冲动等诸方面，进行了极为细致的分析，最终认为："通过文学叙事所建构的'边疆神话'，无论它采用现实主义还是新神话叙事，都有意无意地包含着一种地缘政治学批判的思维。同心圆式的'中心—边缘'结构，不仅是我们疆界之外的世界结构，还是近代以来国际格局中二元对抗的'楚河汉界'模式消解的结果，也是当今各种价值观念和文明尺度，争夺'叙事'权威，以及争取想象之合法性的诉求。"表现出较强的判断力与洞察力，并且很有现实启示意义。

而在台湾文学的研究方面，她的探讨也有一定的意义。发表于《南方文坛》的《孤儿的流浪与成长——论 20 世纪中后期台湾文学的"孤儿意识"》一文，在台湾文学"找寻—质疑—出走"的发展脉络中，探索出历史放逐一代人造成的"原乡"感、"异乡"感和怀疑主义的理论，指出孤儿意识引导下，"文学台湾"更让我们亲近，台湾作家在文学叙事和想象的层面"呈现了可能被扭曲的心灵史的前因后果"，不仅如此，文学台湾的发现与理解，也是我们接近海峡两岸历史的一个通道。显现出研究与评论扎实、通达的面貌。

行超的文学评论是及物的、在场的，具有鲜活的现场性，她对文学创作现象、进展保持着可贵的细致与敏锐洞察，她对文学及文化文艺现场发生的一切总是保持着观察、吸纳、品评的好奇，无论发生过的还是正在发生的，她都会以一种求真的目光去打量、研究和分析，调动与整合自己学到的知识，努力在鉴赏、品味中进行美学上的甄别和感悟。比方，她对路内、马小淘、周嘉宁、林森小说的专论，表现出对活跃在创作一线年轻作家的极大热情，而她对从迟子建、林白到徐则臣、蔡东等一些重要作品的赏析可以看出，她能够深入到作品的肌理之中，探究文字背后的一切。她没有停留在别人现有的结论里，更不屑于在已有命名或定义中深文周纳，她热情解析作家们创作发展的突出特点，鼓励作家们发扬自信勇敢的精神，在创新中走出新路。认真的阅读，睿智的分析，感性的表达，让观察后的文字富于质感与知性，感受的真诚成为她最突出的品格。

开阔的眼界，多方面领域的评论涉及，同样是行超评论文字的一个特点，她在报社负责文学评论报道，负责少儿文艺，但在文学评论术业专攻之外，看得出她作为长期读书、观影、音乐欣赏的积极参与者，对电影、音乐、综艺等等葆有很好的鉴赏力与评论热情，她的好学不断弥补着她初出茅庐的资历，她赞赏电视剧《唐顿庄园》中那种"不仅仅是笔挺的西装、复杂的礼仪和永远一尘不染的家，而是在需要的时刻可以抛下这一切，变成一个在国家和民族利益面前舍弃自我的人"的可贵；而且，我倾向于同意她对"小清新"的一些分析，比如她在《失败者的飞翔》一文中说："在小清新所构造的那个远离世俗的乌托邦中，他们可以很容易地通过着装打扮、说话语气和性格爱好等隐秘的线索寻找到自己的同类，他们之间也许素昧平生，也许只是萍水相逢，却常常能比日常生活中的同学、同事、朋友更能让彼此感到安心，也更容易在心底里惺惺相惜。"其实关于流行文化，认真留意，是能够捕捉到其中不少有意思的趋向和特质的。除国内文艺现状和作品，对欧美、日本、中国港台文艺作品的入情入理精彩评论，均给人留下深刻印象，而这些文字慢慢丰富着她的感受能力，大大助益了她的文学批评实践，逐渐地收获了一些精彩。

评论本身有时就是记者职业的延伸，置身于文学第一现场的便利使得行超成为勤奋而有耐心的倾听者、对话者，她对包括金波、曹文轩、刘慈欣、何向阳、周梅森、葛亮等作家都进行过深入的采访，表现出她对作品研读的深入，对作家的体贴与尊重。"生活是值得的，如果生活不具有单一意义但却具有许多不同意义的话。"行超曾引用新历史主义者海登·怀特的话，表达对缤纷时代现场的向往。是的，我们生活在世上，实际上就是在与日常生活、在与世界天天进行着对话，写好与世界、与生活、与人生这篇大文章，才能做好评论。在我们《文艺报》这个集体里，阅读、评论本身就是生活的一部分，日子像溪流一样，不舍昼夜，同人的气息如同午后的阳光那样辐射在各处，令人感奋的事情每时每刻都在发生着，报社里的年轻人认真读书、默默做事情，行超在这个集体里，采访、编版、写文章，慢慢地，她的优势得到了越来越多的发挥。愿她以此为新的起点，绽放更多的精彩。

"左岸"的言说

——序李蔚超的《批评的左岸》

没去过法国，不知道左岸是个啥，百度了一下，电脑上蹦出这样的解释："左岸，通常指法国首都巴黎在塞纳河左岸的部分。巴黎人将塞纳河以北称为右岸，有许多的高级百货商店、精品店及饭店；而塞纳河以南称为左岸，这里有许多的学院及文化教育机构，在这里以年轻人居多，消费也较便宜。所谓的拉丁区即是位于左岸。"

那么，巴黎圣母院呢，左岸还是右岸？不管在哪儿吧，就在最近，16日的一把大火，将这座教堂烧得不轻，近800年的建筑变得疮痍满目，大火次日一早，翻开维克多·雨果的《巴黎圣母院》，我发现了如下一段文字：

> 它（指建筑艺术）是一个民族留下的沉淀物，是历史长河所形成的堆积物，是人类社会不断升华的结晶，总之，是多种多样的生成层。时间的每一波涛都将其冲积土堆放起来，每一种族都将其沉淀层安放在文物上面，每个人都添上一块石头。海狸是这样做的，蜜蜂是这样做的，人也是这样做的。被誉为建筑艺术伟大象征的巴比塔，就是一座蜂房。

此时，我宁愿相信，所有的人类精神创造都是在为社会"多种多样的生成层"尽着绵薄之力，在时间的河流里，这些安放与添置到底有何意义，当时谁也不清楚，但若干年之后，也许会显出非凡的意义。

如这个集子里的"现实主义冲击波"发生的时候，蔚超还没有上

250

学，写《现实主义的暧昧达成——1990年代"现实主义冲击波"小说一议》的时候，她早已经过了而立之年，但这个冲击波所包含的"时间政治的怀旧式感伤""期盼于例外状态下各个阶级之间互相支持、共克时艰的民主信念"，以及"对集体主义时代德性尊严的颂扬和留恋"，现在并非毫无意义吧。再如，与这种学院味甚重的高头讲章式的深文周纳不同的是，《新的可能：院墙之外与媒体之下》《今天，怎样讲那过去的事情给你听》《我们眼里都是"现在"》等则显现出蔚超文字的另外一面，即善于将逐步累积的"升华的结晶"以灵动的方式呈现出来的那种自信与从容。或许，这是能够穿越时间的磨蚀的。

评论总是晚于创作，在创作的发令枪早已冷却，作家们撞线许久之后，评论家才会姗姗出场。但有一种说法是，评论家的表总比别人快五分钟，评论家要比别人更勤快，保持更灵敏的嗅觉，看得更远，厚积累、实仓廪后才敢发言，这是他们避免不了的宿命。近一两年来张楚大热，此前的2016年，蔚超就在台湾的杂志《桥》上，发了《罗曼蒂克的县城、底层与孤独——论张楚的中短篇小说》。她是格外有灵气的。她对"发生在庄、镇、湾、村的小说"的深入分析，对"诗意的无所事事、孤独以及罪恶"的揭示，着实让人看出她的深刻。

而她对"西来的友人"龙仁青则表现出了格外柔软而友好的一面，在《仁青的青海，青海的仁青》一文中，蔚超说：

> 世界是由男人主宰的，男人不断训诫女人：你们是弱的、小的、依附的——这道理我早已看破，然而，看过太多巧言令色的金钱、权势、道德包裹之下的性别压迫故事后，草原这大好男儿的荷尔蒙显得清新可爱，或许，"他"的可爱正在于那神话岌岌可危的动摇和破灭感。我这城市长大学校里出来的"女学生"，难免会对草原的荷尔蒙充满"低级"的兴趣，借着谈文学的名义，常公开刺探草原小说家的"荷尔蒙往事"。某次放松警惕的龙仁青，一不小心跟大伙儿透露了第一次钻帐子的经验。"没什么的啊，我简直是逃走

的"，龙仁青答得老实，好像描述一场逃学逃课、打架打输，他显出可爱，那种草原男儿光荣而完满的神话裂开缝隙的可爱。

她的这些文字，温婉而感性，不可评说，不能转述，这种言说方式，只有在复述的过程中才能很好体会其中的温度和质地。

批评者对批评者常会抱有惺惺相惜的态度，对以"我"亲证"世界"的李德南，蔚超用了很大的篇幅去在其意义的迷宫里回环往复，她在文章里提及和引证了本雅明、海德格尔、德里达、朗西埃、巴迪欧、阿兰·巴丢、柏拉图、佩索阿，说：文学与哲学，在他们那里互相借重与"牵引"（在海德格尔阐释里尔克的意义上）。她还回溯到上世纪九十年代人文主义大讨论对"精神危机""市场""价值失衡""虚无""犬儒"等经常性的痛斥，她感叹李德南的文学批评"取自哲学中历练出的思辨与沉吟风格与对文学中人文价值的呼唤，构成了隐秘的火焰，这隐秘的火焰埋藏在李德南文学批评的字里行间，有心领会，不难求得"。正说明了她追求的高远，积累的深厚。

其实不单单是对西方文艺理论，中国古典文论、古典文学更是她所熟悉的。如她论及从《平凡的世界》到《繁花》的当代文学理路，是由刘勰借《孙子兵法》谈作文"观奇正"说起的：

> 正，是遵循雅义、追随传统，奇是新奇，过度追求则易沦为诡谲怪异。俗皆爱奇，为了取悦于读者，就连史家尚且免不了"传闻而欲伟其事，录远而欲详其迹"，何况小说家。中国传统小说最重要的特质便是"奇"，唐称传奇，《三国演义》《水浒传》《西游记》《金瓶梅》被冯梦龙称作"四大奇书"。上海作家金宇澄的《繁花》或可算一部奇书。

蔚超是个功底不错的青年评论家，她涉猎面广，善读书，能够在阅读中发现问题，十分难得的还有，她学士、硕士期间就在北大，已经打下了很好的古典文学专业底子，博士阶段转向当代文学，加之置身当代文学活跃的现场，能够使她在美学观念上更开阔、包容一些，多了一些美学精神上的圆融之气。她以《礼失求诸野，今求之小说》为题论红柯的小说《少女萨吾尔登》，用的是孔子"礼失，求诸野"的预言，红柯用小说印证之。她说："时至今日，若想在现代化通衢上狂飙突进的中国寻找传统文化，除了于故纸堆当中，道德和风俗经过千年积淀，鲜活地保存在民间的人伦日常之中。"很有些道理。古典文学和理路的底蕴，有助于她与接受的其他美学思想一道，在评论实践中发挥很好的作用，这在同龄的当代评论家中大概是不多的。

她作为女性，也是注重理论思索的。比如对当代文学与当代生活，于歧见纷呈的"生活"，她列出人们在这个话题上常有的"我的生活难道不是生活吗""生活太庞大，超越作家的想象力，现实太驳杂，我无法把握""半个世纪前的话题是不是太陈旧了？国外早就不玩这些了"等疑问，提出重启另外的文学资源、尝试新的文学工作方法和进柳青所说的"生活的学校，政治的学校和艺术的学校"，达成"合力的文学"，这些观点均极具启发意义。此外，她对文学传统文学体制的当代性与多层性，对学院派与媒体场的不同划分，对网络文学、儿童文学等问题，均在扎实阅读与深入思考的基础上，表达了很好的看法。在具体作品的评论方面，她对正在成长中的青年作家的评论，更显示了一个正在成长中的评论者的独特之见，长篇评论见功力，发表于《文艺报》等报章上的精短评论中更看出了她的锐气与才情。愿她用自己的力量，在做着雨果所说的像每个人那样"都添上一块石头"的工作中，以这个集子为新的起点，收获更多的精彩。

是为序。

艰难困苦　玉汝于成

——读刘怀宇的长篇小说《远道苍苍》

　　巴金先生有篇脍炙人口的散文《鸟的天堂》，写于他还不满 30 岁的时候。话说 1933 年 5 月底，已经名满文坛的巴金同朋友一起来到广东新会，先在西江乡村师范学校住了 3 天，随后就到新会县城近郊的天禄、天马、茶坑等乡村进行游访，后又在新会乘坐当时新宁铁路的火车，到台山住了一个晚上。在游览新会近郊的时候，写下了散文《鸟的天堂》，而巴金此行所利用的新宁铁路，正是美籍华人作家刘怀宇长篇小说《远道苍苍》主人公陈宜禧曾经建造的那条铁路。

　　清末华侨陈宜禧作为我国华侨史上一位重要人物，早已淡出了公众的视野，但却并没有被人们彻底忘记。刘怀宇的父亲刘子毅祖籍广东台山（即新宁），是位很有成就的作家和教育家，他从上世纪八十年代开始研究新宁铁路历史及陈宜禧先生生平并以文学形式加以表达，一生未曾停歇，直到病重住院依旧笔耕不辍。2015 年刘子毅去世后，旅美作家刘怀宇继承父亲的遗志，继续收集和研读大量与陈宜禧及新宁铁路有关的中英文文献，实地走访广东台山、美国加州北部金矿遗址和西雅图等地，带着父亲未竟的宏愿，接续起父亲生前的思绪，逆流而上，用小说回溯陈宜禧的人生历程，带领读者走进一代不平凡华侨人物的不平凡人生世界。

　　经过持续的深入研阅与探访，刘怀宇发现，陈宜禧在其人生后半阶段回国自筹资金建造铁路的故事固然非常感人，其实他早岁即随同族长辈一起赴美打工赚钱养家，靠自己的努力，以卓越的管理能力和骄人的工作成绩，赢得美国人信任，进而参与在美修建铁路，一路走来的奋斗史，同样可歌可泣。所以她决定扩充父亲之前书写的内容，补充陈宜禧人生前半段的故事，还原陈宜禧一生奋斗的整体风貌。她用五年的时间完成了父亲的遗愿，为我们奉献了一部讲述海外侨胞奋发有为中国故事的好文本，具有很强的感染力和独特性。

作品十分可贵地展现了中国人在特殊历史环境中人生与性格的具体性。主人公陈宜禧六岁突遭亲生父母因水灾引发大饥荒的先后亡故，只好跟着三代务农、闲暇时走街串巷卖酱油杂货的养父母勉强维持生计。他求上进、爱文化，有空就去村里的书斋旁听，学习认字和诵诗。17岁时与族人一起来到美国，饱受洋人歧视与无理挑衅，在一场突如其来的地震中他与族人失散，幸好被一位好心的美国妇人收留为用人。陈宜禧是个有心人，他在陪主人女儿给爸爸送餐的路上看到洋人如何利用水炮开发金矿，立志学好洋文、学会洋人借助机械事半功倍的本领，摆脱靠卖苦力赚钱的命运。他找一切机会学习语言、学做西餐、学西方礼仪、学用雇主家的各种机械装置，跟男主人学习工程设计、绘制图纸。小说还反映了善良的美国女主人伊丽莎白对他的思想启蒙，教育他不受家乡旧习惯束缚，懂得了法律维权的重要性。陈宜禧逐渐凭自身的悟性、勤劳和善良终于在大洋彼岸立稳脚跟，赚到了回家乡置地建房的钱，带着荣耀返乡，安顿好养父养母妻儿后再次回到美国。

在西雅图陈宜禧开始了人生新的阶段，他帮助锯木厂老板雅勒斯处理与土著人的土地纷争，靠着机智勤劳与好学成为锯木厂的华裔管工。他仔细将厂里各种运作流程和规章制度用中文记录下来，总结注意事项并加画示意图，定期带领华工学习操练，学习洋人的技术和办事严谨的态度，后成为西雅图市长的雅勒斯对陈宜禧越来越信任，让他参与当地市政建设，进而参与建设一条与美洲大陆铁道干线联通的铁路。此次铁路工程之后，陈宜禧陆续接到越来越多的劳务合同，在美参与铁路工程建设长达40年，获得了丰富的筑路经验与技术，奠定了后来回国修建铁路的基础。生活的磨炼也使他明白，除了个人、家庭和种族的生存和利益之外，更远大的理想抱负必不可少，应该为社会为他人作出更大贡献。除了铁路建设，陈宜禧还率领自己的华人劳工队参与西雅图的大规模城市重建工作，建造了街道、楼宇、有轨电车等，西雅图开通铁路后变身为美国西北部的港口重镇，陈宜禧因此不仅成为西雅图华商的领袖人物，在西雅图的洋人群体中也获得了极高声望。

从小说中我们也看到，陈宜禧有很强的维权意识，他教育自己的同胞守法经营，也勇于运用法律武器为华人争取合法权益。就在美国政府通过《排华法案》，西雅图华人受到不法洋人暴力冲击遭受损失之时，陈宜禧代表华商团体依法向当地法庭起诉索赔，在法庭上慷慨激昂地据理力争，他说："如果我遇到不幸，那是整个美国的不幸，因为那也就意味美国法制观念的彻底崩溃，你们的美国梦也彻底破灭了。我这个中国佬不走，你们美国还能够看到一点点公平的希望。如果我这个中国佬就这样离开了，你们这里就只剩下野蛮和无知。"最后，他代表的华商团体赢得胜利，获得美国政府支付的 27 万美元赔偿金。在美国的成功归功于他一直坚守的中国人传统道德准则——诚实守信、勤恳善学、不畏艰险、勇于承担责任。即使在陷入最困苦、最艰难的境地时，陈宜禧也依然保有人性的善良、正义感和坚强的内心，这是小说着力描写的。高尚的品德、灵活机变的处事方式让陈宜禧在异国他乡收获了具备同等道德水准的洋人们的友谊和帮助，使他的安身立命有了更坚实的基础。

已到花甲之年的陈宜禧于 1904 年回到江门新宁，倡议修建新宁铁路，这是他人生后期的华彩时段，小说聚焦这段人生历程，进行了浓墨重彩的描写。小说写了陈宜禧次年返回北美募集铁路建设资金的生动经历，他大声疾呼"以中国人之资本，筑中国人之铁路；以中国人之学力，建中国人之工程；以中国人之力量，创中国史之奇功"。海外华侨们无不为这个饱含家国情怀的口号所感召，纷纷捐款，很快就募集到二百多万元的资金。作品第二部由此拉开帷幕，作家善用陈宜禧女儿美琪的视角交代情节，刻画人物性格。她和阿爸在旧金山筹款，后来又回到家乡，与当地各阶层周旋，募资征地建铁路，引出很多感人故事。陈宜禧自行设计的新宁铁路立项之初就遭遇当地官僚豪绅的勒索和百般刁难，经过近两年奔波周折，铁路建设项目终于得到清朝皇帝批准。1906 年 5 月 1 日，第一期工程正式动工。既要解决工程技术上的难题，又要应对时局动荡、政府更迭频繁带来的不利影响，以及地方官僚为个人利益所作的百般阻挠。1909 年 3 月 21 日，经过三年艰难施工，新宁铁路铺设铁轨 59.3 公里，第一期工程宣告完成，蒸汽机车终于可以奔驰在家乡的原野上，让乡民们感受到时代变革和新技术带来的实惠。任何成功都伴随着考验，随着铁路工程继续按计划深入，又遇到了新难题，潭江的浩浩江水挡住了火车通往江门之路。反复权衡利弊之后，陈宜禧在香港定制了一艘长 105.57 米的铁船，开创性地让火车坐船渡江，新宁铁路成为中国第一条使用轮渡的铁路。1920 年 5 月，新宁铁路全线建成通车，由中国自行设计、建造并经营管理的最长商办民营铁路成功出现在四邑大地上，随着车轮滚滚前行，带动周边地区交通、经济、文化和市政建设全面发展，江门新宁迅速发展起来。

刘怀宇用自己潜心创作的小说，为我们讲述了一个艰难困苦、玉汝于成的动人故事，塑造了一个用自己的智慧与汗水书写大写人生的海外侨领陈宜禧的形象，小说富于光彩地刻画了他身上集中体现的中国人坚韧不拔、勤奋好学、宽厚善良的优秀品质，陈宜禧在国外长中国人志气，回到家乡能为民造福的事迹使他成为华侨万世师表。这部作品的强烈艺术感染力，得自父女两代作家殚精竭虑接续书写的深情厚意，他们像身在其中的见证者一样，用自己的心去体悟主人公的精神世界，带着自己的感情去触摸海外侨胞的心灵律动，共同成就了一部中国人的自强之书、生命之书，锻造出了属于全体中国人的瑰丽人生史诗。

《远道苍苍》是刘怀宇文学创作上的一次重大突破。她之前的创作曾结集为中短篇小说集《罗马·突围》，书写了她作为一个敏感的女性作家精神突围之旅，此次《远道苍苍》的创作的超越性，大大提升了作品的品质。作者突破了之前题材主题大多出自当代个人经历和感悟的局限，以极为宏阔的视野，书写了关乎民族自强自立的大主题，在表现海外侨胞谋求生存发展的同时，注重刻画他们努力谋求精神飞跃的艰难历程。刘怀宇带领我们重新回到遥远的过去，穿越一段尘封已久的历史，回望前辈艰难的跋涉。通过这部小说展开的历史图景和人生画卷，我们深刻认识到，我们民族的每一点进步，往往都伴随着苦难与牺牲，而唯有苦难，才玉汝于成，这些人物所展现出来的希望、悲苦、磨难与欢笑，都已经成为民族记忆的有机组成部分，我们加以记取和弘扬的最好方式就是讲好他们的故事。作品以宏大的格局、众多的人物，在还原历史真实的同时，更展现了思想之深邃，这使得作品产生了震撼人心的力量。刘怀宇还在创作这部长篇巨制时，很好地发挥了长于心理描写，以及善于刻画女性形象的优势，主要人物陈宜禧得以栩栩如生塑造之外，沐芳、秋兰、阿娇、美琪等女性形象，个个血肉丰满，形神毕现，内心世界丰富，性格鲜明，她们饱受压抑而敢于追求幸福，勇于自我牺牲而富于人性亮色，得益于作家愈益完美的艺术演绎。

生长在每一寸世俗里的崇高

　　我们每个人都是历史不自觉的见证者，在历史的河岸上行走，不自觉地参与着现实的巨变，当历史的火车呼啸而过之后，回味已久怀恋已久，而一个作家之不同寻常，在于能够在静观时间流逝之后，用自己的笔打捞出岁月所沉淀的人的情感律动，为时代留下独特的记忆。车弓的《太阳正在升起》正是一部为大时代留下独特的记忆的小说，作品全景式书写当代农民掌握自己命运的心路历程，深度阐释社会世情与民心，作品以我们国家半个多世纪的农村变革作为主要内容，深度反映沿海农民伴随着时代的进步，讴歌大时代的人们在精神上的成长，歌颂他们生长在每一寸世俗里的崇高，有着很强的感染力。

　　中国农村的生活历来是作家所钟爱的领域，车弓对农村生活有着敏锐的观察，他最大的优势是目睹了上世纪六十年代以来的所有社会大变革，三十多年的新闻文化工作经历，使他有机会深入到社会最基层那里，与几百位农民、基层干部和民营企业家密切交往。深入的采访，个人的体验，他人的诉说，让作家能够鲜活地反映改革开放中沿海农民向着"自我解放"道路上迅跑的心态与姿态。

　　从文本上看，作品以笨笨的"我"、单思明、戚常锁、黄鸿年、陈国梁、戚志潮、菲菲、戚大猛、洪长生、戚长庚、于燕、黄志明和高晓敏十三个人，以及一个没标明的军嫂之口，以十四位"当事者"多视角、多语境、交叉式地展开人物命运，将浙江沿海山区某县天街镇十五呇村办厂致富的历史演变呈现了出来。这种写法的好处是避免了作者主观叙事全知全能的局限性，以众声喧哗的客观性叙事，有效地还原历史事实，为读者"抓拍"或"剪影"一般地留下了中国改革开放中"小人物"的史实性原貌，文本产生的是一种非虚构似真性的效果，更可信更让人感同身受。

作品的人物形象塑造得很鲜明，人物性格通过叙事，在故事中自然而然地凸显了出来。比如从知青逐渐走向基层政权的核心人物单思明，他到十五盆村当知青插队六年，与老队长洪根土有特殊交情，吃住在他家，看到了基层农民如何在生存线上挣扎，如何死里逃生、斗婚、讨债、集体办厂，他见证了本土农民的集体发展，见证了农民资本如何完成原始积累的全过程。秀才戚志潮则是乡贤和农民精英人物的代表，他作为老支书戚双连的干儿子，是憨佬集团的智囊与核心人物，从办小厂到打开马山局面，策划星星草品牌集团战略，与郑陆联合办企业，实施"蟒蛇吞大象"计划，谋求向内地贵州发展，推动农副产品网络流通革命，是一个巧于算计、运筹帷幄的精明的典型人物。而最早离村出走的戚长庚是一个勇于开拓自己事业的典型，他在内蒙古开矿，引进海外资本海外资金，显现了很强的魄力。洪长生是具有全新思想的人，他思考的不再是传统农业如何在产业革命中转型成为工业集团，而是农产品（蔬菜）如何产业化，种植产业如何集团化、机械化和信息化，通过这个人物形象，作家探索了新农业道路发展的现实性与可能性。

作品具有宏大的历史视野，写作凝结了作家对历史现实的深入思考——在改革开放四十年过程中，在同样的政策、同样的资源，甚至在同样的人文环境中，沿海农民拥有更多潜在的"抗争"精神，他们更能开拓，更不甘向命运屈服。作品同样为党和国家的政策推动提供了一个生动的样本，小说所反映的农村改革发展的跨越，形象地表明了党的政策的威力。特别是习近平总书记在浙江工作时，积极推进农业产业化、农村城镇化、农民非农化，推进物质文明与精神文明"两个轮子"一起转、"千村示范万村整治"等一系列统筹城乡发展工程，对从根本上解决城乡"二元体制"和"三农"问题的思考和实践探索，直接推动了浙江省强农惠农政策体系、城乡一体化制度框架的构建与完善，对浙江农村农业的发展起到了决定性作用，使浙江省城乡发展一体化走到了前列，这些在作品中化为了具体的乡村实践，反映到人的思想观念变革上了。作家反映出，在党的政策指引下，那些"抬头"开始富起来的农村兄弟姐妹，如何在"烈火中炙烤三遍，又在海水里浸泡三次"，凭着自己的头脑与干劲，"走遍千山万水，叩响千家万户，说尽千言万语"，梦想不变、精神不死，在创业过程中，勇立潮头，敢作敢为，彻底改变了乡村的落后面貌，这恰恰是我们这个时代应该大力提倡、发扬光大的。

作品对现实勇于反思的精神也很值得赞赏。作家发现，改革开放成功的欢欣留给这个时代的，不仅仅是社会大变革中农民们转型的喜悦，也有诸多创伤与问题。现代工业文明对传统农耕文明造成冲击，财富之门打开时世弊流俗泛滥，本性善良的人们向着精神贫瘠的方向跑去，遍地奢华掩不住人们心灵的空虚，在社会转型上升的时期，当代农民不可避免地出现了精神上的失守，城市里的雾霾如同世弊流俗产生的精神雾霾一样，开始萦绕在人们心头，成为新的挥之不去的弊端。作者不无痛心地指出，"新新时代中机器人与人类残酷地博弈又相互依存，侵蚀着我们这个民族日益衰竭的生存智慧，使我们每天快乐地沉沦却无法忧伤。我们总是自以为是自作聪明，步履匆匆不遗余力地向着奢华行进，总是走得太急太快而无法停下来想一想，我们究竟来自何处去向何方？其实这个民族并不缺乏智慧，只是习惯比肩奢华，缺乏华佗已逝而没有挖肉疗疮的决心"。在贫穷落后的时候，人们"贫却清明、人心守拙"，现在富裕了，则出现了"肉体膨胀前行，灵魂萎缩倒退"的情况，与此同时，农村承载着乡绅文化的传统村落大量消失，现代化排污企业摩肩接踵，直接导致了森林毁损、天空雾霾、水流严重污染，不单耕地面积在缩小，"厌农"或"毁农"的思想在人们内心深处不同程度地存在。作为一个作家，是应该超凡脱俗的，不能思想平庸，对丑恶不能姑息纵容，必须以超常的眼光，研究社会分析现实，无情鞭挞流行于世的肮脏和罪恶，唤醒人们心中的"良知"，提醒人们反思现实，进而采取措施"自我疗救"，弯弓以自己的作品做到了这一点。

太阳是这部作品一个非常重要的意象，"在一切行将过去，太阳重新升起时我们就会发现：天空是多么美好啊！虽然这种美好常常伴有雾霾，有我们不可理解的世纪阵风的悸动和俗世浮云的困扰；然而太阳继续升起，明晃晃的阳光普照世界每个角落。许多看似强盛实质腐朽的东西，都在阳光越来越炽烈的照耀下，原形毕露，尽显本质。"作品开宗明义，旗帜鲜明地表明，光明必定战胜黑暗，"太阳升起时，有许多旧的龌龊的东西要消亡，许多新的陌生的东西在生长"。在太阳之下，勤劳而坚韧的农民如牛一样劳作，在太阳底下，农民成功创造着现代化企业，太阳既是日常所见的自然界实实在在存在的事物，又是一种象征着希望与力量的特殊事物，在文本里有结构和连贯的作用，同时，改革开放如同一次真正的"太阳升起"，冲决着一切旧的观念和思维方式，让生产力得到极大释放，使多数人受益，在小说文本里，太阳升起是意象，是新的话语方式，是社会生活进步的一个生动具体的象征，产生了点亮整个文本的作用。

人的一切都应该是美的

——序顾拜妮《我一生的风景》

写下这个题目，是寄希望从年轻人的作品中看到更多的美，我想，由顾拜妮的小说，我看到了，因此是有所收获的。

人的一切都应该是美的，对年轻人来说，美的一切才刚刚开始，无论是文字的美，还是思想的美，必将与时间一同，永远存在下去。

美是年轻人的专属。顾拜妮是个爱美好文字的年轻人。年轻人爱美有自己的视角，有自己的方式，能够一眼望到最美最动心的地方——他们享受时间之美，观赏所处大千世界之美，以及一切生活里的绚烂灵动之美。况且，我发现，时间在顾拜妮那里，还不是一个被流逝的存在，而是一个可以在其中不停欢乐嬉戏、不停流连忘返的美的河流。

一个年轻人眼里的世界，应该不同于儿童和年长者的世界。在孩童那里，一切美该是模糊、懵懂、奇幻的吧，他们看到的一切有着特殊的图案、特殊的节奏、特殊的光亮，而年长者们眼里的世界则可能是刺眼的，是蒙上了一层层灰尘的美，很可能还是不如从前图景的美。而年轻人眼里世界的美则有一种喧闹感，也该是明媚的。由明媚的阳光、明媚的气氛，以及明媚的青春底色构成的无尽的美。不过，这种明媚之美，尚不能完全掩盖青春期正在经历的那些苦涩、彷徨和苦闷。在属于身体、心理的那个特定转型期里，顾拜妮和所有曾经青春期的孩子一样，有过波折、烦恼和苦痛，她把这短短的一切里蕴藏的美，经过观察、提炼、书写出来，呈现在大家面前。重要的是，我们不难发现，她的眼睛是诚实的，"我手写我心"，去除了习见的伪饰，这本身同样是很可贵的。

不过，"我手写我心"并非轻而易举。我们看到，顾拜妮所具有的创作的功力的长处与短处，几乎可以一目了然，是属于她那个年龄的优长及不足，也只和她的经历、率性和思考能力有关。她在写作上的进步要归于她自己一步步消耗和增大的年龄，而年龄在青春飞扬的岁月里不单纯是一个个数字的延续，而是在不断加厚的、变化着的人生之美。经由她的文字，我们看到一个个富于成长特色的关键词：求学、青春、懵懂、反叛甚至迷茫。显现在她文字里的，是以巨大的异质感展现在青春女性眼里的那个世界，需要她去认知的，则是应接不暇的变化、不断膨胀的陌生等等。伴随她成长的，恰恰是那需要及时加以安顿的疑惑、不满足，而另类的、不协调的美，恰恰适于文学表达。

青春书写中同样会密布不统一、不安分，这是顾拜妮作品的重要底色。我们的判断无法离开叙述者所代表的一切，既然通过作者笔下那些人物的视线看世界，不自觉地会被其态度所牵引，无论我们决定将如何认识叙述者所写的东西，如何将作者笔下的一切世相分类，还是要依靠叙述者做出的肯定或否定。顾拜妮的书写，有情绪的激扬，有感性的突围，她将初涉写作时必然外溢的种种迹象——好奇、躁动、天真，都表露无遗了。她想把自己的心掏出来，亮给这个世界，生怕自己的文字不能及物、不能尽意。甚至一切不成熟的想法，哪怕是粗糙的感觉和幼稚的思想，她也不做隐藏。

当然，这倒不意味着率性的文字就是随意的，缺乏对现实认识能力的支撑。不是的，现实投射于这个年轻女性的，不单有她经历过往之后的心灵印记，更有流淌其中的情感律动。那淡淡的感伤，那了然于心的痛楚，都具有自身的意义。比如，我发现她在《奇怪的人》这篇小说里有这样一段话："这时，我有了一种人生如梦的感觉，想起马媛媛。有一天，她对我说，我发现我们做的很多事情都没什么意思，人不应该只为了这些看得见的桌椅板凳而存在，还应该为了那些看不见的东西活着，不是吗？太阳照在马媛媛的脸上，眼睛比任何时候都更明亮，她微笑地看着我，我发誓那一刻她像个天使。"

"那些看不见的东西"，我想，应该是心灵的波动之美，是暗流，是主观对世界认知或拒斥之后的清醒，是对一些价值观认同或排斥之后的重新认知。难道，这些不比"看得见的桌椅板凳"更重要吗？青春写作大多与故乡、亲人、同学有关。想迫不及待地离开家乡，而且希望离得越远越好，大概是青春期的一个典型征候，但这并不意味着可以忘却家乡赐予的一切。我们看到，当顾拜妮坐上离乡的火车时，心里涌起的感受异常复杂，那些看不见的东西，可能恰恰是美的雏形。

在一篇题为《被忽视与被忘却的》的创作谈里，顾拜妮说过："第一次觉得离开家不再让我感到兴奋，未来和远方也没有那么迷人，而窗外那些千篇一律的山脉，不再是乏善可陈。这种感受让我觉得新鲜和惶恐，甚至有点伤感。在这列乘坐过无数次的火车上，往事逐渐变得清晰，我知道这条路未来我还会走很多遍。"是的，每个写作者都不可避免地触及往事，不管有多年轻，不管愿意不愿意，我们每个人注定生活于往事的河流之中，一切的记忆终将成为最好的素材，而更多的"看不见的东西"，很有可能是最美的。

美在现实性颇强的《我一生的风景》里，表现为她对现实存在的逐步首肯。我好奇顾拜妮何以为这部作品起了这样一个老气横秋的题目。因为，她的"一生"，目前还只是一个微不足道的开头啊。但她似乎已经有了对生活、对人生、乃至对未来的小小的把握。她强调过，人生或许就是一个不停被打断的过程，诸多的"打断"，其实能给写作带来更多的可能，之后再通往下一个可能。她对现实的观察研究，她之走进人的心灵的努力，都是对现实之美的叩问。"那些生活在我身边的人，他们的内心深处回荡着怎样的声音，他们如何看待自己的人生。现实中的他们不会想这些，而我感兴趣的，正是这些被忽视与被忘却的内心世界。"而这里的"内心世界"，不正是可以投射现实之美的所在吗？

而且，顾拜妮的作品还试图通过人物的眼睛看向更远处，看见自己以外的人，她经由一部作品，踏入生活的深处，"一层层拨开自我的迷雾，去触摸那个更真实广阔的世界以及他人"。生活使她比过去任何时候都清楚，"自己与一些人的生命紧紧相连，与身后的这片土地紧紧相连"。这种对生活的珍视，对渐次到来的与别人生活息息相关的认识，是成长的隐秘的关键，同时也是对内心一次丰富的正视。"离开陈旧起初是一种喜悦，却渐渐呈现更多东西，这纷杂的感受中包含着责任和爱，以及自我发现后的触目惊心和内疚。"这是否说明她已经走出了"不想长大联盟"的怪圈，开始走向更为精彩的别处呢？

"人的一切都应该是美的——面容、衣裳、心灵、思想"，哦，想起来了，这话是契诃夫说的。任何形式的文学创作，都是带来美、提高美的活动，创作的目的在于升华审美体验，越年轻，越有审美的渴望，越有能力去陶冶灵魂，给人以更纯粹的美的氛围、美的享受。愿顾拜妮在寻找美、创造美的道路上，脚步永不停歇。

是为序。

2021 年 8 月 8 日，北京西坝河

血色残阳中的草原

——读王怀宇长篇小说《血色草原》

写草原故事，以及写故乡往事的作品并不少，但像王怀宇的长篇小说《血色草原》那样，写得丰厚饱满、引人入胜的不多见。这部作品的三分之二是故乡和草原往事，是草原上的家族史诗，但后三分之一，小说的故事之马离开了之前尽情驰骋的那块草原，把我们带到了城市。王家的人几乎全家族逃出草原，来到城市生活，昔日草原上的人们于是在城市里摸爬滚打，他们所经历的嬗变和挣扎，比之前经历的，更耐人寻味，小说把这两部分有机融合起来，看似矛盾实则统一，统一于一个悲悼型主题的诠释。

初读的时候，我以为这部小说应该叫《血性草原》，那么多富于血性的人，那么多富于血性的事，人们靠着自己在草原上摔打出来的本事，靠着自己的崇高感、道德感和对尊严的坚守，痛快淋漓、尽展血性地生活。但看到最后，我认为还是叫《血色草原》好，因为小说恰似一首令人回味的挽歌，包含着对过去时代深深的怀念和经历人生挣扎之后的幻灭。本来在草原上经历了美好的人们，来到城市之后人生理想破灭、原有价值观破灭。就是说，草原的美好与尊严，被垂死的、没落的东西所笼罩，像是夕阳西下时的景观，一片残阳如血，不单草原的血性慢慢在消逝，似乎人的血性也在泯灭……

《血色草原》那个非常固定的视角"我"，统摄着作品的叙事，他也就是主人公王龙飞。这个几乎气壮山河的名字，仅次于被寄托了光宗耀祖希望的他父亲的名字——王耀祖。可见，父子身上当初都被寄予着巨大希望。似乎是说，王氏家族将来要在草原上活得舒坦，就得耀祖，耀不了祖，能像龙一样飞起来也行。但事实上，父子两个人都

267

功败垂成。王耀祖没有耀祖，王龙飞也没有飞起来，而且受父辈牵连逃到城市后一落千丈，只得像条虫子般苟且偷生。

王怀宇的《血色草原》简单地说，是写了一个由盛到衰的人生故事。草原文明和城市文明作为一个对照的存在，被赋予完全不同的格局，给人完全不同的人生体验。草原那种富于血性的生活令人向往，那里的人们是靠自己的力量，靠自己的智慧，靠公平的竞争，赢得在草原上的一切，站立在草原上的，像老姑舍自己的命去救大侄子王龙飞那样的事情并不少见。小说里的人们把自己对动物的感情，对四季和草情的了解等生活本领，传给自己的子女，连同多少年在公正公平状态下形成的一切秩序，以及道德感和尊严感，多少年来，在草原上原本都可以得到很好的传承。

但后来，一切都不同了。似乎"城市时代"，让一切发生变化。在城市里，排在第一位的是金钱，金钱具有推动一切的魔力；排在第二位的，则是抛开任何道德感和廉耻的胡作非为，王龙飞目睹了各种形式的小人得志，以及各种尊严的无法维护，道德的无力救赎。昔日舍身忘我的老姑看不起病，王家父子无力救助，只好颜面丧尽地让老姑打道回府。"道德榜样"得不到拯救，只能等死的下场，很富于隐喻意义。

王龙飞在城市里是个失意者和伤心者，到城市后经历和目睹了考古所长让他抄稿子，身边的处长抢了他的恋人，没取得任何意义上的人生成功。最让他感到可悲和难受的是，如今的草原再也不是原来那个富于血性的草原了，狼也不是有血性的狼了，像是连家都不好好看的看家狗，直接沦为一种又懦弱又无耻的东西。当初那个生气勃勃的王龙飞，在理想一步一步幻灭之后，面对灰色现实，内心伤痕累累，异常苦涩复杂。

《血色草原》前34章的写法有点散文化，不追求故事的曲折性连续性，像屠格涅夫的《猎人笔记》一样，一段一段似均可独立成章，却又自成江湖，自有韵味，文字既是克制的，又是奔放的，既有法度，又酣畅淋漓。文本显现出王怀宇对草原生活的熟悉，那些动物，尤其是狼、牛、羊、马，甚至雀、公鸡、狐狸、兔子，在他笔下重新获得了生命，都写得非常到位，让人叹为观止。而从35章到42章，小说快速推进。此时，城市里已经找不到草原上那种可以浪漫、可以舒展的诗意，情怀更无法安放，作者只能以迅速的动作推进并结束自己的故事。作品对草原牧歌般生活的回味、咏叹，以及对现实深刻的思考与批判，形成强烈对比，显现出巨大的力量。

主人公王龙飞无奈委身于父亲王耀祖的药业集团后，跟着一起回到远离家乡的另一片草原，这里草原的衰败同样触目惊心。王龙飞此时仍怀着堂吉诃德一样的心思，要骑上一匹红色骏马，奔驰在苍茫无际的塔头滩上，想一展自己的抱负，我们却很怀疑他能做点什么，这就非常深刻了。

《血色草原》中一个非常刺眼的概念，就是"弱民"。在草原上，弱民指的是那些不守规矩、没有力气、缺乏智慧、总想投机取巧的人。他父亲王耀祖"下夹子"打狼，老叔玷污待嫁的姑娘，就是草原上弱民的典型作为。草原上的规矩是远离这些人，弱民自己也能自我检讨，做了这些弱民才能做出来的事就要选择离开。但城市里的所谓弱民，则是像王龙飞这样，虽然上了大学，但满腔抱负无法实现的人。在人们以金钱和非道德衡量成败的地方，他没有施展抱负的余地，只能过一种孱弱的、苟且的生活。

作家把自己的生命投入进去，将过往所有的知识储备和记忆深处吸纳到的东西投入进去，所创作的作品才有可能成功。那《血色草原》就是这样一部成功的作品，它是一部岁月之书，作家成长之书，是对草原所吟唱的深情挽歌，以其饱满的笔力，对未来人们如何改进当下的城市文明、草原文明到底应该如何发展等发出了令人警醒的诘问。

时代是为在场的写作者准备的

——上海《生活周刊》访谈《文艺报》总编辑、作家梁鸿鹰

1. 梁总好，你是内蒙古磴口县人。我查了一下地图，黄河朝北绕了一下，像是故意要经过你们磴口似的。你帮我们介绍一下这块土地好吗？

答：这是一块我非常热爱的土地，这里有黄河流经，平原可耕地不少，建设了很完善的水利工程，"黄河唯富一套"说的这个"套"就包括我们家乡这块地方，这里移民多，河北、山东、山西、宁夏、陕西、东北的人都有，上山下乡，兵团农垦，支教等，也集中了很多知识分子、知识青年。这里同时又有大片的沙漠，盐碱地多，风沙大。气候不算好，冬天特别冷，春秋风沙肆虐，这些我童年时代不觉得怎么样，长大之后觉得受不了，认为是一块让人又爱又烦的地方，恨不能早日离开。

2. 你的大名中有一个"鹰"字，你的老家鹰是不是很多？你能说说你对鹰的理解吗？这个名字是父母大人取的吧，对你有什么潜移默化的影响没有？

答：我原名梁红鹰，好像是在研究生快毕业的时候将"红"改为"鸿"，似乎想增强名字里的阳刚之气。我的名字是父母起的，据说得自革命历史题材电影《红鹰》，电影讲的是1935年红军路过甘肃甘南藏区白河草原时的故事，一位与队伍失去联系的红军女医生林华在藏区找部队期间，机智勇敢，帮助当地牧民反抗蒋介石反动派和马匪帮的欺凌压迫，最后又回到了部队。网上查了一下，这部彩色故事影片是八一电影制片厂1960年拍摄的，王少岩执导，谭家谚、杜继文等

主演，想必当时影响不小，否则父母怎么会情有独钟呢？我妹妹名叫"红霞"，直接取自革命历史题材歌剧《红霞》。由此可见，我父母对文艺确实很热爱。老鹰在我们那个地方有，但谈不上普遍，因为我们那个地方并没有大片的草原，也没有高山悬崖峭壁，而在我的主观印象中，鹰总是翱翔在草原之上，栖息于悬崖峭壁，没有例外。对鹰，心目中只有抽象的概念，是因为缺乏和鹰直接打交道的经历。我一直不喜欢自己的名字，因为发音太像女孩的名字。大学期间我的一位好朋友经常抱怨说，他从来不好意思在大庭广众下喊我的名字，怕别人误以为他在叫女孩的名字。大学时代同学们都叫我"老梁"，因我内向，显得比较"老成"。

3. 我查了一下资料，碛口日常生活中使用最多的语言为晋语，你现在还会说这种地方方言吗？这种方言有没有出现在你的文学作品中？

答：我倒不认为碛口日常生活中使用最多的是山西话。我们那个地方的方言，无论发音还是词汇，都比较接近陕西榆林，或陕北一带的人说的话。和与我们一河之隔的鄂尔多斯一样，口音与陕北人更相像。小时候形成的口音，我当然不会忘，这是我真正的"母语"，哪能忘记呢？一张嘴就能说出来，虽然土，但也是家乡所赐，像自己的容颜一样，无法摆脱。我很少把方言用在作品中，如果使用，那也是偶尔使用个别词汇。

4. 每个人都有不同的离开的方式，你是因为上学才离开故乡的吧？如今碛口还有哪些让你念念不忘的人物和记忆？

答：应该说，家乡、故乡，是在长大之后被离开的地方，在那个地方生活一辈子就不叫家乡或故乡了。我是因为上大学才离开了故乡。事实上，离开故乡，到大城市，具体说是到北京工作和生活，是我从小就有的梦想，也是我唯一的、最大的梦想。我为此目标而持续努力，做到了矢志不渝。如今碛口已经没有亲人在那里生活了，只有一些为数不多的中小学同学、老师。我念念不忘的人，大多都离开了

271

磴口，他们有的是我父母的朋友，有的是我的亲人们。但对家乡的记忆是永远的，书店、邮局、"小游园"（街心花园）、"西副食"门市部、县医院、三完小、一中、红旗电影院，围绕这些地方的记忆，我是永远不会忘记的。

5. 你是什么时候真正定居北京的？你记得第一次进北京是什么感觉吗？你最近一天在北京的经历又是什么感觉？你感觉有哪些变化的和不变的地方？

答：我是 1990 年真正定居北京的。第一次进北京非常自豪、非常兴奋。那是 1980 年夏天，高考失利后，为了让我散心，我大姑给了 100 块钱，让我在北京美美地玩了二十多天才恋恋不舍地离开。当时主要住我二姑家，她在科学院遗传研究所工作，住北沙滩附近，当时很荒凉偏远，有时候也去四叔所在的新华社住几天。我发现自己能很快融入到北京的生活节奏之中去，普通话学得快，说得流利，几块钱买一张月票，拿一张地图就能坐车找到旅游点，应付旅游很轻松。我最羡慕北京人的说话和他们的打扮，觉得有一种很难模仿、让人羡慕得心痛的"洋气"，外地人眼中的所谓北京人的傲气，我当时体会并不深。这些年来，北京真的是发生了令人吃惊的变化，更漂亮、更洋气、更富于朝气了，大型的购物中心，漂亮的吃饭的地方，包括北京居民多样的穿着，与其他各个地方一起发生变化。但北海、景山、天安门、颐和园这些老景点，好像变化并不大，大型书店有所增加，遗憾的是街头小书摊完全消失，个性化书店越来越少，像国营新华书店、邮局那样呈现全面衰落的态势，报刊亭也越来越少。

6. 这是一个大移民时代，有一个群体叫"北漂"。但是你们这一代人，学生时代以后，几乎整个人生都在北京，现在有没有"漂"的感觉？作为一个文化名家，你怎么看待北京这片土地？你文学的故乡在内蒙古还是在北京？

答：因为到北京一开始就进了体制内单位工作，倒是没有多少

"漂"的感觉。九十年代初到北京那几年，收入少，住房困难，交通不便，感到生存压力大，但生活毕竟一步步好起来了。我们对北京越来越喜欢。北京是包容、吸纳和成就之地，同样是奖勤罚懒的地方，住在北京的人来自五湖四海，应该珍惜在北京的生活，北京这片土地我不能辜负。我始终认为我的文学故乡是自己的经历，是我经历过和经验过的所有事情，而不是某一个特定的地方，我上大学、读研究生和工作之后的事情大多还没有写，还不能武断地说自己的文学故乡是内蒙古还是北京。

7.《当代》2020 年第 4 期，刊发了你的散文《1978 年日记所见》，你在当年的日记里写道："高考像是亮在前面的一盏灯，发着光，指着路……"那时候国家刚刚恢复高考，从而改变了许多年轻人的命运。你给我们讲讲你当时的想法和高考经历吧。现在回过头来看看，假设没有遇到这么好的时代，你估计自己会过一种什么样的生活？

答：我参加过三次高考。第一次是在 1979 年的"试考"，当时高中还没有毕业，考的是理科，纯属起哄，但语文和英语的成绩很不错，对我是极大的鼓舞。第二次是 1980 年高中毕业后的正式高考，同样是理科，我恰好进入了青春期，心浮气躁，精力难以集中，考时很不在状态，差 5 分未达分数线，这个结果是在我意料之中的。1981 年夏天我第三次参加高考，是在陕坝镇，读奋斗中学的补习班，在我大姑家住了一年。我由理科改为文科，对政治、史地、语文、英语几科很有信心，被别人视为畏途的写作文，在我看来根本就不算是个事儿。英语掌握得也很好，能看得懂英语读物，口语也不错，让大家羡慕。但数学依然是弱项。我的想法就是一定要考上，这是命运眷顾我的唯一一次机会，我不能失去，也不可能失去了。但我报志愿的时候，第一志愿还是不敢选择区外的学校，而是选择了区内最好的学校——内蒙古大学，当时少数民族地区的唯一一全国重点高校。其实我这个分数可以被北京对外经贸学院之类的学校录取。所有院校我都是中文系和外文系同时报的，我的英语口语考试成绩很好，好像是满分。不过

273

我最后还是选了中文系（即汉语言文学系）。假如没有被高考所眷顾，我可能至今还生活在内蒙古西部那座小小的城市里，像我父亲所经历的那样，为了得到内心的宁静，成天与人们在酒桌上周旋，永远急于抱团取暖，永远担心没有朋友，把所有的希望都寄托在"圈子"上，而且慢慢地，在随波逐流之中快速衰老，自己会早早地讨厌自己。

8. 你在内蒙古大学上的是汉语言文学系，毕业后留校任教两年，又考取了南开大学的研究生，你真正的文学创作是从大学起步的吗？你还记得自己发表的第一篇文章吗？你现在怎么评价那个时期的作品？

答：我被中文系（汉语言文学系）的教育体系严重误导，没有认真反思选择的路径，更没有在创作与研究之间"左顾右盼"，及时加以纠正。有次我的二叔问我，你学中文不就是为了写东西吗？我居然说是为了研究和教学。他的诘问没有引起我的足够重视，我在相当长的一段时间里认为，学中文的使命就是搞文学研究，过教书与治学并行的生活，而不是成为作家。所以，大学和研究生时代都没有搞创作，而是专注阅读和研究，尤其是对外国名著，读得如饥似渴，读完就写研究文字，大学二三年级的时候还做过托尔斯泰研究的报告会，校园里的诗社、文学专刊等的活动则没有参与。研究生阶段遇上了翻译潮，我读了大量的英语名著，南开大学的图书馆收藏着大量周仲铮女士捐赠的英文小说，我借来读了不少，生吞活剥，尝试着英译汉，陆陆续续积累了一些，毕业后陆续出版。记得是1990年我在《中国电影报》发了一篇影评吧，谈的是英国导演大卫·里恩，当时的《中国电影报》还是大报，影响不小。

9. 你在《1978年日记所见》里还提到了卢新华的短篇小说《伤痕》和刘心武的短篇小说《班主任》。请问一下，这些小说你最早是什么时候读到的？你当时和现在的阅读心情分别是什么？

答：就是这些小说发表的时候读到的，当时这些作品真的家喻户晓，是一时的街谈巷议，文学刊物、广播、报纸在当时的影响都非比寻常，都盯着出来的好作品。当时阅读完这两部作品的时候，我还不能透彻理解作品的所有内容，只是感到了一种抑郁与悲伤。在家乡那个地方，《伤痕》《班主任》所描写的具体情境对我们来说稍显陌生，至少我本人没有遭遇过，但作品的思想内涵和艺术感染力，具有很强的说服力，促使我和全社会一起去思考，一起成长，那种义愤和共鸣可以呼应。

10. 这两篇小说有着强烈的时代性，很多文学作品所描述的生活，如今年青一代读者都是陌生的，你觉得文学作品的时代性与艺术性之间的关系是什么？能够令文学作品的艺术价值不会随着时代的变化而丧失的东西是什么？

答：这两篇小说有着批"四人帮"的特定时代印记，但作品揭示的内容是新鲜的，写的不少场景是个性化的，又关涉到青年人和学生群体，是作者人生经历和体验的反映。尽管作品对每个读者来说，具体历史情境是不可重复的，但作品描写的人生况味，人的命运、情感和内心活动，却有着强烈的感染力。文学的时代性与艺术性的关系很奇妙，应景的作品迟早会成为过眼云烟，那些对时代氛围、人的命运和情感进行真实描写的，则可能流传后世，使作品有幸成为经典。

11. 你的散文集《岁月的颗粒》中也有日记，你是怎么把日记转化为散文的？

答：日记只是为了引起这部作品所涉及的话题，更重要的是我所补记的那些，利用这种形式，勾连起我对中学生活的回忆，以及那个时代的具体氛围和人们的行为方式。当时的点点滴滴如在目前，所有的事情似乎一点都不遥远，把日记进行了散文式还原之后，与那个时代相联系的场景，便会更生动、更具体。我认为，任何时代都是为后世有心的写作者准备的，无论采取何种文体，时代的烟云，终究会进入文学，从这个意义上说，写作的后人是幸运的。

12. 我看到书名就特别有感觉，立即下了单。"岁月的颗粒"似乎不是尘埃，好像是某种结晶体，你能结合相关内容，解读一下它代表着什么吗？

答：本来这个散文集的题目叫《唯有岁月不可辜负》，有位朋友说书名太长太主观，于是就有了现在这个书名。颗粒可以说是结晶体，可以视为珍珠，是人在时间流动的过程中，必定会积淀出的那些东西。我在《上海文学》开设的栏目《万象有痕》，也是强调人对事象的记忆、回味，以及事后的记录。凡是记忆和被记录下来的，都会产生意想不到的意义。回忆之所以具有特殊意义，在于每一个自我都是一个独特的世界，回忆既属于自己，也属于世界。

13. 你这本新作不是简单意义上的对往事的回忆，总感觉有着某种穿透力。正是有了这种力，过去和现在才是相通的，这是你超越了别人也超越了自己的地方。你创作这本书有什么特别的想法和幕后故事吗？你觉得这种力量或者说是超越，具体体现在哪里？

答：人到一定年龄必定会产生对过往岁月回望的念头，过了五十岁，我的这种冲动特别强烈，一动笔写东西，想到的首先是过去的岁月、故乡、亲人，但我又不想像许多人做过的那样，从头道来，平铺直叙，由自己出生，一直写到求学、工作、结婚生子，按照时间的"真实"的轨迹亦步亦趋写下来，而是想有些特色，找到自己所追求的语调。既有历时的，又有一定主题。在人称的使用上，我也想有所变化，你、我、他，都用了。我想，唯有以风格化的方式去写作，有一些卓异之处，文本才能穿透时间。所谓超越，一是超越同类的散文写作，再是超越自己，不是重复自我，当自己觉得有路径依赖的迹象之后，我就不想往下写了，放一放，思考一下，再去写，或许会更好一些。

14. "时代是为在场的写作者准备的"，"人在时间流动的过程中必定会积淀出不少东西"，关于时间对于写作的意义，你的理解很深刻。

那么，你能不能说说，写作对于时间的意义在哪里？

答：准确地说，应该是：任何时代都是为在场有心的写作者准备的，你的写作如果不是"有心的"，那写再多也没用。对这两句话，我想引用一段《岁月的颗粒》自序中的话来说明一下自己的理解：时间像个奔跑不停的运动员，前面没有终点，时间度量、锻造与成就一切，我们成为一切时间的创造者。人永远享受时间，所有活动都在时间中进行，每个人都化为时间的结果，被时间框限、规定，无论你满足与否。时间来了，又匆匆离去，我们在时间里生老病死，呼吸、创造、遗失、等待、撒谎、犹疑、痛苦、欢乐，有所期待，有所成就，更有所失落。"况阳春召我以烟景，大块假我以文章"，人知道自己终究会结束自己的时间，或是说在时间里结束，不会不产生深深的忧虑乃至恐惧。因此，为抚慰，为释放，为炫耀，便想给自己留下一些痕迹。写作，不少时候可以分散对这份忧虑或恐惧的注意力，在想象世界，在文字构筑的空间里，我们暂且放心，能更轻松地面对生活。

15. 你以前都是以评论家的身份被广为熟知的，出版有评论集《守望文学的天空》《文学：向着无尽的可能》《向道与叩问》《写作的理由》……现在文学非常不景气，评论的写作获得感似乎更少，比其他文本的写作更煎熬，你能不能说说我们还在坚持写作的理由或者说是动力应该是什么？

答：就我个人而言，之所以坚持写作，一是因为热爱，喜欢将文字反复进行不同的组合，这样做所带来的快意，构成对我的最大诱惑。我喜欢观察世界，品味所看到的一切，喜欢把自己对世界的看法记录下来。写作对每个愿意写作的人而言，都是最庄重的事情。而每个人所经历的痛苦、满足、快乐、希望及失意，诉诸文字之后所带来的满足感，是由自己付出的创造性劳动所决定的，写作还不可避免地会提升自己的各种能力，包括归纳、整理、分析、创新的能力，我写作的动力是来自热爱。

你提到的这几部评论文集里的文字，大多是一些阅读感受，是为了不辜负一些好作家的好作品。以后我还会写，同时也多写写散文和小说，甚至诗歌，我不愿错过创造之美带来的快感。

16. 你同时还是《文艺报》的总编辑，你在进入报社之前在机关工作，那段经历对你有什么帮助吗？

答：之前没有想到自己会去负责一家报社，我做过教师，当过公务员，也负责过事业单位，这些对管理一个报社都有帮助。教师要春风化雨润物无声，在机关工作期间得到了很好的政治意识、责任意识训练，关于文艺工作的业务，我得到了较为系统的训练。这些对于掌握一家媒体的内容及节奏，大有裨益，而中国作协创研部的业务，使我全面了解了作家协会这个组织的主要业务范围、工作标准及应该注意的问题，可以避免走不少弯路。

17.《文艺报》毕竟是一种新闻媒体，你觉得文学与新闻之间有没有冲突，最大的相同和最大的差别是什么？

答：现在有一句话是，文学从新闻结束的地方开始，新闻总体来说是一种理性行为，是求真的，可以为文学创作提供素材的基础。文学则是一种创新创造行为，是求美的，当然文学也要求真，但与新闻的实现途径不同，文学通过艺术的方式表达真，是更感性的本质的真，新闻表达的真则是外在和内在真实的统一。二者分工不同。《文艺报》的主要特色是文学理论评论，有不少新闻可被视为服务于文学和文学评论，从这个意义上说，二者并行不悖。

18. 新闻媒体要讲舆论导向问题，你觉得文学作品中的舆论导向是什么？

答：文学作品的导向不属于舆论导向范畴，作品的导向主要是价值导向、艺术导向，前者我认为是指思想观念层面的，思想意识上的，亦即作品所宣示的价值判断是否符合生活客观规律，是否有益于世道人心；艺术导向则是是否具有创新性，是否能够克服平庸，为文学创作增添一些新异的元素。

19. 你觉得当作家和当总编辑，哪个更难一些?

答：都不容易。做好了，都很难。当作家面对的是每天不停的构思、写作、修改，这是种实实在在的创造性劳动。而且，这种劳动也不一定可持续，当写作不可持续的时候，就会被大家淡忘，就会使你很焦虑，作家是个体化的劳动，自己为自己负责。总编辑则是集体劳动，是一种更综合、更操心的事情，要带队伍，策划选题，保证报纸学术和专业上的品位与应有的格调，还要不断加强与学术界、文学界的联系，操心也比单纯的写作多得多。况且，总编辑在写作上也要有几把刷子，这就逼着你必须在写作上也要有所成就才好。

20. 你还主编过不少优秀的图书，其中有一套"新中国70年优秀文学作品文库"。新中国70年，产生了无数的优秀作品，遴选起来应该有一个标准，你觉得优秀作品永远不变的品质是什么?

答：70年的时间淘洗，使人们心目中建立起了一些标准，比如，哪些作家经过70年，让人觉得是绕不开的，而这些作家有哪些作品，仍然活在我们心里，70年来已经有不少选本了，也是参照，还有历届的中短篇小说奖、鲁迅文学奖等等。文学永远不变的品质是思想的原创性，以及实现这种原创的艺术表达，还有就是生活的质感，思想的穿透力，真正能写出人的命运，这都是应有的品质，比如陆文夫的《美食家》，李佩甫的《学习微笑》，还有没有收进去的汪曾祺的《陈小手》，故事，不复杂，人物、语言，都简单，却能流传后世，耐人寻味。

21. 管理着这么一张大报，业余时间还在坚持创作，你应该比其他人更加忙碌，时间被切得更加零碎，你的业余时间都是怎么分配的? 你还有没有其他爱好?

答：是比较忙。只能利用业余时间写写评论、散文或者小说而已。我的爱好是读书、看电影、写东西。我也喜欢和人聊天。散步是锻炼身体的主要方式。没有什么特别的爱好，生活总体比较单调。

22. 我们发现你的书法作品也特别漂亮，平时还有时间练字吗？书法这种传统艺术，似乎可以修身养性，但是现在的社会比较嘈杂浮躁，尤其是微信、抖音等新媒体的使用使人处于一种焦虑不安的状态中，你觉得年轻人的个性与未来会不会因此而改变？

答：我非常喜欢书法，但我没有什么书法素养，主要是缺乏持之以恒的练习，小时候我父亲说汉字的核心是"方块字"，写方正了就写好了，但我始终不相信，结果写得越来越糟，等我想纠正的时候为时已晚，扭不过来了。只有经过一段时间的临摹，才能让我的字周正起来，也才能握得住毛笔。书法的确可以让人修身养性，让人慢下来、静下来、稳重起来。现在的社会让人感觉浮躁，一方面是社会生活内容丰富了，人展现自我的机会多了，成功的机会多了，也意味着牵扯人精力的地方太多了，假如你不想什么热闹都去凑，你可能还不会觉得有多浮躁。社会浮躁，首先看你浮躁不浮躁。不能赖在微信、抖音身上，微信能帮我们很多忙，抖音你觉得花时间，关了不就得了，焦虑不焦虑全看你自己。年轻人永远是未来的希望，我们年轻的时候，老人们也不太相信我们能够取得今天的成就，微信、抖音不会影响年轻人的前途，他们的个性没有什么可担心的。

23. 网红经济直接改变了成功的路径和标准，你对年青一代有没有什么好的建议？

答：文学好像很难网红，得一个字一个字地去写。凡是成功的，背后总有成功的道理，成功的路径对于文学来讲，就是持续不断地写，持续不断地修正错误，再往前走，而且不自满，耐得住寂寞。我还没到对年轻人提建议的时候，我希望向他们学习，学习他们的朝气，学习他们遵从自己的感觉和不轻易相信的态度。

使过往的岁月更丰富更有张力

——《文学报》就《岁月的颗粒》访作者梁鸿鹰

张滢莹

记者： 岁月的颗粒——颗粒一词具体指的是什么？感觉在形状、色彩、触感上都有切实的落点。

梁鸿鹰： 所谓"颗粒"，就是我在《上海文学》"万象有痕"专栏所标示的"有痕"的"痕"。在我看来，就是那些在我的生命历程里留下印痕的东西，坚硬、固执和尖锐的存在。时间过得太快，当我们回首往昔的时候，许多曾经历的事、认识的人，虽原本散在着，却都在我的生命历程中留下了难以磨灭的记忆。这些人和事通过文字汇集到一起的时候，形成的是反映当时一些社会风貌的较完整样态。一件件原本如同颗粒、结晶体般分布的存在，分散着的事象，折射着我在生命不同成长阶段的不同感受，刻骨铭心，那些对亲人和故乡人们的零星记忆，让人难以忘怀，它们颗粒般晶莹的存在，经由这部散文集，为我留证，替我抒怀。

记者： 在文本中，你树立了属于自己的时间观：时间既是线性的、不可逆的，也有另一种如约翰·伯格所言的时间，"故事被听到的时候，就停止了时间的单线流逝"。是否可以说，时间拥有多种被揉搓、打磨的方式，正是这部作品想要尝试的。

梁鸿鹰： 问得非常好。故事如果没被听到，将永远混沌一片，在时间推移中无辜而呆板地被搁置。故事一旦被书写，被分享给这个世界，就是如同时间被审视，考验写作者如何在重新的安排中，使过往的岁月更丰富、更富于张力。我在写作过程中，不想将对过往的回顾像呈现履历一样原原本本列出，而是择取生命过往一些最跳跃、最无法忘却的事情，还原其细腻微妙之处，强调个人之体验与感受。

记者：在写作方式和情感的平衡上，不少人印象最深的应该是《世界上最寒冷的那个早晨》这一篇。

梁鸿鹰：的确，这篇散文写的是我母亲去世的那个早晨，这个让我刻骨铭心的早晨，彻底改变了我，当时尚年幼的我及后来的人生。散文开头写我由一位叔叔带着，去请我的二舅，好让他见自己的妹妹最后一面。我茫然无助地坐在自行车前杠上，等待时间的裁决。时间缓慢而无情，我完全麻木了。再次回到母亲身边的时候，她已陷入弥留的最后时刻。有时，或许瞬间即长久即永恒，珍藏着一生的密码。童年时期的一个特殊记忆，一个具体的、片刻性的感受，足以决定人的一生。总有一些"瞬间"让时间停滞，被不断回忆，使记忆不断抵达。此时，"瞬间"被无限拉长。我想留住这些瞬间的"长"，想在写作的节奏上张弛有度、有详有略，即使空间再小，也要做成大道场，选取足够特殊的、富于个性的场景，把我带回到有意味的过去，才能使写作更有意味。

记者：这种意味可能指的是，所有被写下来的记忆，都属于当下，是写作这一刻向过去的有价值回望。这意味着站在不同人生节点对彼时的回忆，可能会有不同的感受。对你而言，站在当下这个节点的回望，有什么特殊感受？

梁鸿鹰：作家对于自我经历的回望，往往越远越清晰。在 20 年前，我对回望过去没那么迫切，没到非写不可的地步。过了知天命的年龄后，似冥冥之中有一种召唤，让很遥远的记忆特别清晰地浮现在眼前，来得异常急迫——逼着我非写下来不可。散文集《岁月的颗粒》中的作品，基本都是对童年到少年时代生活的回忆，上大学及之后的反而很少涉及。站在当下这个节点上回望，对我有很强的安抚作用。同时也提醒我，生命中的那些值得、那些率真抑或悲伤的对未来也有真正的价值。

记者：是否也有一种可能，较近发生的事，还没有形成一种充分的意味？

梁鸿鹰：也许是"意味"还没有达到那么深刻与浓烈的程度吧。时间近的，一切都确然，记忆无遗漏，不用打捞和设想，越久远的事情，虽越来越清晰，却越需要回溯、打捞真实的细节，比如，我降生于世这件人生中很重要的事，对我却始终是个谜，我不知道是在哪个时辰诞生的。想象、回忆与猜想如何逼近？由此引发的写作，是种特别有意思的心理过程，用自己的视点、习惯去还原，用冷僻的方法加以呈现，就会有"充分的意味"。

记者：在阅读过程中，有一个感受，相较于许多人回忆中的模糊，你的记忆非常清晰。所以许多回忆性的细节，甚至让人觉得细致到了虚构和非虚构的边界，这是否属于写作上的一种尝试？

梁鸿鹰：我这个人在日常生活中比较注重细节的观察，某个细节对我所产生的触动，远远超过许多结论和思考性的东西。文学以细节为王，捕捉细节，保存细节，还原细节，都要独具匠心。生活中的充沛永远大于你的虚构，非虚构只要经过头脑的加工就不会是完全被动的。写作时要细到极致，细到不真实，对细节这样的极致性还原，才不会徒劳无功。

记者：这样的写法，很容易让人联想到普鲁斯特在《追忆似水年华》里对于细节的入微描述。虽然体裁不相同，内在却有一种共通性。

梁鸿鹰：对我来说，外在的、直观的、感性的细节的"撞击"比任何评论或结论更为重要。也就是说，那些自己第一手观察到的、细节所透露给我的结论，会比以其他方式所形成的结论更强有力，也更具有文学性。《追忆似水年华》所呈现的那些细节，就充满文学上的典型意义。只要所写基于观察所得，那么，无论采取什么体裁，都会栩栩如生。生活到处充满戏剧性的细节，生活的戏剧无处不在，生活中的各种冲突、偶然性，散文也好，小说也好，其使命就是对这些冲突、偶然性和细节重新进行自觉性的组合和文学化的织补。

记者：你所提及的自觉性，在回忆性作品中常成为一种可窥见的、潜藏的自我。无论所回忆的是人生的哪个阶段，似乎并不存在"当时的自我"和"现在的自我"这样割裂的认识，而是如普鲁斯特所言，人的一生是连续的、永久的自我的呈现。这部散文集里，是否也有对"永久的自我"的书写？

梁鸿鹰：这本书中最大的主人公，也可以说是唯一的主人公，就是我。一个从过去，到当下，还会延续的我。我把岁月赐予我的"颗粒"，以不同主题和篇章加以表达。"永久的自我"是被书写的自我。通过写作我寻找到"当时的"自我与"现在的"自我的连续性。理论评论往往将自我藏在观点之后，散文则释放自我和情绪，完成由"内在的我"向"外在的我"的转换，而非一味旁观。理想的结构、独特的语言和有趣的调性，不总是能那么水到渠成，需要探索、克服自我。"永久的自我"意味着私密、苦痛，甚至是狼狈不堪、柔弱无能，痛苦和怯懦，回望的时候，不希望被人窥探到，却又必须面对。

记者：在散文中大家既读到"我"，也读到"你"和"他"的人称换用，这其中是否也存在一个逐步打开自我的过程？

梁鸿鹰：是的。在书写的过程中，那种怕被指认，因而自我设限的想法是逐步消解的。"你""他""我"三个人称轮流使用，到最后大量用"我"的时候，才觉得自己真正打开了，不再担心被指认。

记者：具体而言，比如写母亲和写父亲就分别有两个篇章，所用的人称是不一样的。似乎不同人称在叙述视角的差异之外，情感层面也有差别。

梁鸿鹰：父母是大家喜欢写的题材，也容易写俗。我对母亲的想象有些理想化，她早逝，我能忆及的都是自己童年时期和她在一起时的美好，认为她身上拥有世上所有的坚韧、善意、智慧、幽默，以及爱憎，只是对她的心灵世界，我还没有来得及有所感悟，但对自己的父亲，自认为了解得很深，因为我就是他的翻版。用不同人称，完全不是刻意的，早先时候写的用"他"，晚近时候则用"我"，效果异曲同工。

记者：写父亲的时候，从他身上看到了自己吗？

梁鸿鹰：的确。相较于母亲，我和父亲相处了更为长久的岁月，他有被自己生活时代所限的壮志未酬，内心充满矛盾、焦虑、纠葛与挣扎。同为男性，将心比心更容易，他的弱点就是我的短板，经历人生风雨之后，我对岁月赋予他的复杂性能看得更清。我一直想避免他所担心的宿命——壮志未酬、百无一用、虎头蛇尾等等。

记者：读你笔下的父母，也让我想到南帆的《关于我父母的一切》。他在书中说，一代一代之间的相互遗忘形成了历史地表上最大的裂缝。"儿子解读母亲的生活，也许比解读唐诗宋词还要困难。"就此而言，在你的书写中，是否也有弥合的努力？

梁鸿鹰：回忆父母就是想找到自己的根，避免遗忘，抵抗遗忘，我父辈这一代亲人被自己的时代塑造，我们又何尝不是呢？回望过去我起初没有想到弥合历史地表的裂缝，而是想找到自己的"根性"，搞清楚"我是谁"。对我来说，解读父母之难，在于相处时间过短，在于遗忘。记忆的自动淘汰和选择，使我们遗失了很多，我尽力将时间留存在我头脑中的东西，朝着一些方向加以梳理，看看自己到底是谁。

记者：从写作上看，不同的篇目有不同切入的方式：自述、他述、对话、书信、日记等等……初读会有疑惑，彼此之间的连贯性如何成立，后来却觉得真实的人生本来就是这样，以各种不同方式构成与抵达。

梁鸿鹰：在写作过程中，最早也有一种从出生开始写的想法，但后来还是选择了记忆中印象最深的入手：车站、书店、妈妈、爸爸，以及后来许多源自生活的不同主题：毛发、手脚、声音、拍照等等。我厌恶任何形式的编年体人生散文。只有时间被打碎、揉搓和重组，不同的意味才开始出现。以"我的人生"作为统领的散文化尝试，就是关于"我想怎么写散文"的最好回答。

记者：散文集前半部分如果被视作脑海的记忆，后面某些部分的篇幅则可以说是身体和影像的记忆，二者汇合而成了一部个人的记忆之书。在我的读感中，后面的那些部分往往在个人记忆史中是缺失的，或者说隐藏起来的，而对你来说是极重要的。为什么？

梁鸿鹰：后半部分的多个主题，是易被忽略，我却异常重视的。小时候一个表姐问我，和陌生人见面最要紧的是什么？我说，是不知道把手放什么地方合适。我写的手、脚、毛发、声音、拍照等，对我来说，都最能见人的个性。这些主题附着着我的个体记忆，从而成为"我"的个人历史的有机组成部分，也许更易唤起他人共鸣。

记者：我也注意到关于其中有一篇和一位画家马津的对话，这篇与其他篇章似乎都不一样，在叙述的同时似乎有意见表达的成分。

梁鸿鹰：的确，这一篇是旁逸斜出的，我写着写着觉得散文这种形式不够用，希望有所延伸。是借由和他的对话，写出我对生活的观察和思考，特别是想表达我对公共审美缺乏的思考。

记者：对审美的思考？

梁鸿鹰：对。对谈所论及的问题，值得全社会每个人深思。就是对国民审美观念下滑的忧虑。马津认为，许多人不懂得美、不爱护美、以丑为美，必须要纠正。我希望通过对话告诉读者，人需要关注美的问题，学会欣赏美、维护美，在美这个问题上每个人都有责任呼吁提升公共美。

记者：能够理解。从行文风格上，审美追求也贯穿于写作始终，能感觉到你对语言的锤炼和反复锻造。似乎有一种诗歌思维的方法被移入散文文体，或说由诗歌发展成了散文。这是否和你的散文观念相关？

梁鸿鹰：文学的最高境界之一是诗性，那种对生活加以提炼之后的顿悟、洗礼与净化，那种自我辨认之后的快意、亢奋，以及随后的不满足，都是散文写作带给我们的。我不想奢谈散文观，我只知道，我纵使有一肚子的焦虑与不满，写过这些文字，生命之美便没有被消费或浪费。

附录

冬日午后的斜阳里

——代印象记

季亚娅

那书页纷飞如振翅的鸽群……我宁愿和你居于纸上。

校书郎:《文学共和国》

1

引文出自杜撰。来自对梁鸿鹰《岁月的颗粒》这本散文集优美而整饬的形式感的喜欢和模仿。

是的,作为编辑,对作者强烈而深刻的印象,往往先来自于这个人的文章。文在人先的时候,文字就像一柄遥望镜,或风吹过午后波光粼粼的湖面,传递出这个人的气质、偏好、语调声腔。第一次编辑梁鸿鹰老师的散文,是 2016 年的那一组《安放自我》。这一年首届《十月》杂志琦君散文奖颁奖词这样说:"出入生活,深潜生命,梁鸿鹰的《安放自我》堪称典范。自我很大程度由记忆构成,安顿记忆就是安顿自我,'安放'一词像一道光打在由语言构造的事物上,让人想起伦勃朗的画,无论明与暗都是时光,这光从生命最初的来处,指向文学的神秘归途。这光使最普通的事物具有了秩序与神性。"这一组从时光深处生长出来的文字,老去的儿子慢慢长成"父亲"的样子,姥姥庇护着最初的温暖与记忆,用以抵挡那"世界上最寒冷的早

288

晨"，丈夫在给弥留的妻子梳头，儿子在给母舅亲人报信；你用回忆固执地抵挡离别，抵挡去者日以疏的命定。这一切让你难过，抛下书本想起自己和其他人类相同的处境与相似的分离。

请注意这些引文，这些篇首的引文构成一种节奏、一只安置情绪与记忆的锚，类似乐队演奏前的调音与定调。它当然是一种"安放自我"的隐喻，因为这些旁人的文字，因为有阅读的前史，我们能更平和从容地处理个人经验，不会让无限大的自我遮蔽认知视野，也更容易在比较的参照系里理清自我的来路和去处；也因为有阅读，我们就和这凡尘俗世、案牍劳形的日常划开了距离，是的，这位写作者公务繁冗，这种文体类似古代士大夫的书写，它的曲折和细密，像是本事之于李商隐，典故之于辛弃疾。这些引文还常常是多调性的和多义的，写作者似乎在说，我将要写下的这些经验的片段、这些"时间的颗粒"，可以从各个角度来排列组合和对应阅读，写作者鼓励一种非沉浸式的，更辽阔的、复杂的阅读方式。与一般的回忆散文不同，这种方式必定划定出理想读者与一般读者，它是一种教养的阶梯，即我不仅是在我的经验与语言里分享我的处境，它还必然是、只能是在全人类共同文学处境里的悲欢。它类似于一种小书目，一种教师般的分享，顺着我阅读视野里的图书馆，被我感召的读者可以与世界文学中其他伟大灵魂相遇。

请注意这种当代用典的方式。这些高度书卷气、极富教养的文字表达，从形式到内容都深受翻译体影响的雅致汉语。这些来自世界各地的翻译文字，从俄苏古典文学到古希腊哲学再到当代法国理论与美国文学，熟悉20世纪80年代以来译介风潮的读者当有会心。不是卡佛也不是齐泽克，这些引文与当下更流行的翻译文字区分开来，有种泛黄的淡定的老派气息，仿佛80年代"再启蒙"的正午时刻那炫目之光遗留下来的光晕。这是深受80年代外国文艺滋养的一代人。那些年相伴相随的外国文艺，构成许多心照不宣的审美与心智的认同时刻，这也是一种"岁月的颗粒"。如果阅读是一种邀约，审美的门槛则拉开亲和之外的另一种距离。这优美的精密的文字使你肃然，使你知耻而后勇，使你知道纸上的"文学共和国"有它智力的和美学的标准。

还是2016，我扛着琦君散文奖的奖品，一只温州琦君故里的青瓷花觚，叩开作家出版集团大楼6层《文艺报》总编辑办公室的门，送上这份组委会的托付与褒奖，那是他公事羁绊缺席颁奖式而委托责编代领的。梁老师邀我聊了一会儿天，聊天内容已经完全不记得了，只记得当我在沙发上坐下，露出衣裙下的双脚时，突然想起他《到底能走多远》里写到的各种古今中西"脚的故事"，立刻缩手缩脚，自觉地把后跟脱了块漆、有点儿斑驳的高跟鞋朝沙发深处藏了藏。他当然是洞悉和强忍笑意的。

嗯，见师长嘛，要正文字，整衣冠。

2

他1981年上大学。

在我心中，上世纪70年代末80年代初最初恢复高考那几届大学生，是当代中国最接近理想知识分子的一群人。那是一个民族积攒了十余年的精华、企盼与激情于一朝迸发。他们在大历史的变动与激荡中几度起落，在行动中求知，知世情而了解底层。他们很少有后来某些学院精英"何不食肉糜"式的凌空蹈虚。务实、勤奋、坚韧。他们身上有我称之为知识分子最核心能力的洞察力。

梁鸿鹰的求学和职业经历，是四十年前教育改革的一个缩影，也是改革开放以来文学体制的一个缩影。这四十年里，梁鸿鹰由大学老师进而中宣部文艺局，进而作协创研部，进而《文艺报》总编辑，可以说是我们称之为"当代文学"或"新时期文学"体制的内在参与者，从这个新的文学话语体系的学生与教师，到文学政策的参与制定者和执行者，再成为80年代以来中国当代文学的见证者与同行人。他的身上长着半部当代文学史。

理解这样一位人物，当然不能仅仅从文本，而必须从事功、从人和历史的细节钩沉、从文学现场的具体语境，去理解他的坚守，他平和之中的坚硬，他对历史传承的责任，以及基于传承的守正创新。不是没有过挫折，我未感受到他的怨天尤人，反而在一个接一个的工作实绩中读出他的淡泊、行动力与决心。文艺气场的中心容不下小布尔乔亚式的脆弱与消沉。

也许还有隐秘的文化因素。我注意到，他记录的那枚小小的"邮票"——那座边地小城，很少"革命"气息的侵扰；他本人也并非经历过革命理想从沸腾到幻灭的"知青"一代。相反，宗教对这座边地小城、这个家族的成员产生了潜移默化的影响。与人为善的与世界相处的方式，下意识自我反省的诚实习惯，这使得他的气质远离激烈偏执而平和坚韧，他习惯用旁观者的眼光打量舞台中心，克制自我感动与抒情式的表演。他有着洞穿浮名功利的清亮的眼神。

我是自成为文学从业者之后才理解这些的。他早年有两支笔，一支是文学批评，一支是翻译和外国文学介绍，近年又在各大文学杂志撰写散文专栏。当代文学内部的各种形式他都在探索、尝试。我甚至想，如果把他各种文体的作品编辑成一张报纸，是不是各个栏目由他一人统揽就足够了？从一个人身上分身出一群人，这还真是一位总编辑风格的写作方式，创新，多元，包容，可信赖，总体视野。

他是这纸上"文学共和国"的守门人。

3

他有一群 1980 年以后出生的朋友。

晓晨，阿曼，子钰，翩翩，尚恩，行超……《文艺报》这些年轻的记者编辑，是我见到的最没有媒体江湖习气、最具理想主义特征的一群媒体人；他们精神状态自由舒展不卑不亢，没有对权力或名声高位的追捧和媚态，对"小人物"和"小地方"也颇有点"齐物论"的平和真诚，可以想象他们遇到了怎样宽厚、平等、无拘无束的工作环境。当然他们也有可爱的小资产阶级自由率性，据说他们的梁总某次对《十月》杂志的陈东捷主编抱怨，我每天早上准点上班等着他们来，经常楼里就我一人，打电话求他们开会；东捷主编说，对啊对啊！梁总又说，我的指示他们经常咚咚咚跑过来撑，你说得不对要按我的来；东捷主编说，是啊是啊！两位领导互倒苦水，互认知音。

这些才华横溢的年轻人，从经典的外国文艺和理论批评板块，到最近两年"新力量"和"凤凰书评"，版面做得是风生水起，拳脚大开，当然离不开背后支持者如山的胸怀和如海的滋养。还不止于此，我说的是一份历史长达七十年的老报纸，它的总编辑和他率领的团队，依然葆有年轻而朝气蓬勃的精神力和创造力。常与变之间分寸的把握，守境与越界之间的想象力空间，才是考较守门人眼界、胸怀和功力的地方。小朋友们告诉我，他们的梁总出生于六一儿童节，是一位不折不扣的双子座，工作中的各种创新念头比他们还多，每件事能想出八个不同主意。

这真让我大跌眼镜。这个人明明干着摩羯座的工作量，文章还写得像处女座啊！这个人如何能同时兼顾规矩和脑洞、守成和创新？但不久又遇到另一件吃惊的事。大家公认，他的外形和文风是高度统一的，皎洁如朗月清霜，挺秀如高山松柏，端正笔挺的仪态堪比他翻译文本里的旧贵族，什么时候见他俯身折腰啊？2020年年末某次青年工作委员会召开武林大会，我记得主题是讨论《文艺报》的创新，他是我们这一组的主持人。会议从上午开到下午。不知什么时候主持人离席了，旁座捅了捅我的胳膊，示意我朝后看，只见我们的梁总，正俯身低头逐字逐句校改大男孩记者的会议报道，男孩捧台笔记本电脑端坐，他弯腰站着，一只手扶在后腰，一只手在屏幕上指读比画，冬日午后的斜阳将两人罩在淡金色的光束里……

正是俯首甘为孺子，如兄如父，亦师亦友。

我想起了他笔下的父子关系，那只有到暮年，才能理解的"用力过猛，效益极低"的中国式父爱。对这些孩子，他的灵魂深处藏着一位掏心掏肺、手把手教的老父亲。这些未来的文学守门人，也许正在厌烦父辈的唠叨与叮咛，对他们将要遭遇的责任与考验，对被选中的命运尚有天真未凿的未知与懵懂。一切留给时间吧，他们将拥有他们的"岁月的颗粒"。

　　转眼到了2021年。新年某位小朋友拉着我和他们梁总一起吃羊蝎子火锅。蒸汽欢腾中，梁总彻底暴露出双子座好奇宝宝本性，从男朋友到房租到服装潮牌包打听了个遍。这又像是那座边地小城里长辈关爱年轻人的方式。说好的长幼秩序和规矩呢？我边震惊边啃掉第五块羊蝎子。季亚娅你还真能吃啊！再加两斤羊尾骨！梁总皱着眉喊服务员。什么，还会缩脚藏鞋不？我正撸起袖子啃得汁水四溅连手都顾不上擦。

后　记

我的不少文字是在工作之余写的。对文化文学场域，我始终保持着在场的热情观察、关注，愿意把自己的一些思考记录下来，反复掂量，将这个集子命名为《在场与审思》。任何题目都难免以偏概全，但我的在场感和思考，于收在里面的文字中有所体现我就满足了。我工作间歇或坐在灯下阅读、思考、写作，大体围绕当前文学的发展，涉及对一些作品的看法，对一些现象的认识，虽说不上有多深刻，却给了我不少满足感。

晚上四周寂静，躲在完全属于自己的领地里，当一切喧嚣都不复存在的时候，看问题心态更趋平和，读读书，写下一些感想，很惬意，想象也更可能信马由缰，可以让自己写得更随意一些。

宋人施枢有诗曰："挑灯细按新翻曲，拂案同看旧架书。"无论"新翻曲"，还是"旧架书"，能引起一些别样的思绪，大抵因为是在夜里吧。1925 年 4 月 26 日，鲁迅写了篇《灯下漫笔》，由民国初年银票贬值时期折现银的小故事作为引子，讲了中国人在危难之中容易"降格以求"的保命心态，进而说，"中国人向来就没有争到过'人'的价格，至多不过是奴隶，到现在还如此，然而下于奴隶的时候，却是数见不鲜的。"还说，中国从来就只有"想做奴隶而不得的时代""暂时做稳了奴隶的时代"等等。我猜想鲁迅那个时代的灯可能会是油灯吧，于是求教师兄陈漱渝，他回复我："从作品看是高足煤油灯。故居陈列中无电灯。当时有电话，鲁迅家也没

294

有。"但鲁迅的思维是活跃的，夜灯下，他的目光更为敏锐。

好多人都留下了灯下读书写作的文字，邵燕祥曾在报纸上开过一个栏目，叫"夜读抄"，说明有不少写作是晚上进行的。

我小时候生长在边地小城，供电不稳定，家里晚上经常点煤油灯，或点蜡烛，完全在电灯下看书写作业，则在 1978 年之后了。伴随着伟大时代的开启，我们茁壮成长，思想开始丰满。

是的，夜里的文字有温度，可以更趋平和、随性。就这个集子里的文字来说，所包括的那些理论思考、对具体作品的品评议论，不一定谈得上有多透彻，却力图把发现和感悟原貌记下来。

评论好多情况下以发现为前提与指归，发现如果导致分析的话，最好不要过于细致。最近读人民文学出版社的一个大部头，就是美国作家索尔·贝娄书信集，看到其中有很多有意思的说法。如 1955 年 7 月 27 日，贝娄给自己的学生、美国女作家露丝·米勒写信，埋怨她解释作品（指英国作家威尔斯的《隐形人》）"太密集、太详细了"，信中说："解释需要和文本保持一定的距离。你的解释也许太像实验室分析报告了，可我并不希望捕捉明喻中的难解之处。我来问问你：你认为这本书所有的部分对这本书的结构来说都同样必不可少吗？你看，你几乎完全忽略了这件事情里的文学的一面，在我看来，这就错了。我是把这部小说的各个部分区分为了两种，一种是写出来的，另一种是为了把道理说通而构建出来的，两者的质量并不一样。"我们在分析文本时不免会陷入"发现"后的沾沾自得，以为找到了破绽，或说到了点子上。虽说没有发现，就没有笔下的一切，但同样是"发现"，差别可以有贝娄说的那样的天壤之别。批评上的发现，需得自阅读，但不能过于主观武断。

评论把阅读感悟上升为认识，评点时绞尽脑汁地归纳、概括、分析、比较、提升。评论者的工作开始于创作者终点撞线之际，我们面对他们的成绩，观赏、助威或喝彩，拿出自己的微薄见解，有时受欢迎，被渴望，有时被蔑视，被忽略，——人各有命，成败不尽在"天"。

我想说，品读作品的时候，或许我们经历着与创作者同样复杂的内心活动，先是沿着作者跑过的路蹚一遍，停下来，重现情节场景，调动理论库存，找寻最佳语词，加工文字，品评作者、作品，与创作作品一样，历来艰辛，有时又是枯燥的。

批评者经常需要扭转自己的惯性，转换思维、变换轨道，以实现评论的自洽。批评家常恨铁不成钢，感慨自己写不出被评论的那些文字，又为能写出这些文字的人们操心、捏把汗，还忍不住指指点点。

品读需要发明新视角，评论者更需要自觉地去品评剖析作品的结构、人物、节奏，以及作者意图、实现途径等。

评论家的使命，不单要完善自己对作品的认识，更须从作品出发，以洞见，以领悟，揭示创作规律，与作品和创作者发生灵魂撞击。创作者如此不同，好的作品丰神各异，评论者常常怀疑自己的发现，与创作者的发现，是否可以等量齐观。

评论者应视创造性为生命，把自己与作品的相遇，视为一场别样的邂逅，当然，这种邂逅并不是每次都很愉快。

评论者交出的才情和眼光，应该对得起时间的考验，这谈何容易。让一切赏识、惊艳、感悟，成为有别于他人的、个性化的创造过程，也殊为不易。

文学评论如果能够与文学创作相匹配，在思维方式、思想深度、文风气质等方面都站在同样高的台阶上，需要激发自身的特异性。

我们经常怀疑批评的有效性。评论家说了真话，受到的欢迎，有时不一定比受到的冷落少，批评家没有说到点子上，会马上被发现；世上愿听好话的人，总归占大多数。有时候，批评，尤其是说到点子上的当众批评，会招致一种被揭了底的不满；相反，凡是好话，即使说不到点子上，作者也会很舒服，批评家总是那个委曲求全者。

近读《潘雨廷先生谈话录》，潘先生在论《诗经》的时候说："诗无邪，邪就是遮遮盖盖。是怎样就怎样，决计心里怎么想，嘴上怎么说。不能强作欢笑，无病呻吟。"我们现在的评论"遮遮盖盖"很多，确是当前文化条件决定的，对此，评论家该如何作为？

对作品的卓异性发现，与作者灵魂"相遇"，才可能如同镜子一般把作者的优点和缺点呈现出来，指示以正确的路径，告诉对方，哪些地方应得到赞美，哪些地方则不必。这是种理想状态，是最欣慰的奖赏。

批评需要价值评判，这是由评论言说的理想性、引领性决定的。每个批评家都依托一定的理论主张和标准，并以自己的立场、观点和取向进行学理化阐发。对文本和文艺现象进行的分析、鉴别、解释、判断，只有通过适当的理性评判、价值判断、价值裁定，才能延伸至真正的发现。真正的批评，有益于文化积累，作用于创作现实。

评论就像甩不掉的宿命，使我的生活沿着阅读、评论，再阅读、再评论的轨道运行。

评论总归是个遗憾的手艺，无论立意如何不凡，语词如何缤纷，终将不免被忽视和遗忘，这个集子或可再做一次证明罢。

但我还是要感谢路英勇兄和责编，他们的鼓励和耐心使这部集子迅速问世。

感谢绿茶兄，他为我书房画的美图为小书封面增色不少。

2021 年 8 月底

图书在版编目（CIP）数据

在场与审思 / 梁鸿鹰著. -- 北京：作家出版社，2021.11
ISBN 978 - 7 - 5212 - 1542 - 7

Ⅰ. ①在… Ⅱ. ①梁… Ⅲ. ①中国文学 - 当代文学 -
文学评论 - 文集 Ⅳ. ①I206.7-53

中国版本图书馆 CIP 数据核字（2021）第 192338 号

在场与审思

作　　者：梁鸿鹰
封面供图：绿　茶
责任编辑：赵　莹
装帧设计：意匠文化·丁奔亮
出版发行：作家出版社有限公司
社　　址：北京农展馆南里 10 号　　　邮　　编：100125
电话传真：86 -10 - 65067186（发行中心及邮购部）
　　　　　　86 - 10 - 65004079（总编室）
E – mail: zuojia@zuojia. net. cn
http: // www. zuojiachubanshe. com
印　　刷：三河市紫恒印装有限公司
成品尺寸：152 × 230
字　　数：270 千
印　　张：19
版　　次：2021 年 11 月第 1 版
印　　次：2021 年 11 月第 1 次印刷
ISBN 978 - 7 - 5212 - 1542 - 7
定　　价：68.00 元